公事宿事件書留帳四

奈落の水

澤田ふじ子

幻冬舎時代小説文庫

公事宿事件書留帳四　奈落の水

目次

奈落の水

一

日暮れ前、一雨ざっときた。

そのため夜は急に涼しくなった。

田村菊太郎《きくたろう》は研《と》ぎを頼んでいた大刀《だいとう》を、四条東洞院《ひがしのとういん》の刀剣商「肥後屋」弥左衛門の許《もと》まで取りに出かけた。

五つ（午後八時）をすぎてから、肥後屋をあとにしてきたのである。

「田村さま、この大和《やまと》鍛冶千手院康重《せんじゆいんやすしげ》の刀は、ほんまに研ぎがいがございました。刃長二尺三寸一分、反《そ》り五分半、きちんとした柾目《まさめ》鍛《ぎた》え、縞《しま》がかった沸《にえ》。これほどの刀を研がせていただき、冥加《みようが》なことどした。お代金をいただくのが、もうしわけないくらいどす。半月余りお預かりしておりましたさかい、いよいよ田村さまのお腰にもどるのかと思うと、なんや店の中が淋しゅう感じられるほどどす。いっそ刀についていきとうおすわ。前にもちょっとご相談いたしましたけど、お手放しになるおつもりはございまへんやろか。お代金はどれだけでも払わせていただきますほか、代りにそこそこの差料《さしりよう》をととのえさせてもらいますけど、いかがでございまっしゃろ」

肥後屋で客間に案内され、酒肴《しゅこう》を振る舞われたのはよいとして、弥左衛門からまたかきくどかれた。

菊太郎は、京都東町奉行所に近い大宮通り姉小路《あねこうじ》上ルの「公事宿《くじやど》・鯉屋《こいや》」に、居候《いそうろう》をきめこんでいる。

大刀を研ぎ上げたら、鯉屋にとどけてほしいと告げていたが、是非ともお運びをと、迎えの駕籠《かご》をさしむけられた。

出むいてみれば、改めての懇願《こんがん》だった。

「弥左衛門どの、わしは前にも一応、断わったはずじゃが、そなたはまだあきらめておられなんだのか――」

「へえ、これほどの名刀、そうあっさりあきらめられしまへん。もしお譲りいただけたら、千両万両積まれたかて、人さまには決して渡さしまへん。末代まで肥後屋の宝として、大事にさせていただくつもりでおりますのやけど――」

肥後屋弥左衛門は、東西両町奉行所にも出入りを許されている刀剣商。菊太郎の父、いまは中風《ちゅうふう》で寝つく次右衛門や、かれの代りに家督をつぎ、東町奉行所同心組頭《くみがしら》をつとめる異腹弟の銕蔵《てつぞう》も、なにかと贔屓《ひいき》にする人物だった。

「そなたの気持、わしにもわからぬではない。だがまあこの刀を手放すのだけは、勘弁してくれまいか。わしみたいな公事宿の居候が、所持すべき刀ではないと、そなたはもうしたかろう。されどこの刀を腰に帯びているのは、いわばわしの世間へのせめてもの見栄《みえ》。ろくでなしが、精いっぱい恰好をつけているのじゃ。そこを察してもらいたい」

盃《さかずき》に酒を注がれた菊太郎の顔には、ありありと迷惑げな色が浮かんでいた。

「た、田村の菊太郎さま、滅相もございまへん。公事宿の居候には似合わしくないなどと、そんなつもりでもうし上げたのではございまへん。惚《ほ》れぼれするお刀やさかい、お譲りいただけたらと、お頼みしているだけでございます。お気を悪くされたのなら、どうぞ許しとくれやす」

「わしは気など悪くしておらぬぞ。わしは親父が、祇園《ぎおん》の茶屋娘に産ませた子。若いころから遊蕩《ゆうとう》をつくしたうえ、家から金を持ち出し、京を逐電した。何年も諸国をうろついてきた与太者《よたもの》だからのう。もはや組頭屋敷にももどれぬ。父が店出しのとき面倒をみた鯉屋の先代宗琳《そうりん》（武市《ぶいち》）の縁で、いまは当主源十郎の世話になり、無駄飯を食ろうておる。ただ酒を飲み、ぶらぶらしているにすぎぬ身じゃ。侍の誇りなど、爪のあかほども持っておらぬわい」

かれは微笑して、弥左衛門に銚子をさしむけた。

「そんな無茶いわはって、わたしをいじめんといとくれやす。それでは話のつぎ穂がございまへんがな」

弥左衛門は、菊太郎が異腹弟の銕蔵に家督をつがせるため、遊蕩無頼をよそおい、巧みに身を退《ひ》いたことぐらい知っていた。

自分ではろくでなしだの、公事宿の居候だの、果ては与太者だのといっているが、陰ではなにか大事な役目を果していることも、なんとなくきいていた。

だが目前の菊太郎は、きものの襟元をくずし、行儀悪くあぐらをかき、たてつづけに盃を乾《ほ》している。

その姿を見ていると、ろくでなしなどの言葉も、あるいは本当ではないかと、ふと思えてきたりする。

「話のつぎ穂がなければ、いっそわしがついでやろう。この千手院康重の大刀、もしかいたせばわしが京から逐電したあと、尾張か美濃の山中で、街道を急ぐ武士を襲い、山賊さながらに、懐中の財布ともども奪った品かもしれぬぞよ。いまにそれが露見いたせば、そなたは贓物故買《ぞうぶつこばい》の罪になり、所払いの処置をうけねばならぬ。それではあまりに気の毒じゃ」

菊太郎は急に微笑をおさめ、眉《まゆ》をよせた。

千手院康重は、鎌倉時代末期の刀工。奈良・若草山の西山麓《さんろく》を千手谷《せんじゅだに》といい、古くからこの谷一帯に、刀鍛冶が住みついていた。東大寺や興福寺が抱える僧兵たちの刀や長刀《なぎなた》などを、鍛造していたのだ。

贓物故買とは、盗んだ品とわかりながら買うことをいう。

菊太郎に眉をよせていわれると、現実感があり、まんざら作り話でもなさそうに思えてくる。

よもやとは思うものの、肥後屋弥左衛門はここでぐっと言葉につまった。

田村家は曾祖父の代から、東町奉行所の同心組頭をつとめてきた。だが代々、さして裕福でないぐらい、弥左衛門も知っている。

——これほどの名刀が、田村家に伝えられていたとは考えられへん。もしかすると、田村家の菊太郎さまは、冗談めかして本当をいうてはるのかもしれへん。

またまた無茶をおいいやしてと、その場をうまくごまかし、弥左衛門はそのあと菊太郎から、一分金二枚の研ぎ料をすんなり受け取った。表戸の潜《くぐ》り戸から、丁重にかれを送り出した。

「肥後屋の奴、しつこいことをいいながら、わしの一言で言葉に困りおった。いかにもありそうな話じゃからのう。人にはなんとでも思わせておけばよいのじゃ。この千手院康重、どうして手放せよう」

腰に適当な重さでおさまる長年の差料に、かれはそっと手を添えた。

柄《つか》の中子《なかご》の部分に、鏨《たがね》で乱暴に「千手院康重」の銘がきざまれている。

自分はこの大刀で、いったい何人の人間を斬《き》ってきたのか。鮮やかなつくりの康重は、五分斬るつもりでいても、一寸の深さまで人を斬ってしまう。

激しくやり合っても、刃こぼれ一つしなかった。

自分の置かれた状況に気づく前の菊太郎は、一条戻り橋東詰めで、町道場をひらく岩佐昌雲《しょううん》のもとに通っていた。戻り橋の綱《つな》と異名されるほど、新陰《しんかげ》流の武芸にはげんでいたのだ。

「そなたの遊蕩ぶり、なにかの思惑があってと、わしは読んできた。京を逐電するとなれば、先立つものが要《い》ろう。わしもすでに齢《よわい》六十五。今生《こんじょう》で再び会えぬやもしれぬゆえ、形見の品として、この千手院康重をくれてとらせる。菊太郎、もらえばそなたのものじゃ。旅先でいかようにでもするがよかろう」

義理の母政江の簞笥《たんす》から、七両の金を盗み出し、組頭屋敷をあとにして、岩佐昌雲のもとへ別れの挨拶《あいさつ》に訪れた。そのとき昌雲は、沈痛な顔で自分の差料を菊太郎に突きつけたのであった。

「わたくしは幸せ者にございまする。されば代りにわたくしの鈍刀《なまくら》を――」

かれは腰から黒鞘《くろざや》の刀を抜いた。

「ああそれでよいわい。わしとてまだ鈍刀でも、人の五、六人ぐらい斬り伏せる腕は持っておる。ともかく息災にすごし、いずれは京にもどってまいれ」

それが昌雲との永劫《えいごう》の別れになった。

近江《おうみ》から美濃、木曾から駿府《すんぷ》。伊豆の伊東では、やくざの用心棒に半年もやとわれ、江戸では町道場の代稽古《だいげいこ》をつとめていた。

約七年ぶりに京へもどると、企《たく》んだ通り自分は廃嫡《はいちゃく》され、異腹弟の銕蔵が、田村家の家督をついでいたのである。

「若旦那《わかだんな》の腹づもりぐらい、宗琳の親父からようきいてますわいな。六、七年も諸国をふらっと歩いてきはったんやさかい、なにかと世俗のありさまを見て、下情にも通じてきはりましたやろ。公事宿の助《すけ》っ人《と》にはもってこい。鯉屋の居候面《づら》をして、わたしの商いを助けてくんなはれ。菊太郎の若旦那には、気ままがなによりどっしゃろ。そうしていておくれやす」

公事宿——とは、いまの弁護士事務所。公事は「出入物《でいりもの》」といい、民事訴訟事件を指す。ここでは訴訟や裁判のため、遠くからやってきた人々を宿泊させ、目安（訴状）を作り、訴訟手続きの代行をする。弁護を引き受け、相手に差紙《さしがみ》（出頭命令書）をとどけることもした。

大宮通り姉小路界隈《かいわい》に軒をならべる公事宿は、いずれも頑丈な座敷牢をそなえている。逃亡の恐れのある被疑者を、奉行所の命令で、〈宿預《やどあずけ》〉するからだ。

公事宿があつかう出入物は、地所や商取引きの争い、養子縁組の解消についての異議、金銭や男女関係の紛争《ふんそう》など、この世で人間が起すあらゆる問題におよんでいた。

それだけに、引き受けた公事が有利に決着すれば、成功報酬として相当の礼金を、懐《ふところ》にすることができるのであった。

さらには、捕方《とりかた》の手で捕えられ、吟味のうえ判決をうける〈吟味物〉で、六角牢屋敷に収監される被疑者に、牢扶持《ろうぶち》（弁当）をとどける仕事まで、町奉行所から命じられていた。

菊太郎が京にもどってきてから三年余りになる。

公事宿・鯉屋の居候として、秘密裡《ひみつり》に片付けた事件は、いくつも数えられた。

そのたび、菊太郎がいま腰に帯びている千手院康重の大刀が、いつも大いに役に立っていた。

いまごろ鯉屋の主《あるじ》源十郎と女房のお多佳《たか》が、自分のもどりを待っているだろう。

夏の夜とはいえ、五つもだいぶすぎると、四条通りも西にむかうにつれ、人通りがたえてくる。

どこからともなく、蚊遣《かや》りを焚《た》く匂いがぷんとただよってきた。

菊太郎はふとその匂いを鼻で追った。

そのとき、なにか白いものを胸にかかえたおかっぱ頭の少女が、かれの前から後ろにと、さっと通りすぎた。

――あの白いものは、わしが鯉屋で飼っている白毛の猫、お百《ひゃく》ではないのか。

胸の中でつぶやき、菊太郎は思わずおかっぱ頭の少女を鋭くふり返った。

「ちょいとお侍の旦那、おまえさん小さな子供に、悪戯《いたずら》をする気やおへんやろなあ。あの子が勝手にうちから離れ、先を歩いているだけで、母親がこうしてちゃんと付いているんや。見損なわんといとくれやすか。ふん、みんながうちらをばかにしておってからに。人を甘く見るんやないよ。なんやいけ好かん――」

邪険で鋭い声が、いきなり菊太郎の背に浴びせつけられた。

その間合いも濁《にご》った声も、まるで細い鞭《むち》で、人の横っ面をびしっと叩きつけるようであった。

驚いてふり返ると、洗い髪を後ろで束ねた若い女が、派手なきもの姿で立っていた。

頰がこけ、目が燐光《りんこう》を放つように光っていた。

魔性の怪《け》とはいわないまでも、それにひとしい気配であった。

研ぎ上がったばかりの刀を腰に帯びているだけに、菊太郎の手が、思わず大刀にのびそうになる。

それを辛《かろ》うじてこらえ、かれは足を止めた若い女の顔を、薄暗がりの中でじっとうかがった。

「なんか文句でもおすのんか。お侍の旦那、いま腰の刀を抜いて、あたいを斬ろうとしはりましたやろ。妙な真似《まね》をしはるんやったら、うちは大声で叫ばせてもらいますえ」

彼女の推察が、菊太郎の胸をぐっとえぐった。

「い、いや、そうではない。誤解してもらっては困る。こんな夜中、幼い子供が目の前をさっと駆《か》け抜けたゆえ、わしは案じてふり返ったまでじゃ。母親が後ろに付いているとは気づかなんだ。他意はない。許せ——」

「へえ、そうどすか。口は重宝なもんやわ。なんとでもいいわけできますさかいなあ。女なら相手が小さな子供でも、悪さをしかける変な癖をもった男がいてるさかい、油断なんかできしまへん。これ以上、不幸になってたまるかいな。ほんまにやってられへん。さあ、他意がないんやったら、このままさっさと行ってしまいなはれ。どこの馬の骨か知らんけど、いけ好かんお侍やわ」

やはり言葉の一つひとつに、鋭い刺《とげ》があった。

「菊太郎さま、お帰りやす。いったいどないしはりました。若旦那さまらしくもなく、青い顔をしてはりまっせ。なんかありましたのか」

鯉屋にもどり、大戸を下ろした潜り戸を叩き、小僧の佐之助に開けてもらう。

源十郎とお多佳が、団扇《うちわ》をつかっている座敷に姿をのぞかせた。すぐ冷えた茶を運んできた手代の喜六が、菊太郎の顔を眺めてたずねかけた。

「若旦那、ほんまにどないかしはりましたのか」

源十郎が団扇の動きを止めてただした。

白猫のお百がにゃあと鳴き、菊太郎の足許に寄りそってきた。

「いま、ついそこでなあ、わしは凄い女に出会うたのじゃ」

「菊太郎さま、まさか幽霊とちがいまっしゃろなあ」

喜六が声を低めてまたたずねた。

二

初秋の風が、鯉屋の暖簾《のれん》をゆすっている。

「お久しぶりでございます。ご無沙汰《ぶさた》ばかりして、もうしわけございまへん」

店の表で弾《はず》んだ声がひびくと同時に、胸に小さな紙包みをかかえたお杉の単《ひとえ》姿がのぞいた。

「これはお杉はん——」

鯉屋の帳場で、差紙を書いていた下代《げだい》の吉左衛門が、ほぼ書き終えた差紙の筆を止め、土間に現われたお杉を、まぶしそうに眺め上げた。

公事宿では下代が番頭、その下に手代が置かれていた。

「蓮台野村《れんだいの》のお寺はんまで使いにきたもんどすさかい、もどりにちょっと寄せさせていただきました。吉左衛門はんもお元気なようすで、なによりどすなあ」

「お杉はんも元気そうで。なんや一段と別嬪《べっぴん》になったがな。暮しが板についてきたみたいや。九蔵はんにはかわいがってもろうてるやろなあ」

鯉屋に四年、小女《こおんな》として奉公していたお杉は、この春、下京花屋町の数珠《じゅず》屋で働く数珠職人九蔵の許に嫁いだのである。

彼女の代りとして、十七になるお与根《よね》が、洛北の高野村から奉公にきていた。

「かわいがってもろうてるやなんて、やらしいこときかんといてほしいわ」

お杉はちょっと顔を赤らめてとがめた。

「あほなこといいないな。わたしは大事にしてもらっているかと、たずねたまでのこっちゃ。お杉はんが勝手にのろけてるのやがな。まあそんなんはどうでもよろし。さあ早うお上がり」

「おおきに。店のみなさまにはお変りあらしまへんか。けど急いで家に帰らななりまへんさかい、ここに掛けさせていただきます」

お杉は上《あが》り框《かまち》に腰を下ろし、左手に持っていた紙包みを、床《ゆか》にすべらせた。

「みんな相変らず元気にしてるけど、それなんやな」

「蓮台野村の店で買うてきた饅頭《まんじゅう》どす。みなさんで食べとくれやす」

「お杉はんもあほやなあ。ちょっと寄っただけのもとの奉公先に、手土産なんかいらんがな。世帯持ちをようして、少しでも銭をためなあかんのやで。そんな手土産の心配をしてたら、お店《たな》さまに叱られますわ」

商家の主は旦那さま。女主は色街を別にして、きちんとした店では、だいたい〈お店さま〉と呼ばれていた。

女将《おかみ》さんの呼称が一般的になるのは幕末。もとは御督様《おかみさん》と書き、公家の夫人への呼びかたであった。

「吉左衛門はんにそないいわれても、うち、手ぶらでは鯉屋に寄せてもらえしまへん」

お杉が微笑していったとき、中暖簾の下から、猫のお百が小さく鳴き、そばに近づいてきた。

「お百、おまえも元気でいてましたか。こっちにきなはれ。菊太郎の若旦那さまに、かわいがってもろうてるか」

お百を両手で抱き上げ、お杉が頰ずりした。

「お店さま、お杉はんがきはりましたえ」

吉左衛門が中暖簾の奥に大声をかけた。

「ちょっと待っててもらいなはれ」

すぐ女主のお多佳が、前掛けに襷《たすき》のまま、中暖簾をくぐって現われた。

彼女の後ろに、菊太郎が居候然《ぜん》とした着流し姿、のんびりした顔でつづいていた。

「お杉、菊太郎の若旦那さまにかわいがってもろうてるかとはなんじゃ。わしはいつでも誰をも、大事にしているぞよ」

「まあまあ菊太郎さま――」

「若い人妻が、寡男《やもめ》に馴れなれしくもうすな。人から変な疑いをうける」

「あほらし、誰がうちと菊太郎さまの仲を疑いますかいな」

「嫁いで数カ月もたつと、女も口達者になるものじゃ」

菊太郎はお多佳の横でどっかりあぐらをかいた。

「お杉、上にもあがらんと、急いで花屋町にもどりますのんか。九蔵はんとはあんじょうやってますのやろなあ」

お多佳は、彼女と菊太郎がじゃれ合っているのを無視してたずねた。

「へえ、おかげさんで、仲良うさせてもろうてます」

「そら結構やけど、吉左衛門はんがいうてたように、うちの店にくるのに、手土産なんかいりまへんえ。一文の銭でも仰山《ぎょうさん》ためて、九蔵はんに早く小さくても店を持っていただかなあきまへん」

「へえ、お店さまのいわはる通り、夫婦して頑張ってます」

「それならええけど、おまえもなんや綺麗《きれい》になりましたなあ。顔を見て、うちも安心しましたわ」

お多佳は襷をときながら、微笑した。

「お店さま、いまもわたしがそないいうてたとこどすのや」

帳場から吉左衛門が強調した。

「そうどっしゃろか。ところで旦那さまは、どこかへお出かけどすか。ご挨拶してもどらせていただきとうおますけど」

お杉は中暖簾の奥に目を投げた。

「旦那さまは先ほど喜六と佐之助を供につれ、お奉行所まで目安をとどけに行かはりました。すぐにはもどってきはらしまへん」

「そしたらお二階に、出入物のお客さまがお泊りやして」

「宇治田原から山の立木をめぐっての公事、先代からの争いとかで、糺《ただし》（審理）には日数がかかりそうどす」

お多佳が二階を見上げたとき、鯉屋の表で女の叫び声が高くひびいた。

「まあ、ひとまず店に入っとくれやすな」

それをなだめる声が、つぎにきこえてきた。

「ふん、うちに差紙をとどけてきたのは、この公事宿橘屋《たちばなや》かいな。町奉行所に呼び出されたのは仕方ないとしても、糺をうけたのはほんの短時間。うちの仕事は夜が遅いのやさかい、早う長屋にもどって寝なあかんぐらい、わかってますやろな。ほんまにど厚かましい、血も涙もない連中ばっかりや。あんさんも、人の皮をかぶった畜生の手先に決ってんのや」

鯉屋の斜《なな》めむかいに、同業の橘屋が店を構えている。

手代の宗助が、若い女の袖《そで》をつかみ、しきりに頼んでいた。

「お多佳どのに吉左衛門、数日前、夜道でわしを叱りとばしたのは、あの女子《おなご》じゃ。あの声、あのものいい、相も変らずすさまじい。大変な毒があるわい」

あの夜の一件が、よほど胸にこたえているのか、菊太郎は鯉屋の土間に下り、表暖簾の間から、橘屋のほうをそっとうかがった。

「そないにいわんと、どうぞちょっとだけでも、店にお寄りになっておくれやす。そらうちから町奉行所に、目安を出させていただきました。けど伊勢屋さまの立場だけを重んじ、お蔦《つた》はんに悪いように計らうつもりなど、決してございまへん。双方、円満に納得してもらうのが、一番の役目どすさかい。そこをききわけておくれやす」

橘屋の宗助は、お蔦にむかいなおも腰を折り、頼みつづけていた。

「なにが双方円満にやな。円満に片付けられる話やないさかい、伊勢屋はあんたのところに公事を頼んだんやろ。うちを町奉行所に呼び出し、決着をつけようとしているのやないか。いくら貧乏してたかて、お千代にだけは十分食べさせ、かわいがって育ててます。この決着は、町奉行所ではっきりご裁許《さいきょ》（判決）をいただいたらよろしゅうおすがな。伊勢屋がどんだけの身代《しんだい》を持っておいやすか知りまへんけど、銭金で自分の意見をごり押しに通そうとしはっても、そうはいかしまへん。うちにも意地いうもんがおますさかいなあ。貧乏たれをばかにしたらあきまへんねんで。そこをしっかり踏まえときやす。ふん、あんさんはうちを店に誘いこみ、小判を並べて、伊勢屋のいい分にしたがっておくれやすと、頼むつもりどっしゃろ。しがない仕事、男はんの機嫌をとり、わずかな銭を稼いで暮してますけど、心のひん曲った連中から、鐚銭《びたせん》一枚でももらいとうおへんわ。へん、笑わせんときやす」

若い女は、激しい口振りで宗助に啖呵《たんか》をきった。

ついでつかまれていたきものの袖を、ぐいと引きはがした。

「お蔦はん――」

橋屋の宗助が、哀れな声で呼びかけた。

「なにがお蔦はんやな。二、三度会うただけの女に、気安い口をきかんときいさ。奉行所からの命令で、差紙をとどけてくれはったら、その日には確かにまた、お白洲《しらす》に出かけますさかい。ほなこれでさいなら。伊勢屋のど畜生に、うじうじ畳の目でも数え、しっかり後悔しておいやすとでも、伝えておいてもらいまひょか」

橋屋の店先で、声高に啖呵をきっているだけに、彼女と宗助のまわりに、すぐ人だかりができてきた。

もちろん橋屋の表暖簾の内側から、店の手代や小僧たちが、なりゆきをじっとうかがっていた。

お蔦はその場に宗助を残し、すたすた足を急がせ、公事宿が軒を並べる町筋を南に遠ざかっていった。

一旦、彼女を追いかけた宗助が、がっくり肩を落し、すごすごと橋屋の暖簾をくぐった。

町筋はやがてもとの静けさを取りもどした。

「あの女子は、お蔦ともうすのじゃな。それにしても、大変な啖呵のきりようじゃのう。口が勝手にすべるというのではなく、頭の回転が早いのであろう。うじうじ畳の目でも数え後悔していろとは、いい得て妙、あっぱれなほどじゃ」

菊太郎は鯉屋の暖簾から離れ、お多佳とお杉のそばにもどってきた。

「若旦那、もの凄い口ききの女子はんどすなあ。この間の夜も、あの調子でやりこめられはったんどすか。あれどしたら、どんな口達者でも太刀打ちできしまへんわ」

吉左衛門は鯉屋の近くに住み、世帯を持っている。

先夜はすでに長屋にもどって不在、経緯《いきさつ》を手代の喜六からきいていた。

「いかにも、刺のあるあの口調でやりこめられた。ろくにいい返すこともできなんだわい。年は二十六、七、綺麗な女子じゃが、口と同様、あの美しさにも刺がある。だが本当のところは、気のいい女子ではあるまいか。ひどく人に痛めつけられてきたゆえ、身を守るため、口汚くなったのかもしれぬ。臆病《おくびょう》な犬が、口やかましくわんわん吠《ほ》えるようにじゃ」

「いわはる通りかもしれまへんなあ」

吉左衛門が菊太郎の観察にうなずいた。

「むかいの橘屋はんは、どうやら相当厄介《やっかい》な公事を、お引き受けになったみたいどすなあ。手代の宗助はんとのやりとりをきいてると、分《ぶ》は、橘屋はんに公事を頼まはった伊勢屋はんより、あの女子はんにあるようどすわ。ああお与根、お客はんにお茶を持ってきてくれて、おおきに――」

お多佳は、土間の奥から盆に湯呑みをのせ、おずおずと現われたお与根に礼をいった。

「このお人がお与根はん。うちついこの間まで、鯉屋にご奉公させてもろうてましたお杉どす」

お杉はお多佳とお与根を交互に眺め、上り框から腰を浮かせて頭を下げた。

公事宿の鯉屋は、今日こそ静かだ。だがいま目前の橘屋で小さな騒ぎがあったように、近くで同じ商いを営む店同様、多くの日々、世間の争いごとをかかえ殺気立っている。

「お杉、急いでもいいようが、まあ茶ぐらい飲んでまいるがよい。おまえはあの女子にくらべたら幸せ者じゃや。しっかり励み、不幸の種をつくるなよ」

「若旦那さま、お杉にかぎり、そんな心配はあらしまへん」

「あの女子はん、もの凄い剣幕どしたけど、伊勢屋はんとことの揉《も》めごとで、勝ち目はありますのやろか」

四年余りも公事宿に奉公していただけに、お杉は事件の一端を見て、気を揉んだ。

菊太郎がお蔦に同情を抱きはじめたように、お杉も彼女の毒に、むしろ哀れを感じ出していたのである。

「いったいどこの伊勢屋かは知らぬが、お蔦の口振りから察すれば、伊勢屋はあの女子に対して相当不利。橘屋がお蔦を店に誘いこもうとしたのも、糺の行く末を案じたからであろう。お蔦が指摘した通り、金で決着をつけてくれと、伊勢屋から頼まれているのかもしれぬ」

「いくら貧乏してたかて、お千代にだけは十分食べさせ、かわいがって育ててますと、いうてはりましたなあ」

お多佳が宙に目を投げてつぶやいた。

「するとお千代ともうすのは、あの夜、わしの前をさっと走りぬけた幼い女の子かな。されば伊勢屋が橘屋に頼んだ公事は、あの子をめぐっての争いじゃな」

「相当、ややこしい事情があるみたいどすなあ」

「根性のひん曲った連中から、鐚銭一枚でももらいとうおへんと、息まいてましたさかい、これは大分難儀どっせ」

お多佳の言葉に、吉左衛門がつづけた。

公事宿は争いごとの調停も行なうが、町奉行所は貧富の差から、公事の裁許を下すことはなかった。それではご政道がゆがめられる。

双方から返答書を出させ、お白洲に召し出して糺を行ない、対決（口頭弁論）をくり返し、裁許を下すのである。

菊太郎にも、橘屋がいま悩んでいる事件の構図が、なんとなく見えてきた。

伊勢屋から訴えを起されたお蔦は、一見してどこかの安店で、酌婦《しゃくふ》でもしている女らしかった。

「お店さまに若旦那さま、うち、それではこれでおいとまさせていただきます」

表の騒ぎの熱が少し冷めたのをみすまし、お杉が花屋町にもどるといい出した。

「ああ、そないにしなはれ。ほなお杉、うちもそこまでちょっと一緒しまひょ」

お多佳はお杉にいい、今度は前掛けをはずし、吉左衛門が坐《すわ》る帳場に近づいた。

小銭を入れた銭箱のふたを開ける。

途中までお杉とともに行き、土産物でも買いあたえるつもりのようであった。

挨拶をして、お杉がお多佳のあとにつづいた。

「吉左衛門、手代の幸吉はいかがしておる」

菊太郎がお百を抱き上げてたずねた。

「へえ、奥の納戸《なんど》で、古い帳面を調べさせておりますけど——」

「さればちょっと用を頼みたいのじゃが」

「わかりました。どうせ東町奉行所の銕蔵さまの許でございまっしゃろ」

「当初の行きがかりからじゃ。まさか橘屋に、公事の内容をたずねるわけにもまいるまい。銕蔵の奴に、伊勢屋やお蔦のことをきき出させるのよ。他店《よそ》が引き受けた公事とはいえ、弱い者には味方が要ろう」

菊太郎の胸で、お蔦の毒舌が、弱い犬の精いっぱいの鳴き声にきこえていた。

三

東山の峰が夕陽を浴び、赤く染まっている。

三条・木屋町（樵木町《こりきちょう》）の料理茶屋「重阿弥《じゅうあみ》」にくると、菊太郎は深編笠《ふかあみがさ》の紐《ひも》をとき、敷石を伝った。

「おいでなされませ——」

式台で手をつき、かれを迎えたのは、お信《のぶ》であった。

「銕蔵とここで落ち合う予定じゃが」

「はい、銕蔵さまはすでにお待ちでございます」

お信は約十日ぶりに会う菊太郎を、まぶしげに眺め上げた。

かれが重阿弥に寄った日、二人は彼女が住む法林寺脇の長屋に行かないまでも、必ずどこかで二人きりになっていた。

お信には、今年九歳になる娘のお清がいる。

最も感じやすい年頃だけに、二人ともなにかと気を配っていた。

菊太郎はお信と関係が深まって以来、お清に、母親と仲のいいおじさんをずっと演じているのである。

「なれば案内《あない》してもらいたい。少し涼しくなったが、お清も元気でいるであろうな」

お信に導かれ、異腹弟の銕蔵が待つ部屋にむかいながら、菊太郎は彼女にたずねた。

「はい、元気にしております。菊太郎さまのおいでがない、病気にでもおなりではないかと、案じておりました」

「もうしわけない。わしが長屋やこの重阿弥に足しげく通えば、みんなに迷惑をかけるうえ、やはり外聞も考えねばならぬ。そのうちなんとかいたす。いましばらく、我慢していてもらいたい」

菊太郎の言葉に、お信は顔を伏せたまま、小さくうなずいた。

料理茶屋重阿弥は、もとは銕蔵の妻奈々《なな》の父、錦小路《にしきこうじ》で海産物問屋を営む播磨屋《はりまや》助左衛門が、客をもてなすため、贔屓にする店であった。

助左衛門は、自分が悪者となり田村家の跡目を異腹弟の銕蔵に潔《いさぎよ》くゆずった菊太郎に、男気を感じている。そのためかれがいつ重阿弥で遊興にふけっても、支払いは錦の方に回してほしいと、店の女主に伝えていた。

銕蔵と奈々が夫婦になって四年、この夏、彼女の懐妊を、菊太郎は鯉屋のお多佳から耳打ちされていた。長年、病床につく父次右衛門や、義理の母政江のためにも、よろこばしいと思ったものである。

「あなたさま、こちらでございます」

お信が重阿弥の二階、奥まった部屋の外で膝《ひざ》をつき、襖戸《ふすまど》を開いた。

「兄上さま、随分、遅うございましたな。先に独りで飲ませていただいております」

菊太郎の姿を見て、銕蔵は一旦正座し、両手を膝において頭を下げた。

「いやかまわぬ、楽にしてくれ」

「されば仰せにしたがいまする」

お信が菊太郎の手から千手院康重の刀を受け取り、床の刀掛けに運んでいく。銕蔵はすぐさま姿勢をくずした。

床の間には、与謝蕪村《よさぶそん》筆の「闇夜漁舟図《あんやぎょしゅうず》」が掛けられていた。

闇の川に舟を出し、篝火《かがりび》の明りを頼りに、父子が投網《とあみ》をうっている。その姿や、夜の闇と篝火の二つを、墨の濃淡とあわい色で鮮やかに描き分け、画幅の右上に〈謝春星写〉と落款《らっかん》が記されていた。

京のしかるべき家や料理屋では、床掛けを、客をもてなす品として大事に扱う。

誰にもわかりやすい円山応挙《まるやまおうきょ》の円山派、またかれと与謝蕪村の流れを合わせてくむ四条派の、平明で写実的な絵が好まれた。

菊太郎は父の次右衛門が書画好きのため、いま重阿弥の床に掛けられる絵と、よく似た絵が、少年のころ家に掛けられていたのを、かすかに思い出した。

与謝蕪村は今でこそ俳人としても、日本絵画史の上でも高く評価されている。だがこんな「闇夜漁舟図」を描いた五十五、六歳のころ、画家として評価は低く、一幅の絵を描いても、銀一枚にもならなかった。

銀一枚は四十三匁《もんめ》、六十匁で金一両。米一石（十斗）がだいたい銀六十匁として換算すると、現在の高名に反し、極貧に終ったゴッホなどに近かった。

それゆえ五十歳ごろのかれは、生活のため小品を多作した。

金が欲しいので、田舎《いなか》の人に山水図を売ってもらいたい、六曲一双の屏風《びょうぶ》を三両で売りたいなどと、知人に宛て手紙を書いている。

「兄上さま、なにをぼんやりいたしておられますする」

床掛けを眺める菊太郎に、床を左にして坐る銕蔵が、早くお着座をといわんばかりに声を掛けた。

「わしはこの蕪村画を見ているのじゃ。父上さまはお元気にいたされていような」

「はい、気分のよいときには、母上さまのお手を借り、屋敷内《うち》のせまい庭を歩いたりいたされておりまする。中風《ちゅうふう》とはあんなものでございましょう」

「そなたは冷たいことをもうす」

「はばかりながら父上さまのわがままには、十分我慢を重ね、付き合いもうしておりまする。今朝など、何幅もの絵の掛け替えを命じられ、五幅目でやっと御意にかないました」

　手足の自由がきかないため、次右衛門は妻の政江や銕蔵に、書画の掛け替えをいいつけるのである。

「それでどんな絵が御意にかのうた」

「艶《なまめ》かしい春信の遊女図でございました」

「けったいな親父どのじゃ。母上さまがご機嫌を損ねられたであろう」

「いやそれが、気だけでも若返っていただかねばならぬと、かえってよろこんでおられました」

「若いころは相当、人にかくれ遊ばれてきた親父どのじゃ。死を間近にして、昔をなつかしんでおられるのかもしれぬ」

「兄上さまこそ不謹慎でございましょう」

「ともかく床に艶かしい絵を掛けられるほどなら、頭だけはしっかりいたされている」

「わたくしに、お役目のほどをしきりにたずねられまする」

「田村家は代々、同心組頭につく家柄、無理もなかろう」

「同心組頭の家柄ともうせば、兄上さま、東町奉行の佐野肥後守さまが、かねてから兄上さまと、内々お会いしたいともうしておられますする。昨日もてまえをお呼びになり、ご催促いたされましたが、いかがされるおつもりでございますする」

佐野肥後守は、名を庸貞《つねさだ》という。

文化十年（一八一三）一月、京都東町奉行に就任した。

幼名は金蔵、御膳奉行佐野安房守庸寿《つねなが》の七男。妾腹《しょうふく》の子として生まれた。

安永四年（一七七五）、二十歳のとき、十代将軍家治に拝謁、三十一歳で小姓組に列した。

当年六十一歳。自分の生まれがわけありだけに、公事宿鯉屋の居候を決めこむ菊太郎に、ひどく関心を寄せていた。

菊太郎が陰からなにかと東西両町奉行所に役立っているのを、隠し目付からきかされていたのだ。

「いかがされるおつもりだとたずねられても、わしとしては答えようがないわい」

「お奉行さまにお会いめされませぬか」

「肥後守はわしに、隠し目付にでもなれともうすにちがいあるまい。わしは紐つきはまっぴら。堅苦しい暮しなどしたくないわい」

「やはりでございまするか」

鋏蔵は渋い顔をみせた。

「されど、別家を立てさせるともうされたら、いかがいたされまする」

「それもご免じゃな」

「兄上さまのご気性を考えれば、さようでございましょうな。しかれどあの肥後守さま、なかなかの狸《たぬき》でございまするぞ」

意味ありげに鋏蔵はつぶやいた。

「鋏蔵、今日わしがそなたと待ち合わせたのは、さような話ではなかったはずじゃ。三日前、鯉屋にきてもらい頼んだ一件、あらまし調べてまいったであろうな」

兄弟の話がやっと本題にふれたとき、お信が新しい銚子を三本運んできた。

彼女は、播磨屋助左衛門から頼まれた重阿弥の主夫婦の特別な計らいで、仲居でも身軽な勤めの身であった。

「まだ膳にお箸《はし》をおつけやなかったんどすか」

「ああ、つい鋏蔵と話がはずんだのと、熱燗《あつかん》を待っていたのじゃ」

「お信どの、兄上さまにお注ぎしてくだされ」

鋏蔵は二人の仲を知っているだけに、お信に敬称をつけていた。

彼女が菊太郎と鋏蔵に酒を注ぎ、部屋から退《の》いていった。

「さて、橘屋がいま手こずっている公事は、六歳になるお千代ともうす幼児の、引き取りをめぐっての一件でございました。橘屋に扱いを頼んだのは、ここからさほど遠くない備前島《びぜんじま》町で、炭問屋を営んでいる伊勢屋八郎右衛門。訴えの相手は、祇園内《うち》六町の一つ、末吉町の一膳飯屋梅屋で、酌婦として働くお蔦ともうす女子。住居は三条白川に近い長屋でございまする」

あの夜見たおかっぱ頭の女の子の姿が、菊太郎の胸を横切った。

「お千代なる子どもは、伊勢屋八郎右衛門と、そのお蔦との間に生まれたのじゃな。炭問屋の伊勢屋なら、高瀬川筋の大店《おおだな》、名前をきいたおぼえがある」

備前島町は、いまでいえば中京《なかぎょう》の河原町蛸薬師《たこやくし》通東。高瀬川に面していた。

「ところがさようではございませぬ。そこが厄介な点で」

「いかなる仔細《しさい》じゃ、もうせ」

「伊勢屋八郎右衛門は三十七歳。お千代はお蔦の子ではなく、実はお蔦の朋輩《ほうばい》のお稲ともうす女が、産んだ子にございまする。お稲は梅屋で働いているとき、八郎右衛門と深い仲となり懐妊、哀れにも捨てられました。そしてお千代が一歳半ばのおり、病没したのでございます。一方、八郎右衛門は、お稲がお千代を産んだあと、三条室町の呉服商吉野屋から、妻登《と》世《よ》を迎えたものの、一向に子どもに恵まれませぬ。そこで身内から、養子を迎えるよりお千代をとの声が出されたそうでございますが、どっこい勝手にはなりませぬ。死んだお稲が、お蔦を姉と慕い、養育を頼む一札《いっさつ》を書き残していたからでございます。伊勢屋八郎右衛門の奴、お稲に子どもを孕《はら》ませ捨てるにしても、相手がそこそこ納得する手切金でも出しておけば、よかったのでございます。ところがその折は銭を惜しみ、誰の子かわかったものではないと、冷たく突き放したともうしまする。お蔦が意地になり、一札を盾にお千代を渡そうとしないのも、無理からぬ頑張りでございましょう。お蔦は末吉町の梅屋で懸命に働き、乳飲子のお千代を育ててまいりました。くわえてお千代も、お蔦を母と慕い、なついておりますそうな。公事宿の橘屋は伊勢屋と相談、当初、お蔦を懐柔《かいじゅう》すればすむと、簡単に考えていた工合でございます。されど金を積めば積むほど、お蔦は意地になり、あげく奉行所に訴えを起して、裁許を仰ぐ次第になったそうにございまする」

「なるほど、さような理由があったのか」

「お白洲での初めての対決のとき、伊勢屋八郎右衛門と橘屋の下代は、お蔦に養育の礼をのべるどころか、場末の酌婦が子どもをろくに育てられるはずがないと、迂闊《うかつ》にももうしたそうでございます。これでは相談をぶちこわすにひとしく、お蔦が片意地になるのも、無理ではありますまい」

人情の機微など知りようもない大店の若旦那上がりが、えらそうな顔でお蔦の生業《なりわい》を卑しめていい立て、取り調べ役に両手をつく光景が、目に浮かんでくる。

——そんな女子に子どもを孕ませて捨て、同じ酌婦の女子に子どもを育てさせてきたくせに、なにがいまさら実の父親じゃい。銭さえあればと考えているおまえみたいな下種《げす》な男に、大事なお千代を渡せるわけがないやろ。うちが身売りしてでも、お千代だけは立派に育てていくわいな。勝手な手を出さんと、放っておいてんか。

歯切れのいいお蔦の啖呵が、菊太郎の耳にはきこえるようであった。

「ところで、当のお千代はなんともうしているのじゃ」

「お千代はお蔦が生みの親でないことは、早くから世間にきかされてきたそうでございます。されど伊勢屋の話には、首を横に振るばかり。お千代を育てるのに手を貸してきた長屋の連中も、伊勢屋の身勝手さに怒っておりまする」

「炭屋のろくでなしか。温かい炭火に当ってぬくぬく育ってきた奴に、お蔦の気持など察せられまい」

「いかにも。死んだお千代の母親とお蔦の二人は、天明八年（一七八八）の大火で、生後間もなく両親や兄弟と死に別れ、人の手から手にと渡って育ち、十八、九のとき、末吉町の梅屋で、偶然出会った仲だそうにございます」

「天明の大火とな。するとお蔦は、二十九になるのじゃな。あのときわしは、もっと若いと見ていたが――」

菊太郎は最初の出会いと、鯉屋の筋むかいで威勢よく啖呵をきっていたお蔦の姿を、思い出していた。

天明八年正月三十日の未明、鴨川の東、宮川町団栗図子《どんぐりずし》の空家から出た火は、鴨川の西にも飛び、二日二晩にわたって京の町を焼きつくして、二月二日の明け方ごろやっと鎮火した。焼失家屋は三万六千余軒、世帯数六万五千余軒。寺は二百一カ寺、神社三十七が焼け、死者は千八百余人と記録されている。

京都の町が、次第にもとの姿に復興していく中で、お蔦とお稲は、苦労につぐ苦労を重ね育ってきたのだろう。

当時、祇園はそこそこの暮しの人々なら、決して足をむけない三流の遊興地。四条大橋もまだ架《か》けられていなかった。

「銕蔵、さようなことでは、奉行所も始末に困っていよう」

「いかにも。いくら伊勢屋がどこに金を使ったとて、効果はございますまい」

「わしならいっそお蔦をうまくまるめこみ、伊勢屋の身代をそっくり乗っ取ってくれる」

「兄上さま――」

「眉をしかめるなら、人を見てからにしてもらいたい。わしにそんな度胸などないわい。いずれにせよ、この一件は波乱ぶくみじゃ。危いなあ」

　菊太郎は皿の煮魚に箸をのばし、銕蔵に軽く笑いかけた。

「兄上さま、なにが危いのでございます」

　さすがに銕蔵は、膝を乗り出した。

「出入物が、血を見る吟味物になる恐れがあるともうしているのじゃ」

「なにをお考えか、仔細はぞんじませぬが、事件を防ぐため人手がご入用なれば、禁裏付きの懇意、赤松綱《あかまつつな》にでも助勢を頼みましょうか」

「おお、さようにいたしてくれ。鯉屋の吉左衛門や喜六では心許ない。主の源十郎にもうせば、よその公事宿の事件に首をつっこむなどとんでもないと、叱られてしまう」

　禁裏付きは、徳川幕府がその実は朝廷の動きを監視するため、御所につけた組織。菊太郎は以前にも、赤松綱の協力を得ていた。

　鯉屋にもどる前に、祇園の梅屋のまわりを歩いてみるか。すでに菊太郎は、そう腹づもりを決めていた。

四

「ちえっ、もう店仕舞いの時刻かいな」

「さあ足許に気をつけてもどり、膝小僧でも抱いて寝なはれ」

「お蔦はん、相変らずきついことをいうのやなあ。人のおごりでさんざん酒を飲んだくせに、少しぐらいわしに付き合うてくれてもええやないか」

「あほらし。銚子の四、五本で口説《くど》かれてたまるかいな。それにうちは、あんたよりずっと年上なんえ。世間ずれをした年上の女子が、どんだけしつこいもんか、知りたいんか。知りたいんやったら、とことん教えてあげまっせ。覚悟のうえの誘いなんやろなあ」

お蔦は毒々しい目付きで、若い職人風の男の顔をのぞきこみ、はあっと酒臭い息を吐きかけた。

「おお恐《こわ》。わしはほんの冗談のつもりや。折角の酔いが醒《さ》めてしまうがな。帰る帰る。もう帰って寝るわいな」

若い男は、お蔦の気迫にたじたじとなり、床几《しょうぎ》から腰を浮かせた。

祇園・末吉町の梅屋は、五つ半（午後九時）に縄暖簾を仕舞いこむ。

店には古手のお蔦をふくめ、三人の女が働いていた。

やってくる客は、色茶屋にくりこむ前に、いっぱい酒を引っかけていく男が半数。あとの半数は、仕事のもどり、仲間と安い煮物を肴《さかな》にして、憂《う》さをはらしていく懐のさみしい職人などであった。

縄暖簾を仕舞いこんだあと、お蔦たちは店の片付けや洗い物にかかる。

それがすむのは、だいたい四つ（午後十時）をまわっていた。

一番年の若いおよねは、梅屋から一町ほど先の四条縄手を下がった長屋に住んでおり、急ぎ足で家に帰っていく。お蔦と中年すぎのおりくは、梅屋の二階の小部屋で仮眠をとった。湿った布団にくるまり、仕事で疲れた身体《からだ》を横たえた。

梅屋の主は忠吉、女房はお勝といい、二人とも六十半ばだった。

近くの人々の噂《うわさ》によれば、お勝はもと祇園内六町のどこかで、遊女稼ぎをしていたといい、植木職人だった客の忠吉と出会った。やがて遊女屋から足を洗い、奉公先や親兄弟から縁切り同然となった忠吉と、小さな一膳飯屋をはじめ、いまでは五十坪ほどの店に広げたのだという。

店仕舞いのあと、三日に一度の割りで風呂が焚《た》かれる。

風呂をつかい、二階の小部屋にもどると、お蔦とおりくは、やれやれと寝間着の襟をくつろげてへたりこんだ。

お蔦が住むのは、三条白川に近い今道町《いまみちちょう》の長屋。おりくは五条坂の仏師《ぶっし》中之町《なかのちょう》だった。

二人とも急ぎ足で帰れば、長屋まで四半刻（三十分）ほどだが、四つをまわってからの夜道では、なにが起るかわからない。毎晩、梅屋で仮眠したあと、朝になってからそれぞれの長屋に帰り、夕刻前、再び梅屋に働きに出てくるのであった。

「お蔦はん、お千代ちゃんはもう寝たやろねえ」

おりくがお蔦に、なぐさめ顔でたずねる。

「むかいに住んでる粟田《あわた》焼《や》き職人の甚七はん夫婦が、気のええお人たちなんやわ。子だくさんのせいか、四人も五人育てるのも一緒やといい、お千代を預かってくれてはります。うちほんまに大助かりどす。朝、長屋にもどり、まだ眠ってるお千代をかかえ、自分の家でまた添い寝するのが一番の極楽。それがなければ、店の旦那には悪いけど、質《たち》の悪い酔っぱらい相手に、酒なんか飲んでられしまへん」

「それにしてもお蔦はん、あんたほんまによくやるねえ。お稲はんがあの世で、きっと両手を合わせ拝んではりまっしゃろ」

「よくやるのは、お互いさまやんか。西本願寺さまの鐘楼から足をすべらせ、両脚を折ったご亭主と子ども二人、女の細腕で食わしていくのも、生やさしゅうないやろしさ」

「うちは自分の家のため。そやけどお蔦はんは、人が産んだ子どもを育てているのやさかい、大変やわ」

「大変は大変やけど、これは仕方のないことなんやわ。お稲はんとは生まれたときからの知り合い。お互い天明の大火で、家族を失った者同士。悲田院《ひでんいん》で育ち、年頃になって、あっちこっちへ奉公に行かされたけど、どこでも親無し子といじめられ、やっとたどり着いたところがこの梅屋。お稲はんが炭問屋の伊勢屋八郎右衛門に弄《もてあそ》ばれ、お千代を産んで死なはったさかい、うちが面倒みるしかあらへんやろ」

「それでもよく人の子を、乳飲子のときから育てられるねえ」

「ものは考えようやわ。うち一人やったら、とてもまともには生きてられへん。けど子どもを一人育てなならんと思うと、ぐれてなんかいてられへんやろ。うちはお千代を育てさせてもろうてると、感謝してますえ」

「へえっ、そないな考え方もあるんや」

「うちも死んだお稲はんも、子どものときから、奈落《ならく》から這《は》い上がろうと必死で気張ってきました。そやけど、奈落で育ったもんはそんだけのもん。いつも苦《にが》い水ばかり飲まされ、ほんまにええことは、一つもありまへんどした。そんな暮しだけはお千代にさせとうない。その気持だけを張りにして、男に口説かれても、頑張らせてもろうてます」

お蔦はいつも店の客に返す毒舌とはちがい、しんみりした口調で、おりくに語りつづける。

「そのお千代ちゃんを何年もあんたに育てさせながら、伊勢屋もいまになり父親面して、引き取りたいなんて、よくいうよ。厚かましすぎますわ」

「あの八郎右衛門の奴は、商売物と一緒で、腹の中までまっ黒なんやろ。ど畜生とは、あんな男をいうのとちゃうか。うちはどれだけ金を積まれたかて、絶対、お千代をあの男にだけは渡さしまへん。お稲はんも返してくれるなと、いうてはるに決ってます。もし奉行所があの男に軍配を上げ、お千代を伊勢屋に渡せというのやったら、うちは二人で首をくって死んでやるつもりや。世間にそんな道理は通らしまへん」

お蔦はお千代をめぐる伊勢屋との争いごとに話がおよぶと、いつもの険悪《けんあく》な顔にもどり、激情的になるのであった。

こうして一日一日がすぎている。

「お母ちゃん、うち甚七のおじちゃんところで、おとなしゅう寝てるさかい、明日の朝も早うもどってきてや」

お千代は、髪をととのえ今道町の長屋から仕事に出かけていくお蔦を、毎日、手を振って見送る。

お蔦は白川の流れにそい、祇園・末吉町の梅屋にと急いだ。

東山の水を集め、鴨川に流れこんでいく白川の水音が、秋の近さを告げるように、急に高くなっていた。

「あれがお蔦ともうす女子でござる。最初に出会うたときは薄暗がり。いささか案じはしたものの、幸い顔をおぼえられておらなんだゆえ、一昨日の夜、わしはそ知らぬ体《てい》で、梅屋に酒を飲みにまいった。お蔦はすでにお話しもうし上げた通りの毒舌で、客をあしらい、暮しのほども大方がわかりもうした。ところが一昨夜、客の中に、むっつり黙りこんで酒を飲む中年すぎの男が二人見かけられた。馴染《なじ》み客ではなく、こ奴らが、店でお蔦にいいがかりをつけて殺し、お千代を伊勢屋に引き取らせる役目を負うているのではないかと、わしはにらんでおるのじゃが」

お蔦が梅屋に急ぐ半町ほど後ろで、菊太郎が禁裏付きの赤松綱に説明していた。

綱の腕前は、一年ほど前、大本山青山寺《せいざんじ》の寺侍、影山大炊《おおい》を討ったことで、証明ずみであった。

菊太郎は自分を伊勢屋八郎右衛門の立場に置きかえ、自分ならこうすると考え、客としてまず梅屋をのぞいたのである。

「その二人連れの客は、昨夜も梅屋にまいっておりましたのじゃな」

貧乏な寺侍の風体《ふうてい》の赤松綱が、中肉中背のすずしい目で、菊太郎にたずねた。

お蔦が酔った客と悶着《もんちゃく》を起し、その場のなりゆきで刺殺される。結果として当然、全くの孤児になったお千代は、実父伊勢屋八郎右衛門に引き取られることになる。

いまお蔦が殺害されたとなれば、まっ先に疑われるのは八郎右衛門。だが彼女の刺のある客とのやり取りの証言があれば、少々の疑いなどすぐ晴れるだろう。

「いかにも。連日、客となれば、不審に思われる恐れもあり、昨夜は店の外で見張っておりもうしたが、やはり同じ男が二人、暖簾をくぐっていきおった」

「菊太郎どののご推察通りかもしれませぬが、それではいささか単純すぎまいか——」

「どう単純すぎよう。遠慮なくもうされい」

「さようにすぐたずね返されたとて、てまえにはお答えもうしかねる。いわば勘みたいなものでもうしたまで。まあ許されい」

綱にいわれ、菊太郎はふと眉を翳《かげ》らせた。

一刻（二時間）ほどあと、二人は梅屋の暖簾をくぐり、土間の目立たない隅の飯台に腰を下ろした。

怪しい二人連れの男が、先に店に入ったのを確かめていた。

「なににさせていただきまひょ」

赤い前掛けをかけた中年すぎのおりくが、二人の飯台に注文を取りにきた。

「銚子二本に、めざしでも添えてくれまいか」

綱が貧乏臭い物腰で頼んだ。

菊太郎は落魄《らくはく》の浪人。旧知の公家侍に窮状を訴えるため、店の暖簾をくぐった体にすると、打ち合わせられていた。

二つほど飯台をへだてたむこうから、怪しい二人連れが、こちらに鋭い視線を投げている。

やがて注文した酒とめざしが運ばれてきた。

五十坪余りの店の土間に、飯台が八つ置かれ、菊太郎たちをふくめ、五組の客がそれぞれ酒を飲んでいる。にぎやかに騒いでいる四人連れもいた。

お蔦があちこちで酒をすすめられ、立ったまましきりに盃を空けていた。

怪しい二人連れが、誰に難癖をつけるべきかと、蛇のような目で物色しているのが、菊太郎にも綱にもはっきり察せられた。

菊太郎は綱が差し出した銚子をたてつづけに盃で受け、口に運んだ。

先ほど綱にいわれた言葉が、まだ頭にしみついている。それではいささか単純すぎまいか――。綱の勘を信じたかった。

「ふん、めざしみたいなもんを肴にして、しみったれた飲み方をしおってからに――」

二人連れの一人が、お蔦が出し巻きを運んできたとき、ちらっと菊太郎に目をやり、いよいよつぶやいた。

「お客はん、あんたどこの誰さまか知りまへんけど、うちの店で変なことといわんといとくれやす。うちの店のお客はんにいちゃもんをつけはるんどしたら、お代はいただきまへんさかい、出ていってもらいますえ」

　ひそかに予想していた通り、二人連れは菊太郎に的《まと》をしぼってきた。

「なんやとこの女《あま》、てめえ、客にえらそうな口をきくやんか。人前でおれに恥をかかせる気やな」

　顎《あご》に切り傷のある男が、鋭い目つきで立ち上がる。

　店の中が一瞬に静まり、険悪な空気がただよった。

「綱どの、単純すぎるともうされたこと、いま相わかった。ここを頼む」

「わしもじゃ。お千代が無事であればよいが」

　立ち上がった男が、飯台の上のものを、両手で横になぐ大きな音を背中でき き、菊太郎は店から飛び出した。

「なにをおしやすんや。この極道者が――」

　背後でお蔦の毒舌がはぜていた。

　伊勢屋は備前島町界隈で一番の金持ち。当主の八郎右衛門がお千代を引き取りたいと思っても、妻の立場からすれば、当然反対に決っている。

　――うちの身内から養子を迎えたい。

　たったいま菊太郎は、自分を伊勢屋の妻に置きかえ考えたのである。

これを実現させるには、お千代を殺せばいい。お蔦の殺害を企むのとは別な意志が、すでにお千代にむけ動き出しているのではないかと、急に思いついたのだ。

菊太郎は白川沿いの夜道を、疾風《はやて》の速さで走った。

下見をすませていた今道町の長屋に駆けこみ、毎夜、お千代を預かっているときく甚七の家の前に立った。

「ど、どうぞ、か、堪忍しとくれやす」

哀れな声が家からひびいている。

甚七夫婦とお千代をまじえた一家七人が、いきなり戸を開けて現われた若いならず者から、ぎらっと匕首《あいくち》を突きつけられ、声をのんだところであった。

「お千代とはその娘やな」

「どあほう、お千代とはわしのことじゃ」

即座に背後から、菊太郎が言葉を返した。

伊勢屋の手代善五郎が、ぎょっとして後ろを振りむいた。

同時に、菊太郎が腰に帯びていた千手院康重の柄が、ぐっとかれの腹に突き入れられた。

善五郎は伊勢屋の女主から二十五両を渡され、お千代を殺して賭場《とば》の借金を返しなはれと、命じられたのだ。

「ぐ、ぐえっ――」

かれが目を白く剝《む》き、悶絶《もんぜつ》した。

粟田焼き職人の甚七には、ことのなりゆきがわからない。長屋中が大騒ぎになったとき、末吉町からお蔦が、息もたえだえになり駆けつけてきた。

「お侍さま」

「わしはそなたのお千代を、拐《かどわ》かすつもりではないぞよ」

菊太郎は甚七に、お蔦に水をやってくれとうながし、にやっと笑った。

「あ、ありがとうございます。梅屋に残らはったお侍さまが、あの二人のならず者をたたきのめし、縛り上げてくれはりました。これまでずっと、奈落で生きてきましたけど、この水、奈落の水にしても、おいしゅうございますわ」

お蔦は甚七が差し出した柄杓《ひしゃく》の水を、喉《のど》を鳴らして飲み乾した。

涙を浮かべた顔で、菊太郎を眺め上げた。

厄介《やっかい》な虫

一

朝晩、寒いほどになっていた。

「源十郎、今日は女房のお多佳《たか》どのを、ちょっとお借りいたすぞ」

公事宿《くじやど》「鯉屋《こいや》」が、田村菊太郎に宛がっている奥の居間から、当人が猫のお百《ひゃく》を抱え表に出てきた。

帳場で目安（訴状）を書いていた主《あるじ》の源十郎に、立ったまま無造作に声をかけた。

きものは着流し、素足の爪がのびていた。

「へえ、承知してます。そやけど、昨夜はおそいおもどりどしたのに、もうお目覚めどすか」

「銕蔵《てつぞう》の奴に酒を馳走になり、ついおそくなったのじゃ」

銕蔵は異腹弟、父次右衛門のあとをつぎ、京都東町奉行所同心組頭をつとめている。

妻の奈々《なな》は、中京・錦小路《にしきこうじ》で手広く海産物問屋を営む「播磨屋《はりまや》」助左衛門の娘。この夏、彼女の懐妊をきいていた。

「さようどしたか。それはようございました。それで朝御飯はもうすまさはりましたんかいな」

「いや、これからお百と食べるため、お与根《よね》に用意してもろうているところじゃ」

「では早う召し上がっておいでやす」

「ところでいま何時《なんどき》じゃ」

「へえ、そろそろ四つ（午前十時）をすぎるころでございまっしゃろか」

鯉屋の源十郎は、二条城南の大宮通りにちらっと目を投げ、菊太郎に答えた。

この界隈《かいわい》には、公事宿が軒をつらね、〈同業者町《まち》〉を形成していた。

一般に公事は〈出入物《でいりもの》〉といわれる。民事訴訟を起す人々は、こうした公事宿に事件の処理を依頼し、なかでも遠国からやってきた人々はここに泊り、対決（口頭弁論）や糺《ただし》（審理）をたびたび受け、奉行所の裁許《さいきょ》（判決）を仰ぐのである。

「ほう、もう四つ時分にもなるのか」

「先ほどお多佳は、菊太郎さまはよく眠っておいやすさかい、お起しするのもなんどすと、ついそこまで用足しに出かけました。けど外出の仕度をすませておりますさかい、間もなく帰ってきまっしゃろし、いつでも若旦那《わかだんな》のお供ができるはずどす」

「それはすまぬことをいたした」

「若旦那らしゅうもなく、なにをおいいやすのや。それで失礼なことをおききしますけど、銭はお持ちやすのかいな」

「ぜに、銭だと。たずねるまでもなく、わしがさようなものを、持っているわけがなかろう。ぬけぬけとぬかすまい」

「どうせそうやろと思い、ここに三両包んでおきましたさかい、どうぞこれを使うとくれやす。いうておきますけど、けちなお買い物をして、あとで酒代に回そうなどと、下手な了見を起さはったらいけまへんねんで」

「ばかをもうすな。お信《のぶ》とお清に冬のきものを買うてやるため、お多佳どのに見立てていただくのじゃ。いくらわしでも、さような不埒《ふらち》をいたすものか。酒代がほしくば、堂々とそなたからふんだくってやるわい」

「堂々とはなんどすいな。わたしは若旦那から強請《ゆす》られる覚えは、なにもあらしまへんねんで。うちの親父みたいに、別に女子《おなご》を囲うたりもしてまへんさかいなあ」

源十郎は菊太郎に、三両の金包みを手渡しながら軽くいなした。

かれの父親宗琳《そうりん》（武市《ぶいち》）は、妻を早くに亡くしたため、東山の高台寺《こうだいじ》脇に別宅を構え、妾《めかけ》のお蝶と暮している。

今年七十二歳、お蝶は二十九歳。当初、二人の年のへだたりが、ちょっと気にかかったが、お蝶は宗琳のそばにいつもはべり、源十郎を安心させていた。

七十二歳でも、閨《ねや》のつとめは果しているといい、もしお蝶が身ごもりでもすれば、源十郎とお多佳は自分たちが引き取り、鯉屋の跡取りとして育てるつもりだった。

「女子を囲うか。するとわしや宗琳は、そなたにくらべ、ふしだらだといいたいのじゃな」

菊太郎は金包みを懐《ふところ》にしまいこみ、源十郎に笑いかけた。

「菊太郎の若旦那、今日は変にからまはりますのやなあ。三両もお出しして、損な気分にさせんとくれやす。わたしはそういうてしまへんえ。親父が若い女子と気楽に老後をすごし、長生きしてくれたら、人さまになにをいわれても、それが一番の親孝行やとわたしは思うてます。若旦那についてどしたら、お信はんをいつまでも重阿弥《じゅうあみ》で働かせておかんと、早うお店をやめさせ、所帯をお持ちやしたらいかがどす。もしその気にならはりましたら、この鯉屋の近くに、一軒仕度させていただきます。九つになるお清ちゃんのためにも、それがええのとちがいまっしゃろか」

「源十郎、実は昨夜、弟の銕蔵の奴にもそれを意見されたのじゃ。寝ついたままの父次右衛門や義母、それに銕蔵の妻奈々どのの父親助左衛門どのも、ひどく気にいたされているそうな。助左衛門どのは、銕蔵がわしに代り田村家をついだ経緯《いきさつ》をご存知だけに、なおさらとみえる。お信はその助左衛門どのが、商用のため利用される料理茶屋で働いているのだからなあ。姿を見かけるたび、やはり気に病まれよう。しかも東町奉行所から、わしを与力に登用してもよいとのお沙汰《さた》が、内々にもたらされているときけば、よけいじゃわ」

「昨夜、銕蔵さまといっぱい酒を飲まはったのも、その話どしたんかいな」

「いかにも、煎《せん》じつめればそうじゃ」

「公事宿の鯉屋としては、菊太郎の若旦那に、居候《いそうろう》としていつまでもいてもらいとうおす。そやけど、若旦那がご決心されるんどしたら、お止めなんかできしまへん。そうしはるんどしたら、わたしは若旦那をきっぱりあきらめまっせ」

　源十郎はかれからふと視線をそらした。

「そなたがさように拗《す》ねぬでもよかろう。わしみたいに世間からはみ出した男、いくら京都所司代や町奉行の佐野肥後守に、親しく声をかけられても、今更、うかうかさような話に乗ったりいたすものか。すまじきものは宮仕え。町奉行所から扶持《ふち》をもらえば、上役はもちろん、同輩にもはたまた下役にも、なにかと気をつかわねばなるまい。わしは年に何千両積まれたとて、堅苦しいのはまっぴらじゃ。いまの気楽さがなによりよ。お菰《こも》（乞食）も三日やったらやめられぬと、もうすではないか。市井《しせい》で起るさまざまな事件の解決に、わしがみんなの力を借り、いくらか役立っているのが、きこえたからの相談であろう。されど、わしみたいな男が役所づとめをいたせば、周囲と折り合わず、かえって迷惑をかける恐れもある。銕蔵にもそこのところを、よくもうしておいてやった。そしてちょっと無理かなとは思うたが、図々しいことを佐野肥後守に伝えておいてくれとつけくわえた」

「図々しいこととはなんどす。きかせておくれやすか」

少し声をひそめ、源十郎がたずねた。

「佐野肥後守に、町奉行所への仕官も隠し目付のお役もご免こうむりたい。されどいままで、陰扶持《かげぶち》を十両でも二十両でもいただければありがたいと、もうしてやったのじゃ」

「そらあんまりどすわ。十両二十両もでございますか。第一、陰扶持みたいなもん、出さはりますのかいな」

「出す出さないは、先方が決める筋合いで、わしの知ったことではないわい。話は大きいほど面白かろう。万一、肥後守がわしの口車にのり、あるいは値切ってきたら、それはその折考えればよいではないか。ともかく、自分を売りつけるのなら、高いがいいに決っておろう」

「ほんまにさようどす」

「そうじゃろうが——」

「菊太郎の若旦那は、商人《あきんど》でございますなあ」

「わしとて、伊達《だて》に苦労してきておらぬ。なればこそ、いくらかでも公事宿鯉屋の役に立っているはずじゃ」

「耳の痛いことをいわはりますのやなあ」

源十郎が工合悪そうに右手を首筋にやったとき、中暖簾《のれん》が割れ、小女《こおんな》のお与根の姿がのぞいた。

「若旦那さま、お食事の仕度ができましたけど――」

彼女は十七歳。お杉の代りとして鯉屋へ奉公に上がって間もないだけに、鯉屋の居候田村菊太郎について、まだ十分わかっていなかった。

近頃、ときどきかれを訪れてくる禁裏御付武士の赤松綱《つな》など、むさくるしい変なお武家さまぐらいにしか見ていなかった。

「ありがたい。では馳走になるか、なあこの化け猫」

かれは指でお百の頭をなで上げた。

「にゃあご――」

お百は菊太郎の腕の中で、眠そうな目をしたまま、甘えた声をひびかせた。

「どうぞ気をつけて行ってきておくれやす」

「早いおもどりをお待ちしております」

四半刻（三十分）ほどあと、菊太郎とお多佳は、お与根を供につれ、下代《げだい》の吉左衛門や小僧の佐之助に見送られ、鯉屋を出かけた。

かれがお多佳に案内されていく先は、二条室町で呉服商を営む「鎰屋《かぎや》」であった。

鯉屋は、宗琳がまだ武市といわれていた時代から、鎰屋を贔屓《ひいき》にしてきた。店で用いる印《しるし》半纏《ばんてん》や奉公人のお仕着せ、家族が着用するきもの一切を、あつらえてきたのだ。

支払いは年二回の節季だが、菊太郎がお信とお清のため特別に買う品物ゆえ、現金払いにしたいと、かれがいい出したのである。

買った反物は、そのまま持ち帰る。

お信はどんな仕立てでも、自分でする女性だった。

「二十八、九のお人どしたら、こんなものはどうどっしゃろ。お嬢さまにはこれ。いかがでございます」

鎰屋では、番頭と手代がつきっきりで、小僧たちに運ばせた反物を、つぎつぎ菊太郎とお多佳の前に広げて見せた。

「この色合いで、もうちょっと派手なものを見せとくれやす」

「菊太郎の若旦那さま、これはいかがでございまっしゃろ」

お多佳はかれにたずねながら、気に入ったものを、自分のそばに選り分け重ねていた。

お信の品、お清のための反物。絹物と木綿ものを合わせ、すでに七、八反が選び抜かれていた。

「お多佳どの、まあそれくらいでよかろう。あと帯を三、四本じゃ」

「これを全部お買い上げでございますか――」

鎰屋の番頭が、驚いた顔で菊太郎を見上げた。

鯉屋の女主が品選びをしているだけに、売り掛け金の取りはぐれはなかろう。だがその買い上げぶりのよさに、ふと不安を覚えたのである。

「選んだ反物を全部買うて、なんぞ不都合でもあるのか。代金は鯉屋に回しておけとはもうさぬわい。わしがいま現金で払うてとらせる」

「若旦那さま、さようなお金――」

お多佳はかれが懐中から三枚の小判を取り出すのを見て、短く声を放った。

「お多佳どの、白状してしまえば、源十郎が手回しよく、わしにくれておいたのじゃ。案ずるまい。なお赤松綱どのとお内儀どののために、それぞれ一反ずつ選んでもらえまいか。綱どのには、たびたびご厄介《やっかい》になっておる。いつも酒を飲んでいただくだけですませてきたが、少しは品物でお礼をしておきたい」

菊太郎は口ではそういったが、鯉屋の源十郎が月々、赤松綱にひそかに小粒金を渡しているぐらい知っていた。

綱は菊太郎に会うたびに、過分な頂戴ものをいたし、妻の百合《ゆり》がよろこんでいると、礼をのべていたからだ。

禁裏御付武士はだいたいが十石二人扶持。下級武士の妻は、やりくりが大変なはずだった。かれは江戸幕府から派せられてきて、禁裏の警固が役目だが、実は朝廷の動きに目をこらしているのである。

出仕は五日、つぎに休暇に名を借りた五日の〈市歩《いちあるき》〉が課せられている。いずれの者も、江戸の柳生《やぎゆう》道場か幕府直轄《ちよつかつ》領の甲賀多羅尾《たらお》の大森屋敷で、徹底して剣の修行をさせられた手練《てだれ》ばかりであった。

そのくせ表面は、寺町御門をはじめ、禁裏各御門の立勤《たちづと》めを、ぼんやりした顔でしている特殊な武士たちだった。

老中直属だが、形の上では京都所司代に属している。

「お多佳どの、お見立てありがとうござった。わしはこれより法林寺脇の長屋に行き、お信にこの品をとどけてまいる。源十郎どのにお礼をもうしておいてくだされ。なおこれはお与根にじゃ」

菊太郎は赤い半襟をお与根にすっとさし出した。

「若旦那さま、おおきに——」

お与根がぱっと顔をほころばせ礼をいった。

買い上げの反物全部を、蛸唐草《たこからくさ》の風呂敷につつみ、鎰屋の小僧が背負っている。かれは菊太郎の後ろに立っていた。

反物の代金は、しめて二両三分。相当高価な帯もふくまれていた。

「今夜は鯉屋におもどりどすか——」

「不粋《ぶすい》なことをおききめされまい」

「承知で確かめているにすぎまへん。不粋では公事宿の女主はつとまりまへんえ」

「わしはお多佳どのに、いたぶられているのじゃな。では鎰屋の小僧、わしについてきてくれ」

菊太郎はお多佳とお与根に、鎰屋の前で別れた。

二条室町を三条通りまで下がる。

つぎに三条通りを、まっすぐ東にむかった。

高瀬川の小橋についで三条大橋を渡り、すぐ法林寺裏、お信の住む長屋に着いた。

彼女との関係は、すでに何年にもおよんでいる。

「ご苦労、ここでよい。これはほんの小銭、そなたへの駄賃じゃ」

菊太郎がお信の家の前に立ち、鎰屋の小僧に小粒銀を渡したとき、家の中からしくしく泣きながら、なにか訴えている男の声がとどいてきた。

「旦那さま、そないにお泣きやしても、もうどうなるもんでもございまへん。あきらめな、仕方ないのとちがいますか。それとも、もしもと思うそのお人を探し出して、本当のところをたずねてみはりますか。いかがどす」

　誰かがお信の許《もと》を訪れ、相談事をかけているようすであった。

「おたずねもうす――」

　菊太郎はわざと大声を、家にむかいひびかせた。

　泣き声がひそっとやみ、かすかに狼狽《ろうばい》する気配が伝わってきた。

「旦那さま、なにもとりつくろわはるにはおよびまへん。かえって都合のええお人どす」

　お信がかれの狼狽を、やさしくなだめていた。

二

　絹ものを着た服装《みなり》のいい老人が、肩を落して坐《すわ》っている。

　年は七十すぎ、人品は卑しくなかった。

「初めてお目にかかりまするが、わたくしは仁左衛門ともうし、もとは関東御呉服所・後藤縫殿助《ぬいどのすけ》さまのお店屋敷《たな》に、長年奉公いたしていた者でございます。何卒、今後ともお見知りおきのほどを願い上げまする」

言葉づかいといい、挨拶《あいさつ》のしかたといい、まさしく後藤家のお店屋敷に奉公してきた人物のものだった。

かれがお信の家を訪れるため、持ってきたとわかる菓子の包みが、彼女のかたわらに置かれていた。

「それがしは田村菊太郎。父は東町奉行所の同心組頭をつとめ、ただいまは異腹弟が家督をつぎ、同職についておりまする。それがしはゆえあって二条城南の公事宿鯉屋にご厄介になり、このお信どのとは、深い仔細《しさい》を持つ者。何卒、それがしのほうこそ、ご昵懇《じっこん》に願わしゅうぞんじまする」

菊太郎は千手院康重《せんじゅいんやすしげ》の差料《さしりょう》を左脇におき、膝《ひざ》に手をすえ、丁重に挨拶を返した。

せまい家の上《あが》り框《かまち》に、鎰屋の小僧が大きな風呂敷包みをどんと運び入れたのを眺め、仁左衛門が驚いていた。

関東御呉服所の後藤縫殿助家は、小川出水上ルの茶屋四郎次郎家、堀川出水の茶屋宗味家のほか三家とともに、徳川家の呉服御用をつとめていた。

徳川家康の時代から、茶屋四郎次郎家と交代で、その総年寄りをまかされる大商人だった。

「田村菊太郎さまのことは、まだ後藤家のお屋敷にご奉公していたころから、三条の料理茶屋重阿弥で、ときどきお噂《うわさ》をおききしておりました」

呉服を扱う後藤家に奉公していただけに、風呂敷包みの中身が反物とわかり、その量の多さに目をみはったのだろう。

「重阿弥でそれがしとお信どのとの関係を、おききめされておられれば幸い。気持がぐっと楽になりもうした」

「ただいまそなたさまがもうされた弟さまのご内室のお父上さま、播磨屋助左衛門さまとも、親しくさせていただいておりまする」

「なれば、内々《うちうち》のご関係ともうしても、よろしゅうございまするな」

「さようにお考えいただきますと、わたくしもうちとけた気分や、甘えたい心地についなってまいりますわいな。お恥ずかしいことながら、いまも重阿弥でなにかとご親切なお信さまに、どうにもならぬ愚痴《ぐち》をきいてもらい、いかがいたせばよいやらと、相談に乗っていただいていたところでございました」

最初、仁左衛門はちょっと晴れやかな顔色をみせ、すぐまた陰鬱《いんうつ》そうな表情にもどった。

「お信どのや播磨屋助左衛門どの、また重阿弥につながるお人なら、内輪も同然。たいした力はございませぬが、それがしになにかお役に立つことがござれば、遠慮なくおもうしつけくだされ」

菊太郎は、目の前で姿勢を正して坐る相手に、気楽にいった。

長年、後藤家のお店屋敷に奉公してきたと名乗るだけに、おだやかな顔つきで、卑しい人間の灰汁《あく》は、少しも感じられなかった。

大店《おおだな》の隠居、茶湯《ちゃのゆ》や謡《うたい》をたのしみ余生をすごしている雰囲気が、仁左衛門の全身からうかがわれた。

「さように優しくもうしていただきますと、まことに甘えたくなりまする」

「おお、どうぞ気を楽にして、わしでよかったら甘えてくだされ。先ほど家の外ではからずも耳にいたしましたが、なにやら涙ながらにお信どのに訴えておられたごようす、容易ならざることでございまするか」

仁左衛門が上品な人物だけに、菊太郎の口調も、いつもとは少しちがっていた。

「お信どのに、お恥ずかしいさまをお見せしておりました」

「ところで仁左衛門どのは、何歳におなりでございます」

「昨年、古希《こき》をすませましたが、まだまだ足腰も達者。けどいっそ死んでしまえたらと思うております」

「それはおだやかなお言葉ではございませぬな」

古希とは七十歳をいう。中国の詩人杜甫《とほ》の詩「人生七十古来稀《まれ》なり」の句から、こう呼ばれている。

二人が話をしている途中、お信はそっと座を離れ、台所に立っていった。

菊太郎と仁左衛門のために、急須と新しい湯呑みを運んできたのである。

「お手数をかけますする」

「どういたしまして。菊太郎さま、仁左衛門さまにお断わりもうし上げ、膝をくずされたらいかがでございます」

菊太郎が正座して相手に対しているのを見るのは、久しぶりであった。

それだけかれは、仁左衛門の人柄にうたれているのであろう。

「年寄りのわたくしが、気のつかぬことをいたしました。田村さま、どうぞわたくしにお気づかいなく、お楽にしてくださりませ」

「いやいや、ご老体のほうこそ――」

「わたくしは長年、後藤家のお店屋敷にご奉公させていただいていたせいか、このほうがいいのでございます」

「なればお言葉にしたがい、膝をくずさせていただきましょうぞ」

菊太郎は膝を浮かせ、きものの裾《すそ》をさばいて坐り直した。

関東御呉服所の後藤縫殿助のお店屋敷は、中立売《なかたちうり》西洞院に、間口半町ほどの店を構えていた。

よほどの大商人の店でも、大店としかいわれないが、徳川家の御用をつとめる呉服所だけに、京の人々はその大きさもふくめ、後藤家や茶屋家を指して、お店屋敷と呼んでいるのであった。

「仁左衛門さまがお持ちくだされた餅菓子どすけど、およばれになられしまへんか」

お信は湯呑みに急須を傾けたあと、伊万里の小皿を菊太郎にすすめた。

「ほう、これは聖護院《しょうごいん》村の赤石屋のくるみ餅。ご老体は聖護院村にお住いでございますか」

「はい、聖護院さまのお近くに、侘《わ》び住居《ずまい》いたしております」

「それはそれは。ところでお信どの、お清を見かけぬが、赤石屋のくるみ餅、わしにではなく、まずお清に食べさせてやらねばなるまい。ご老体もそのおつもりで、お持ちくだされたはずじゃ」

先ほどから菊太郎は、お信の一人娘お清の姿が見えないのに気づいていた。

「お清は朝から姉の許へ出かけ、留守でございます。どこかの縁日に連れていってもらうとかで、もどりは夕方になると、姉がもうしておりました」

彼女の姉は、長屋近くの桶屋《おけや》に嫁いでいる。

三条の重阿弥へ、お信が働きに出かけている間、お清はその姉の家に預けられていた。

「ではお清に失礼して、先に一つご馳走にあいなろう」

「どうぞどうぞ、おめし上がりになられませ」

仁左衛門にもすすめられ、菊太郎は茶を飲むより先に、くるみ餅をつかみ、大きな一つの半分をがぶりと頬張った。

「おいしゅうございましょう」

「うむ、なかなかの美味じゃ」

次第に菊太郎は、いつものかれらしくなっていた。

仁左衛門がにこにこした顔で、そんなかれを見つめている。

菊太郎はあとの半分を食べ終え、茶で喉《のど》を一口うるおすと、顔つきを改め、仁左衛門にむき直った。

「仁左衛門どの、卒爾《そつじ》ながら話をもとにもどしまするが、このお信どのに涙ながらに訴えられていた愚痴とは、いったい何事でございます。先ほどもお約束した通り、それがしにできることとなれば、なんでもおもうしつけくだされ。一飯の恩義も、一餅の恩義も同じでござれば――」

「さようにもうしてくださるなら、是非ともきいていただかねばなりませぬ」

それから仁左衛門は、ときには大きな溜息《ためいき》をつき、ときには声を荒らげ、逐一を語りはじめた。

かれは山城《やましろ》国淀《よど》に生まれ、十三歳のとき、関東御呉服所の後藤家へ奉公に上がった。勤勉一途《いちず》につとめ、丁稚《でっち》から中働き、つぎには手代見習いとなり、三十歳で正式に手代につかされた。そしてやっと主から所帯持ちを許され、おふみを妻に迎えた。

後藤家の手代になれば、江戸店に出かけることもあり、お店屋敷に近い長屋の家を、半年や一年、留守にするのもたびたびであった。

四十歳の春、番頭見習いに格上げされ、さらに人柄と勤勉を評価され、お店屋敷でとんとん拍子に出世をとげた。

五十五歳のとき、十人近くいる番頭の中から総番頭に抜擢《ばってき》された。

関東御呉服所の番頭ともなれば、京の呉服所といわれる西陣の織屋から、商売がらみで供応されるのは日常だった。だが仁左衛門は、あくまでも真面目一筋、主家に忠勤をはげんできた。

そして六十五歳で隠居番頭を仰せつけられた。

隠居番頭とは、商売に問題が起らないようお目付の役目を果す番頭。いまでいう相談役。それも七十歳でお役止めとなり、後藤家からやっと暇をあたえられた。

こうした中で仁左衛門の不幸は、後藤家での出世が順調だった代りに、留守が多く、妻おふみとの間に、子どもが恵まれなかったことだった。

「お役止めになったとき、主の旦那さまはわたくしにいわはったんどす。長年の働き、先代からもきいてますけど、まことに殊勝で忠義一筋。おまえのお陰で、仰山《ぎょうさん》お金をもうけさせてもらいました。あとにつづく奉公人の教育も、しっかりしていてくれ、すべて結構どす。ついては聖護院村に、適当な大きさの家がありましたさかい、これをおまえ名義で買いととのえました。さらにここに三百両あります。これはおまえが長年当家につくしてくれた礼金。余生をこのお金でゆっくりすごしなはれ。おふみに子どもがさずからなんだことだけが、わたしにも気がかりどすけど、親戚から養子を迎え、なんぞ商売でもさせるというのやったら、それもよろし。なんの商いであれ、当家でできることとどしたら、手助けさせてもらいます。おまえの三百両のうち、二百五十両は用心のため当家で預かり、月々にいるお金は小僧にとどけさせますと、仰せくださったんどす。そやさかいわたくしは、いま隠居暮しなんどすわ」

　仁左衛門は菊太郎に一口もはさませず、一気にしゃべりつくした。

「されば、のんびり風雅にすごしておられますのじゃな」

「それがとんでもない――」

　かれの表情がにわかに激して、嘆きを浮べた。

「いかがされたのでござる」

菊太郎は思わず膝を乗り出してたずねた。

「うちのお婆《ばば》がこうもうしますのじゃ。いくら隠居屋敷をたまわり、贅沢《ぜいたく》に暮していたとて、子どもがおらぬでは、老後の楽しみはなにもない。食べるのも着るのも、たかがしれている。おまえさまはどこかの女子に、子どもをひそかに産ませておらぬのかと、毎日毎日、しつこくたずねますのじゃ。自分が腹を痛めた子どもでなくても、おまえさまがよその女子にこしらえた子どもなら、自分の子として、財産をゆずり心おだやかに暮していける。おまえさまはよその女子に子どもを産ませているはず。正直に白状しなはれと、強う迫りますのじゃ。近頃では、後藤家の手代、番頭までつとめながら、一度も浮気をしなかったのか。それほど女子にもてなかったのかと、わたくしを罵《ののし》るようにいい、果ては甲斐性なしだの小心者だのといいつのります。それはもう、そばにもおられない荒れようでございますのじゃ。そしてまた翌日になると一転し、猫なで声で、本当をもうされましてもうちは決して怒りまへん。外に子どもがあってもあたりまえ、どうぞその子を正直に屋敷に迎えておくれやすと、泣くようにして頼みますのやがな。わたくしには毎日が、まこと針の筵《むしろ》でございます」

お信はすでに知っているとみえ、平然としていたが、菊太郎は仁左衛門の話をきくにつれ、眉《まゆ》をよせしゅんとなってきた。

「ならばおたずねもうすが、仁左衛門どの、それでそなたさまは女房どののほかに女子は、一人もおいでにならなんだのでござるか」

「女房以外の女子――」

「いかにもじゃ」

二人はにらみ合わんばかりにして、互いの顔をじっと見つめつづけた。

菊太郎の強い視線をあび、仁左衛門の表情が、次第に気弱に変ってきた。

「正直にもうしまするが、三十五、六のとき、江戸の料理屋で働く女子と馴染《なじ》み、二、三度、情を交したことがございました。けどわたくしは、外の女子に子どもを産ませるなど、女房の怒りが恐くてとてもできませんでした。つぎは五十前、この京で以前、後藤家の奥女中をしていた女子と町でふと出会い、やはり数度、逢瀬《おうせ》を重ねました。その後女子が懐妊したとは、きいておりませぬ。いまでこそ子どもも子どもと騒いでおりますが、当時、女房の奴は悋《りん》気《き》が強うございましてなあ。家でふと女子のことなど話題にしようものなら一波乱。まことに勝手なものでございますわ。しかしながら、女房があれほどもうすからには、江戸の女子はともかく、五十前に馴染んだ女子の行方を探し出し、わたくしの子どもを実は産んでいないか、たずねたいと思っておりまする」

後藤家で総番頭までつとめてきただけに、仁左衛門は女子と懇《ねんご》ろにしたあと、後くされがないように過分な金子《きんす》を渡し、きれいに切れてきたにちがいなかった。

年老いてから子どものない寂しさは、当人たちでなければなかなかわからないものであろう。

仁左衛門の妻おふみが、夫が外で産ませた子どもでもいい。男女いずれでも自分たちの許に引き取り、ともに暮せたらとの気持は、菊太郎には十分察せられた。

また親類の子どもを養子に迎えるのではなく、あくまでも夫の子をと願う思いも、よく理解できた。

五十前、仁左衛門が関係をもったその女子が、かりにひそかに子どもを産んでいたとすれば、子どもはいま二十すぎになる。

「仁左衛門どの、女房どのがそこまでもうされ、そこもとさまがもしやとお考えなされるのなら、かつて親しまれたその女子の消息をたずね、確かめられるしかあるまい。ご存知の通り、それがしは公事宿鯉屋の居候。次第によっては、ご相談に乗らせていただいてもよろしゅうございまするぞ」

悋気深かった女房が、子のないため年老いてから夫に、外で女子に子どもを産ませていないかと、切実な気持でたずねている。

そんな光景を胸裏に思い浮かべると、菊太郎は笑えるどころか、なにか切なくなってきた。

「なるほど、鯉屋は公事宿。ここで菊太郎さまにお会いできたのも、お信さまのお引き合わせやと考え、ではさっそくでございますが、なにもかもお願いいたしまする」

仁左衛門は膝元においた下げ袋に手をのばし、象牙の緒締《おじ》めをゆるめにかかった。

三

井戸水がだいぶ冷たくなっている。

お与根は手桶の水で雑巾をすすぎ、また床《ゆか》をふきはじめた。

鯉屋の台所では、主の源十郎がお多佳の給仕で、おそい朝御飯を食べていた。

下代の吉左衛門は喜六と鶴太を供に連れ、東町奉行所に目安をとどけに出かけている。店の中はまだ朝の雰囲気で、表の通りもひっそり静かだった。

新たに雑巾をしぼり直し、帳場の結界をふきかけていたお与根は、不意に人の気配を感じ、ぎょっとして後ろを振りむいた。

「お与根、なんじゃその顔は——」

鯉屋と白く染めぬいた黒暖簾を音もなく分け、菊太郎がすっと土間に入ってきたのである。

「ああ、びっくりした。菊太郎の若旦那さまどしたんかいな」

「そなたの驚きぶりを見て、わしのほうがかえってあわてたわい」

「あわてたもなにもありますかいな。この鯉屋を自分の家のように思うてはっても、声もかけずに入ってきはったら、いけまへんねんで。おはようとか、少し偉そうでもただいまもどったとか、どうしていいわはれしまへんのや。うちのお尻《いど》でも、こっそり見てはったんとちがいますか」

お与根は歳こそ若いが、前に奉公していたお杉にもまして、胸に思ったままをはっきり口にする性格をそなえていた。

奉公した当初こそひそっとしていたが、いまではすっかり鯉屋にも馴れ、水を得た魚の観があった。

「お与根、ばかな冗談をもうすな。わしがそんないやらしい行ないをしていたなどと、とんでもないいいがかりじゃ。わしの面目に関わる」

菊太郎らしくもなく、かれはたじたじとなっていい返した。

「口でならなんとでもいいつくろえますすえ。むっつり助兵衛いう言葉もありますさかい。世の中には真面目《まじめ》そうでも、知らんふりで女子のお尻をすっとさわっていかはるお人もございます」

「わしがそれじゃともうすのか」

「いいえ、そうはいうてしまへん。そんなお人も世の中にはいてると、いうただけどすがな」

「まさかこの鯉屋に、さような男がいるともうすのではあるまいな」

「とんでもありまへん。鯉屋にそんな度胸をもつ男はんはいてはらしまへんわ。もしいてはるとしたら、やっぱり菊太郎の若旦那さまぐらいどっしゃろ」

　二人の会話の緊張が、ここでぱっととけた。

「そなたはわしを虚仮《こけ》にしているのじゃな」

「無茶をいわんといておくれやす。若旦那さまこそ、朝帰りして照れくさいのを、ごまかしてはりますのやろ」

　お与根は雑巾をにぎったまま床に立ちつくし、菊太郎をむっとにらみつけた。

　だが目は笑いをふくみ、怒ってはいなかった。

「ところでお与根、その雑巾をわしにくれまいか」

「へえ、すぐすすいでさし上げますさかい」

　彼女の答えをきき、菊太郎は草履《ぞうり》をぬぎ、床に上がりあぐらをかいた。

　お与根が手桶で雑巾をすすぎ、はいとそれを菊太郎に差し出した。

「造作をかける。朝からそなたの一本調子な言葉をきき、わしはやっと目が覚めたわい」

「若旦那さまはそういうてくれはりますけど、お店さまにはうちの一本調子、少しずつ直さなあかんと小言をもろうてます。それより昨夜はお信はんのところに泊らはり、考えごとをしてきはりましたんやろ。こんなに早う鯉屋にもどってきはったんをみると、きっとなんかありましたんやな」

菊太郎とお信の関係ぐらい、お与根はすでに知っていた。

漠然とながら、お与根はきのうからのことをいい当てた。

「ありのままをもうせば、ずばりその通りじゃ。お与根、そなたの勘はなかなかのもの。吉左衛門や手代の喜六ごときではない」

菊太郎は雑巾で足裏をふく手を止め、手桶のそばにちょこんと坐る彼女を、褒《ほ》めちぎった。

「またお上手をいわはりましてからに」

「いや、これはお世辞ではないぞよ」

右足についで左足をふき、菊太郎はいった。

そのとき、中暖簾がふわっとかかげられた。

「若旦那、朝帰りでございますか。昨夜のお泊りはお信はんのところ。いまお与根もいうてましたけど、それにしてもいやに早いお帰りでございますなあ。わたしは店へのおもどりは、てっきり夜やと思うてました。お信はんと喧嘩《けんか》でもしはりましたんかいな。お多佳からききました。わたしに三両もの大金を出させ、仰山の反物をお買いやしたそうやけど、その果て痴話喧嘩《ちわ》をして追い出されてきはったら、世話はありまへんわなあ」

鯉屋の主源十郎が、にこにこ笑い、帳場のかたわらにきて坐った。

「源十郎、なにをもうす。痴話喧嘩どころではないわい」

「では大喧嘩のすえ、お信はんと別れ話をつけてきはりましたのやな。ははん、仰山の反物は、手切金代りどしたんかいな。公事にして金にせんと、手切金が反物とは、お信はんも変ってはりますなあ」

これはいうまでもなく、源十郎の軽口であった。

「冗談もそれくらいにして、まずこれを受け取ってくれ。仕事、仕事じゃ」

菊太郎は源十郎に近寄り、懐から小布《こぎれ》に包んだものを取り出し、右手でその布を開いた。

「こ、これは十両——」

源十郎が十両の金と菊太郎を交互に眺め、びっくりした顔になった。

「きのうそなたから巻き上げた三両、それで差し引いて返したぞよ。あとの七両は、ちょっとした調べごとを、わしが鯉屋のため請け負うてきた手付金と思うがよい。すべてがうまくもまずくも片付いたら、結果がどうあれ、あと十両もらうことになっておる。もちろん、調べごとに要する金は別途にお支払いすると、先方がもうされている。どうじゃ、公事宿として旨味《うまみ》のある仕事であろうが――」

「どこで拾うてきはった頼みかは、これからゆっくりきかせていただくとして、犬も歩けば棒に当る、若旦那もやらはりますなあ」

「いきなり調子のいいことをもうすな」

「その調べごとというのは、やっぱりお信はんの関わりどっしゃろか」

「いかにも。お信のところで、計らずも妙な調べごとの依頼を受けてきたのじゃ」

「するとご依頼の相手は、お信はんどすか」

「いやそうではなく、三条の重阿弥でお信を贔屓にしていた仁左衛門どのともうされるお人じゃ。関東御呉服所後藤家の隠居番頭をつとめ、一年ほど前、すべての商いからしりぞいた身ときいた。そのお人がお信の長屋にまいられ、愚痴をのべ泣かれていたのじゃ」

「お信はんは愛想がようて、誰からも好かれるお人どすさかいなあ。わたしもその仁左衛門さまのお名前ぐらい、なんとのうぞんじてますが、お歳はおいくつで――」

「確か七十一ともうされていた」

「七十一、そこそこのお歳でございますな。それでお住居はどちらに」

「さすがに関東御呉服所後藤家だけはある。仁左衛門どのが正式に店から退《の》くとき、聖護院村に隠居屋敷を買いととのえられたというわい。長年の奉公ご苦労さまとして、三百両をあたえられ、二百五十両は後藤家の預かりで運用、お店屋敷から小女までつけられているうえ、月々、暮しの金を十分にとどけてもろうているそうじゃ。わしとは月とすっぽん、雲泥の差。わが身をふり返ると、つくづく嫌になるわい」

源十郎が十両を帳机に置くのに目をやり、菊太郎はわざとおおげさに嘆いてみせた。

「若旦那、それはわたしへの嫌味どすか」

「いや、そんなつもりはいささかもない」

「三両、お小遣いにさし上げておきまひょか」

「ああ、そうしてもらえればありがたい」

「ありがたいのはこっちどすがな。後藤家の隠居番頭までつとめられた仁左衛門さまから、この鯉屋が調べごとのご依頼をいただいた。これで関東御呉服所とうちの店が、細い糸やけど結ばれたことにもなりますさかいなあ」

「なるほど、公事宿の主ともなれば、先のそんなことまですぐ考えるものか」

「そんなん、あたりまえどすがな。わたしとしては、同業者にはなんとしても負けてられしまへん。寄らば大樹の陰。若旦那にはわからはらしまへんやろうけど、商売をしていくうえで、それは大きな力どっせ。ところで余分な話はさておき、その仁左衛門さまの妙なお調べごとというのを、きかせとくれやすか」

源十郎はいきなり現実的な顔になった。

「では仔細をもうすといたそう」

それから菊太郎は源十郎に、仁左衛門夫婦には子どもがなく、妻のおふみがどこか外の女子に子どもを産ませていないのかと、かれに勝手をいい当りちらすなどの一切を、語ってきかせた。

「すると若旦那、仁左衛門さまが浮気をしはった女子はんが、もし子どもを産んで黙って育ててはったら、その子に財産をゆずり、老後の面倒をみてもらいたいと、奥さまがいうてはりますのやな」

「その通り。浮気はまだ女房どのに白状していないそうだが、女房どのは仁左衛門どのの子どもなら、その母親の面倒もみると、もうされているというわい」

「なるほど、人間とはそないなもんどっしゃろなあ。いくら仰山金があったかて、寄る年波には勝てしまへん。先ほど若旦那は月とすっぽん、雲泥の差といわはりましたけど、若く元気でいてはるいまが、一番ええのとちがいますか」

「源十郎、そなたとお多佳どのとにはまだ子どもがないが、この話、お多佳どのによくきかせておいたらいかがじゃ。なにほどかの役には立とう」

「そんなん、放っといておくんなはれ。それより、仁左衛門さまが馴染まはった後藤家の奥女中やった女子はんは、名前はなんといわはりますのや」

「その女子はお徳ともうすそうじゃ。ほぼ二十年前の当時、一度は嫁したものの不縁となり、下京《しもぎょう》の上数珠《じゅず》屋町の花屋で働いていたというわい。住居は近くの長屋。仁左衛門どのは、数度逢瀬を重ねたものの、店や女房どのに知られるのを恐れた。それゆえお徳に小金をにぎらせ、これで渡世の道を考えるようにもうし、以後一切会うていないそうじゃ」

「渡世の金はいかほどどした」

「七両じゃそうな」

「それやったら、駄菓子屋ぐらいはじめられますわなあ。仁左衛門さまのお子を産んでも、育てていけますわいな」

「数度関わりをもっただけで七両。仁左衛門どのはそのお徳に、よほど惚《ほ》れていたのであろうと、わしは見てじゃ」

「七両の金、後藤家の番頭をしてはったさかい、都合できたのでございまっしゃろなあ」

「されど後藤家の番頭が、もとの奉公人とよからぬ仲だと知れれば、店から追い出されかねぬ。仁左衛門どのは、それを秤《はかり》にかけられたのだろうよ」

「ごもっとも、賢明どした。さて、ではさっそくにでも、そのお徳はんを探し出さないけまへんなあ」

「いかにも、今日からでも当らねばなるまい」

下京の上数珠屋町は、花屋町ともいう。

東本願寺の寺内《じない》町に当り、同寺が創建されて以来、生花を商う店が多かった。

元禄末期に描かれた『洛中絵図』や、宝永二年（一七〇五）の『洛中洛外絵図』では、「花屋丁」と記され、いまでもこの町名が通用している。

「そのころお徳は、二十五だったそうな。女子としてよい年頃。後藤家の番頭ともあろう仁左衛門どのが、立場も忘れ心を惑《まど》わせたからには、さぞかしみめ良い女子であったのだろう。もしお徳が男女いずれにせよ子どもを産んでおれば、もう大人じゃ」

「若旦那はお徳はんが、子どもを産んではると思うてはりますか」

「それはなんともいいかねる。お徳がしっかりした女子なら、因果をふくめられ、七両もの金を受け取ったかぎり、何事があっても、仁左衛門どのに連絡をとるまいしなあ」

「わたしもそないに考えてまっせ」

源十郎は腕を組んでつぶやいた。

表がふと騒がしくなったのは、東町奉行所から吉左衛門と喜六が、丁稚の鶴太をともない、帰ってきたからであった。

「ご苦労さまどした。おもどりやす」

店奥で掃除をしていた小僧の佐之助が、飛び出してきた。

つづいて猫のお百が、のそっと現われた。

四

古びた茶碗だが、相当な代物《しろもの》だとわかった。

菊太郎は初代の楽《らく》長次郎のものか、あるいはそれに類した人物が焼いた黒茶碗ではないかと、見こみをつけていた。

鯉屋では、先代の宗琳が住む東山、高台寺脇の妾宅《しょうたく》を、隠居家《いんきょや》と呼んでいる。

源十郎は、父宗琳と後添いにひとしい若いお蝶がうまくやっているかを、ときどき誰かにうかがいに行かせ、かれ自身も妻のお多佳と、月に一度は訪れる親孝行ぶりだった。

宗琳は七十二。だが中風《ちゅうふう》で寝ついている菊太郎の父次右衛門とはちがい、まだ矍鑠《かくしゃく》としていた。

お蝶はおとなしいが、明朗な性格で人柄がよく、少々酒を飲んでも乱れない酒豪。頼りになる女子として、源十郎にも信頼されていた。

「もういっぱい、今度は茶漬けにしてくれへんか」

宗琳はお蝶に、黒茶碗を無造作にさし出した。

「そやけど、昼食に四杯もの御飯は、身体《からだ》に悪うおへんか」

「なにをいうてるんじゃ。わしはもりもり飯やお菜を食べているさかい、元気なんじゃ。食う物も食わなんだら、すぐ身体が弱ってしまうわい。なあ菊太郎の若旦那さま——」

菊太郎はすでに箸《はし》をおき、これも数寄者《すきしゃ》なら珍重する古染付の筒茶碗で、白湯《さゆ》をのんでいた。

宗琳は若いころから焼きもの道楽だった。

いまではそれを、日常に惜しみなく使い、楽しんでいる。

「はい、ほな七分盛りにしておきまひょ」

「ああそれでええ。ところで若旦那さま、いまきいた仁左衛門はんの話、わしみたいな歳になると、なんや身につまされますわ。わしには源十郎という息子がいてますけど、嫁のお多佳との間に、子どもがあらしまへんさかい。親不孝な奴どすわ」

「武市、鯉屋にはまだ子どもにめぐまれる時間があろう」

「時間があるいうたかて、夫婦とも四十半ばどっせ。もうええ加減に子どもの一人や二人もうけな、わしをかわいがり公事宿をさせてくれはった大旦那さまに、面目が立たしまへんがな」

菊太郎は宗琳を昔の名で呼び、宗琳はなにかにつけ、菊太郎を立てていた。

「わしは源十郎にそれとなく、どこぞで内々子どもをもうけておかぬかと謎をかけたが、そんなん放っといておくんなはれとはねつけられたわい。武市、まあそなたがお蝶さんに、子どもを産ませるのじゃな」

「わ、わしがどすかいな。おいお蝶、若旦那さまが粋なことをいうてはるでえ――」

「そら、うちが子どもを産んだら、鯉屋のあとも絶えしまへんわなあ。そやけどそんなん、なるようにしかならへんのとちがいますか」

お蝶は恥ずかしそうな顔も見せずにいってのけた。

「悋気深い女房どの。仁左衛門はんもお店の看板を背負って、危い浮気をしてはりましたんやろ。また歳を取り、どこぞ外に子どももぐらいもうけているはずやと、仁左衛門はんに迫る女房どのの気持も、わからんではありまへん。けど女子いうもんは、ほんまに勝手どすなあ。仁左衛門はんが愚痴をいうて泣かはるのが、察せられますわ」

「ともあれお徳どのが、仁左衛門どのの子どもを黙って産んでいてくれたら、万事円満に片付くのじゃが。気立てのいい、そこそこの美形だったときいている」

菊太郎は茶漬けをかきこむ宗琳につぶやいた。

「源十郎の奴、それでどうしましたんかいなあ」

「まず銕蔵に相談をかけ、上数珠屋町の花屋から当ってみるともうしていた」

「それが定法でございまっしゃろ。ここのところ、銕蔵の若旦那さまにお会いしておりまへんけど、息災にやってはりますやろか」

「あいつはわしとちがいすべてに真面目、怠りなく勤めにはげんでいるわい」

「父子ともども、なにかと若旦那さまたちのご厄介になり、もうしわけございまへん」

「武市、そなたはさように気兼ねしているが、田村家の者にとっては、そうでもないぞよ。わしには鯉屋の居心地がよく、源十郎は銕蔵の奴の懐もなにかとうるおしてくれている。そなたが頭を下げる必要などないわい。持ちつ持たれつの関係だと、思うがよかろう」

「それやったらええんどすけど、親いうもんは、子どもがいくつになっても心配なんどすわ」

　泣いているわけではないが、宗琳は洟《はな》をぐすっとすすり上げた。

「そなたにそれをいわれると、いまでも親不孝をいたしているわしは、はなはだ胸が痛むわい」

「なにを仰せになりますんや。大旦那さまはおそらくなにもかもご承知で、きっと若旦那さまに、心で手を合わせておいでになるはずどす」

　宗琳は田村家を弟の銕蔵につがせるため、菊太郎が道楽者をよそおい、家から出奔した往年のことをいったのである。

「さて今日は、朝からいきなりふらっと訪れ、長居をして昼飯まで馳走になった。そろそろいとまをいたす」

「いきなりふらっとといわはりますけど、今日は若旦那さまの母上さまの月命日、お寺はんにお参りにきたついでに、ここに寄らはりましたんやろ」

菊太郎の生母は祇園《ぎおん》の茶屋の娘。四つのかれが田村家へ引き取られた二年後、自分の死を次右衛門にも知らせてくれるなといいおいて病没した。

「武市にはかなわぬなあ」

「あのお方さまには、わしもかわいがっていただきました。近頃、若旦那さまは母上さまにそっくりになってきはりましたわ」

宗琳は遠い日をしのぶ目つきを見せた。

半刻（一時間）ほどかけ、菊太郎は大宮通り姉小路上ルの鯉屋にもどってきた。

「若旦那さま、ええときにお帰りやした。ついいましがた銕蔵の若旦那さまが、赤松さまと店においでやした。どうやらみんなで手分けしていたお徳さんの所在を、突きとめはったみたいどす」

かれを出迎えた手代の喜六が、声をひそめて告げた。

お信の許を朝帰りしてから、五日がすぎていた。

あの日鯉屋の源十郎は、銕蔵に相談をかけたほか、店の佐之助や鶴太を下京の上数珠屋町に行かせ、お徳の行方をたずねさせたのであった。

しかし彼女が働いていた花屋をやっと探り当てたものの、約二十年前の話、その消息はすでに全く途絶えていたのである。

「これは菊太郎どの、お久しぶりじゃ。先日はてまえをはじめ、わが家の者にそれぞれ反物をお贈りくださりかたじけない。改めて礼をもうす」

菊太郎が鯉屋の客座敷に足を運ぶと、銕蔵は兄上どのとつぶやき、源十郎は微笑してかれを迎えた。

銕蔵はいかにも同心組頭らしい服装だが、禁裏御付武士の赤松綱は、五日の〈市歩《いちあるき》〉の最中とみえ、もも引き姿、行商人の恰好であった。

「喜六からお徳どのの行方がわかったらしいときいたが――」

菊太郎は差料を脇において坐り、さっそく異腹弟の銕蔵にたずねた。

「はい、わたくしの手柄ではなく、赤松どのが探り当ててくださりました」

「都合よく赤松さまが市歩きをしてはりましたさかい、ごいっしょに当ってくれはったんどす」

「それでお徳どのは、どこに住まわれていたのじゃ」

さすがに菊太郎は意気ごんだ。

「お探しのお徳どのは、意外にもこの鯉屋の間近、二条城をはさんだ北の黒門通り下立売《しもたちうり》に住うておられた」

銕蔵に代り、赤松綱がかれに答えた。

「して肝心のお子はいかがでござった」

「兄上どの、一応、表むきは一人の子持ち、しかもそれが男の子と、仁左衛門どのにはあつらえむきでござるが、相当難《なん》がございまする」

「難とはなんじゃ。ならず者にでもなっているか、酒癖女癖が悪いとか、あるいは賭場《とば》に借金を多くこしらえているとでももうすのか」

「いやいや、それならまだ根性を叩き直してもやれまする。もはや、ちょっとやそっとではどうにもなりませぬ」

「綱どの、その答えでは解《げ》せませぬぞ」

「菊太郎の若旦那、ずばりいうてしまえば、どうにもならぬのは男もどすけど、お徳さんのほうなんどすわ。当人はご近所に、自分が腹を痛めた子、一人前になりもどってきてくれたというてはります。けど実際は若い燕《つばめ》。しかも若い燕の長吉には、別に惚れた女子がいてるだけに、お徳はんは無残にも、生ぐさい色地獄の中でのたうってはりますねん。その長吉も悪そうな奴どっせ」

「お徳がためこんでいる金に、長吉がねらいをつけているからでござる」

「な、なんじゃと――」

思いがけないお徳の状況を、源十郎と綱から告げられ、菊太郎は強く眉をひそめた。

「女子に色気があるのはええもんどすけど、五十近くになってもまだ生ぐさいのはかないまへんなあ。わたしも念のため、ちらっとお徳はんを見せてもろうてきました。まああれでは、若い燕に食いつかれても仕方ありまへんなあ。男も女も厄介な虫をいつまでも持ってるのは、危いもんどすわ」

源十郎はこういい、大きな溜息を一つついた。

お徳の生活歴は、銕蔵と綱の調べによれば、概略、つぎのようだという。

仁左衛門と関わりを持ったあと、彼女は半年余り、上数珠屋町の花屋で何事もなく働いていた。

東本願寺界隈の仏具商や番屋の旦那などから、囲い者にとの誘いもあったようだ。だが彼女は、それになびくかに見せてなびかず、巧みに相手をはぐらかし、いきなり身を隠した。

「花屋のお徳はんは、旦那衆の隠れ遊びの相手をして、小金を溜め生国の丹波にもどったんやと思うてたけど、ついこの間、とんでもないところで会うたわい。妙心寺さまへご用があって、丹波街道を通ってたとき、木辻村で見かけたんや。どっかの寺の権妻《ごんさい》はんになっていはるんやて。自分から笑っていわはったわ。そらあれだけ婀娜《あだ》っぽかったら、男が放っておかへんわなあ。花屋で木綿ものを着て地味にしていたころとは、えらい変りようやった。びっくりしてしもうたわ」

これが五年後の消息で、つぎには相手と死別でもしたのか、中京の料理茶屋で仲居として働きはじめた。

そこでも素人っぽく装っていたが、男出入りがなにかと取り沙汰され、小金には不自由していないと噂されていた。

「あのお徳はん、普通の女子とどっか身体のできがちがうのやないか。色白でこぼれるような色気があり、歳がさっぱりわからへん。あれはおそらく、男なしではいてられへん質《たち》の女子やで。けど男でも、貧乏人は相手にせえへん。小金を持ってる男にしか抱かれへんのやわ」

こんな彼女の軌跡をたどれば、仁左衛門と数夜をすごしたのも、かれに思いこがれて抱かれたのではなく、小金を自由にできる男に、なびいてみせたにすぎなかった。

同時に、男女の誰もが多少なりとも持つ厄介な虫を、気まぐれになだめただけといえよう。

さらにそのあと数年、彼女は伏見の船宿の主の囲い者となっていた。

そして売りに出ていた黒門通り下立売の料理屋を、まるごと買い取ったのだ。ひそかに大金を溜めこんでいたにちがいなかった。

「浪速《なにわ》の料理屋へ、見習い奉公に出していた息子長吉の年季がやっと明け、母子してご町内で商売をはじめさせていただきます。何卒、よろしくお願いもうし上げます」

お徳は一見して息子らしい長吉とともに、本願寺の寺請《てらう》け証文を見せ、町役たちに法外な挨拶の品を置いてまわった。

「普請《ふしん》直しをして、料理屋の看板をあげはった富野屋はんは、本願寺のえらい坊さまのご親戚らしいわ」

お徳の生活歴からすれば、そんなことを匂わす母子の寺請け証文を手に入れるぐらいわけもなかった。

「富野屋さんのお徳はんはいまでも別嬪《べっぴん》やけど、若いころはさぞかし、男にもてはったやろうなあ」

「そやけど板場をまかされてる長吉、あれはどっか変やないか。一人息子やというてるけど、ひょっとすると、お徳はんの若い燕かもしれへんで」

世間の目は、いつまでもごまかせるものではない。やがてこんな噂がささやかれ、五十近くのお徳は、最後の男として長吉に執着しているのか、痴話喧嘩らしい声が、たびたびきかれるようになってきた。

二十五、六も歳がちがえば、若い男なら若い女がいいに決っている。

なんでも最近、長吉が店で働く若い女中に手をつけ、世間に母親だといっているお徳との仲は、険悪《けんあく》だそうだった。

「若旦那、まあこんなわけどすさかい、仁左衛門さまには、お徳はんは生国の丹波にもどり、子どもも産まんとすでに亡くならはったとでも、お伝えせな仕方おへんなあ。そうしとくれやすか。がっかりされましょうけど、とてもほんまは告げられしまへんやろ」

源十郎にいわれ、菊太郎は銕蔵と綱に、哀しげな目をちらっと投げた。

富野屋の女将《おかみ》お徳が、長吉と若い女中お梅の寝込みを襲い、まず長吉を出刃包丁で殺害、お梅に重傷を負わせたと、銕蔵が鯉屋に知らせてきたのは、十一月も末になってからであった。

「お梅は顔をめちゃくちゃに切られ、腹部をえぐられておりましたが、辛《かろ》うじて命だけは取りとめたそうでございまする」

「それでお徳はいかがいたした」

「町内の者に取り押えられ、お牢に入れられておりまするが、化粧気がないため、素顔は老婆さながら。とても五十前には思えませぬ。おそらく髪も染めているはずでござれば、いまに白髪の老婆と化しましょう」

「仁左衛門どのがお徳の事件を知られたら、いかがいたそう」

「町奉行所もお徳が、もと関東御呉服所で奥女中をしていたことは伏せましょうほどに、別人だともうされても、いささかの心配もございませぬ」

鋳蔵はあっさりいってのけたが、菊太郎の耳には、仁左衛門の妻おふみの嘆き声が、いまもかすかにきこえるようだった。

「厄介な虫か——」

「兄上どの、なにかもうされましたか」

「なにっ、わしがなにかもうしただと——」

火鉢に手をかざし、菊太郎はすっとぼけた。

いずこの銭

一

今年もつばめが、公事宿《くじやど》「鯉屋《こいや》」の軒先をかすめていった。

「おとといの夜、また下京の長屋に投げこまれたそうどすわ」

「五日ほど前、川むこうの五条問屋町の裏長屋で、十両の投げこみがあったばかりやがな。

それでそれは下京のどこやいな」

「本塩竈町《もとしおがま》、金光寺《こんこうじ》裏の貧乏長屋やそうどす。今度は十二両――」

「なにっ十二両やと。なんで十二両なんやねん」

小女《こおんな》のお与根《よね》に、手代の喜六が驚いた声でたずねている。

喉《のど》から手の出そうな声色であった。

「喜六、それは金光寺裏にお住居《すまい》してはる家が十二軒、おそらく向い合わせの棟割《むねわ》り長屋やさかいどっしゃろ」

帳場にいるらしい主《あるじ》源十郎の落ちついた声が、台所でおそい朝食をとっている田村菊太郎の耳にとどいてきた。

「それ、旦那《だんな》さまのいわはる通りどすわ。長屋のお人たちは、それぞれの家の土間や表戸の隅に、そっと置かれた小判一枚を見つけ、長屋の者以外には誰にもいわんとこと、お互いに誓わはったそうどす。けどやっぱりこんな妙な話は、どこからともなく漏《も》れてしまいますわなあ」

「そらそうやろ。いくら黙ってなあかんと思うてても、その日をやっとしのいでいる者にとって、一両は大金や。顔にも素振りにも現われるばかりか、まず米や味噌《みそ》を買うたりして、店屋からばれますわいな。それが貧乏人の哀しいところや。それでお与根、番屋や町奉行所から文句はよせられてへんのかいな」

「投げこみが露見してから、一応、町年寄りがお奉行所に届け出たそうどす。けどお構いなしとして、召し上げはなかったときいてます」

「それはよかったやないか。米や炭を買うたり、借金返しに使うたりしてしまったお人たちがほとんどやろ。それを奉行所が不粋《ぶすい》にも、召し上げを命じはったら、それこそ首をくくらななならんお人も出てくるかもしれへん。そない不憫《ふびん》な事にでもなったら大変やがな」

「旦那さま、そうどすわなあ。一旦もらった銭を返せといわれたかて、なかなかできしまへん。それにしても、表沙汰《おもてざた》になっているだけで数十件。口を合わせ内緒にしているもんや、個別に投げ入れられたものを勘定したら、数百両になりますやろなあ。町のお人たちは、今夜あたり自分のところに投げこまれへんかと、どこでもみんなひそっと早寝を決めこんでいるそうどすわ。わしかてあやからせてもらいとうおす」

「喜六、なにを阿呆《あほ》なことをいうてますのや。下代《げだい》（番頭）の吉左衛門からも、同じ科白《せりふ》をききましたけど、この鯉屋は公事宿。町奉行所からお札をいただいて、公事訴訟の役目（弁護士業）を果させてもろうている店どす。そこの奉公人が、うさん臭い金をほしがってどないなります。町奉行所では、いま江戸で評判される義賊の仕業ではないかとにらみ、ひそかに調べはじめてますのやで。うちの奉公人やったら、少しは気をつけてものをいいなはれ」

源十郎が喜六の羨望《せんぼう》を、きびしくたしなめた。

「ほほう、なるほど義賊なあ。強欲な金持ちから盗み取った金を、哀れな貧乏人にばらまいて歩くというやつじゃな。だがな源十郎、どこからも押し込み強盗に入られただの、蔵が破られただのとの物騒な届けは、一つも出ておらぬぞよ。そなたの口振りでは、投げこみは義賊の仕業と決めつけているようだが、世の中に義賊などともうす粋《いき》な盗人《ぬすっと》が、まことにいるのであろうか。多くは世間を騒がせての人気取り。庶民の願いから、大げさに伝えられているにすぎぬのじゃ」

店の間と奥を仕切る白暖簾《のれん》をかき分け、猫のお百《ひゃく》を抱いた菊太郎が、痩身《そうしん》の姿を現わした。

老猫のお百が、鋭い歯をのぞかせ、かれの顔を仰いだ。

「おや、菊太郎の若旦那、いまお目覚めどすかいな」

「いや、顔も洗って朝飯も頂戴した。昨夜はとなりの蔦屋《つたや》で帳付けに雇われておる土井式部《しきぶ》どのと、久しぶりに一献《いっこん》を傾けてなあ。つい朝帰りとなってしもうたのじゃ」

「花見の季節がすぎても、まだまだ浮かれて酒びたりどすかいな。身体《からだ》に毒どっせ——」

「さような嫌味、わしはききあきたわい、なあお百——」

ゆっくり坐《すわ》り、菊太郎はあぐらの膝《ひざ》に乗せたお百にささやいた。「公事宿・鯉屋」と白く染め抜いた表の黒暖簾の間に目を投げる。

連日、夏めいた暑いほどの好天がつづいていた。東山の緑があざやかであった。

源十郎はかれを眺めて苦笑を浮かべ、胸裏で一句を思い出していた。

節分の日、菊太郎はお信《のぶ》と大きく成長した娘のお清と三人で、吉田神社へ参拝に出かけた。その折一句できたといい、自分に書いて披露した俳句だった。

近頃、菊太郎はときどき俳句をひねっている。

——節分や朽ちたる棟の鬼瓦
駄句なのかそれとも秀句なのか、源十郎にはわかりかねた。だが下代の吉左衛門は、縁起でもないと口を尖《とが》らせていた。

「若旦那、町のあっちこっちの長屋に小判が投げこまれはじめたのは、今年の節分をすぎてからどしたなあ」

「ああ、そうじゃ。荒れ寺の賽銭箱《さいせん》に十両、町辻《まちつじ》の地蔵さまの前にも、二、三両の金が無造作に置かれ、ひと騒ぎあったともきいておる。喜六ではないが、わしの袖《そで》袋にも十両ほど、投げ入れてほしいものじゃ」

「若旦那までが、なにをいうてはりますのやな。鯉屋の居候《いそうろう》居候と嘆いてはりますけど、この鯉屋は菊太郎さまに、なんの不自由もさせてしまへんえ。お小遣いも十分にもろうていただいているはずどす。人ぎきの悪いことをいわはってからに、難儀なお人どすなあ」

「源十郎、わしはそなたに皮肉をもうしたつもりではない。さようにきこえたなら許せ。ただ町の多くの者が胸に抱くのは、わしや喜六と同じ気持じゃぞ。不審な金として奉行所から召し上げられないかぎり、誰でもさように願おう。金などいらぬともうす者がいたら、わしはその奴の顔を見てみたいわい。十分に持っている金の亡者、いや亡者なら、金はもういらぬ道理だわなあ」

「若旦那、いまなんといわはったんどす。妙なことを口にしはりましたなあ」

　源十郎は帳面を閉じ、菊太郎にただした。

「なんでもない。金の亡者ともうす言葉があるが、亡者となれば金に用はあるまいというただけじゃ」

「どれだけ身代《しんだい》があっても、銭なんぞあの世に持っていかれしまへんさかいなあ」

「されど世の中には、それがわかっていながら金に執着して、見苦しい者も身を誤る者もいる。金のあるところに人は集まり、人は当人をちやほやおだて上げる。大きな声ではもうせぬが、ましてやある種の女子《おなご》どもは、浮薄な金の亡者にまといつき、助平心をあおって金をせしめる。これが人の世の習わしじゃ」

「若旦那は世間の酸《す》いも甘いも十分に見てきはったさかい、喜六、なんでもお見通しなんや。人の世は色と欲。公事宿稼業がなりたっているのも、そのお陰なんや。そやさかい、平穏に生きていくには、この二つに気をつけなあかんねんでえ」

いつの間にか話が脇道にそれ、喜六もお与根も神妙な顔になっていた。

このとき鯉屋の表に足音がひびき、黒暖簾がはね上げられた。

「ただいまもどらせていただきました」

下代の吉左衛門が、町奉行所から帰ってきたのである。

東西両町奉行所の与力、同心部屋のそばに、八畳間の詰部屋がもうけられている。

二条城南の大宮通り界隈《かいわい》に軒をならべる公事宿仲間（組合）は、毎日、決って交代で一人、一日中か半日割りで、この詰部屋に各店の下代か手代を詰めさせているのであった。

部屋での仕事は、与力や同心に茶を出すなどの雑事と使い走り。差紙《さしがみ》（出頭命令書）や目安（訴状）の整理、また古い記録を探し出すのまで手伝わされた。

こうした中で、訴訟の内容や、出入物《でいりもの》といわれる公事の進行工合を知ったりする。そしていま客から引き受けている事件の対決（口頭弁論）や糺《ただし》（審理）にそなえるのである。

いわば情報蒐集《しゅうしゅう》の面ももっていた。

さらに番所や町年寄りたちに、お触れをとどけさせられることもしばしばだった。

「鯉屋の吉左衛門、ひとっ走り刻み煙草を買うてきてくれ。こまかい銭を持ち合わせぬゆえ立て替えておけい」

へえと答え、煙草を買いに走るが、立て替えたそんな銭など、返してもらえるはずがない。

こうした出費は、当然公事宿持ちであった。

ちょっと酒代が足りそうもないといわれれば、すぐ小銭を渡すことになる。

ときには高瀬川筋の料理屋から、与力や同心が飲食した付けが、店に回されてくる。かれらの中には、権力を笠《かさ》にきて、横着な人物もまま見られた。

だがそれでも黙って支払いをすませておくのが、公事宿の心得とされていた。

魚心あれば水心、厄介《やっかい》な民事事件は、こうした交わりの中で一面、円滑に運ばれていくのであった。

「おや吉左衛門、今日は半日割りどしたんかいな」

「へえ、昼からは橘屋《たちばなや》はんの詰めになっております」

「今日の当番は東町奉行所。鯉屋がいまかかえている公事は、大半が西町奉行所の預かりやさかい、早う月が変ってほしいものやなあ。まあ上がってひと休みしなはれ」

源十郎は少し愚痴《ぐち》り、吉左衛門をうながした。

「若旦那さま、お百を抱えて店先でなんどすいな」

吉左衛門は着物の裾《すそ》をちょっとはたき、帳場に上がりながら、菊太郎にたずねた。

「飯を食べていたら、例の投げこみ小判の話が耳についてな。お与根からそれをきいていたところじゃ」

「投げこみ小判の話。そうそう旦那さま、それでございますわ。二日前、なんでもまた下京の長屋に、十二両の金が投げこまれたそうどす。お奉行所はこれまでこの騒ぎを、わけがわからんまま不問にしてきはりました。そやけどこれは明らかに事件。蔵破りの仕業に相違ないとして、いよいよご詮議《せんぎ》をはじめはるそうどすわ」

「下代はん、やっぱりそうどしたんかいな」

「吉左衛門、なんかあったのやな」

手代の喜六に、源十郎がつづけた。

「じつは今朝、蔵がこっそり破られ、大金が盗まれていたとの届けが、奉行所に出されたんどすわ。しかも二件。手口は二件とも同じで、蔵の鍵が巧妙にはずされており、金が盗まれているのが、すぐにはわからんかったそうどす」

「盗まれた金、二件でどれだけになる」

　菊太郎が吉左衛門にむかい、膝をのり出した。

「木屋町（樵木町《こりきちょう》）の炭問屋嵯峨野屋《さがのや》が六百両、上京《かみぎょう》の黒門通りに店を構える白生地《しらきじ》問屋の長門屋《ながとや》が、三百数十両とかでございました」

「合わせて九百数十両か。ほぼ千両箱一つ。それで炭問屋と白生地問屋が、期せずして同時に蔵の金が盗まれていたと、届け出てきたのじゃな」

「へえ、示し合わせでもしたように、番屋を通じて盗難の届けが出されたそうどす。奉行所の与力や同心衆は、この手口からすれば、まだまだ被害があるかもしれぬと、もうされておりました」

「奉行所の連中は、嵯峨野屋やその白生地問屋に出かけ、盗みの手口をしっかり改めてきたとみえる」

「二つの店とも、蔵は合鍵でこっそり開けられ、そのうえ盗まれたことが、すぐにわからん工合だったそうどす」

「吉左衛門、その工合とはなんやな」

今度は源十郎がたずねた。

「蔵の金を洗いざらい持ち出したら、すぐ誰かが気づきますさかい、ほどほどに盗んでいったということどすわ。奉行所の旦那さまがたは、この手口は京では初見、江戸からでも流れてきた鍵師くずれの犯行ではないかというてはりました」

「その金が貧乏長屋に投げこまれていると、考えているのじゃな」

「菊太郎の若旦那さま、まあそんな推量どすわ。投げこみ小判の騒ぎが起きて約五カ月、銭勘定もだいたい千両ほどになるんやそうどす。奉行所では明日にでも、町内の商人衆《あきんどしゅう》に蔵を改めよとのお沙汰を、町年寄りを通じ出さはるとききました」

「蔵を改めよとの沙汰をなあ――」

菊太郎が不審そうにつぶやくのを、源十郎はきき逃がさなかった。

「若旦那、いまの事件にどっか妙な点でもありますのかいな。わしもなんか解《げ》せしまへんけど――」

「折角、合鍵までこしらえて盗みに入った蔵。逃げたあとなら、すぐに気づかれても遅く気づかれてもよいことじゃ。わしなら蔵の金をすべて持ち出し、どろんを決めこむわい」

「そこ、そこどすわ。有り金を全部盗んでいかへんのは、盗人の情けかもしれまへんけど、なんや腑《ふ》に落ちまへんなあ。それにその盗みと小判の投げこみとを、まっすぐ結びつけてええんどっしゃろか。それにしても、小判を投げこまれたお人たちが、詮議のはじまりをきいたらがっかりしますやろ。まだ投げこまれてへん連中の落胆はましてで、そのさまが目に浮かびますわ」

「わしとて落胆している一人じゃ」

「また阿呆な冗談をおいいやしてからに。そんなに小判がご入用どしたら、わたしが投げさせていただきます。好きに使うとくれやす」

　源十郎は備えつけの大きな銭箱の蓋《ふた》を開け、一両小判を五枚取り出すと、菊太郎の膝元にぽんと放ってよこした。

　鈍い金属音がひびき、菊太郎の膝からお百が立ち上がった。

「小判一枚ではなく、五枚じゃな。源十郎にしては気前がよい。あいわかった。遠慮なくもろうておく。どのように使うてもよかろうな」

「ああ、勝手にしとくれやす」

「女房のお多佳《たか》どのに叱られはせぬか」

「ぶつぶついうてんと、早うその銭をしもうとくれやす」

　源十郎は笑顔で菊太郎を急《せ》かした。

二

川風に破れ提灯《ちょうちん》がゆれている。

先ほど人足たちが掛け声を上げ、高瀬船を二条の船着場にむかい引っぱっていった。

京の町中を南北に流れる高瀬川の川沿いには、炭問屋や材木屋、車屋、酒問屋、また旅籠《はたご》、料理屋など、さまざまな店が軒をつらねている。

大店《おおだな》も、間口のせまい居酒屋もあった。

錦小路《にしきこうじ》が京の台所なら、高瀬川、すなわち木屋町筋は、京から伏見、さらには大坂に通じる物流の要衝だった。

それだけにこの町筋には、貧富両層の人々がひしめき、昼夜を問わずにぎわっていた。

「綱《つな》どの、急に呼び出してもうしわけない」

菊太郎は、古びた座敷机のむかいに坐る禁裏付きの武士赤松綱に頭を下げた。

「いやいや、かような呼び出しならいつでも結構。この店は見てくれは悪いが、酒も肴《さかな》も吟味したものしか出さぬときいているほどに、ありがたいくらいじゃ。詫《わ》びていただく必要はござらぬ」

「例によって下心があっての呼び出し」

「菊太郎どのとは長い付き合いになりもうす。それくらいわかっておりますわい」

「さようにもうしてくださると、気が楽になりまする。じつはちょっと仔細《しさい》がございましてなあ」

「仔細は誰にでもありもうす。お断わりをもうされる必要も、やはりござらぬ。酒が旨《うま》ければ、わしはそれで十分じゃ」

禁裏付きの武士は、江戸幕府から派せられてくる。京都では御付き武士と呼ばれていた。幕府直属だが、表むきは京都所司代に属し、御所の守りと財務の世話に当っている。だがそれは名目で、まことは禁裏や公家たちが不穏を企《たくら》まないよう、監視するのが目的であった。長官は中堅旗本から選ばれ、役料は千五百俵。与力十人、同心四十人が配され、同心は年三十俵の微禄だった。

かれらは日常、禁裏各門を小者の格好で警固している。

また市歩《いちある》き——という特殊な役目を同時に課せられており、これは変装して市中のようすを探ること。当然、どの同心も役目柄、相当な手練《てだれ》ばかりであった。

必要に応じて、京都所司代だけでなく、東西両町奉行所の応援にもくわわる。だがいつも隠密裡《おんみつり》の行動が要求されていた。

「酒は旨い銘酒にかぎりまするなあ。ところで綱どの、ここに五両の金子《きんす》を所持いたしておりますれば、三両をそなたさまに受け取っていただきたい」

「小判三枚とは大盤ぶるまいじゃのう。されど菊太郎どのが二枚でわしが三枚では、片手落ちではござらぬか」

　赤松綱は声をひそめ、菊太郎の顔をうかがった。

「いや、ここの払いを綱どのに頼みまする」

「それはよいご思案。では遠慮なくいただいておきまするぞ」

　かれは座敷机に並べられた五枚の小判から三枚を、右手で素速くかっさらった。

「して、この金いかがされたのじゃ」

「鯉屋の源十郎の奴が、資金にとくれたのでござる」

「資金にとは、されば近頃評判になっている小判の投げこみと、昨日露見した蔵破りの件でござるな」

「いかにも。奉行所が頭を悩ませている事件を、一介の公事宿が目星をつければ、商いにも好都合と、源十郎は算をはじいたのでございますわい。もっとも奴は、言葉には出しませなんだが」

「なるほど。貧乏人の長屋に小判のほどこしはうなずけぬではない。また大商人の蔵を開け、全部ではない金が盗み出されたとわしもきいた。されば盗賊は鍵師と断じた奉行所に、わしは同意しかねておる」

「これは驚いた。禁裏付きの衆は、すでにそこまでご存知でございまするか」

「菊太郎どの、役目でござればなあ」

「なにか目途らしいものは――」

「それはなかなか。いまのところまだ、上からこれらについて探れとの沙汰は受けておらぬ。いっそ物怖《ものお》じせずに御付き武士の長屋にも、早う小判を投げこんでもらいたいものじゃ。所司代ではこの件を、不穏な動きはいささかもないと判断されておる。されど大店から盗み出した金を貧乏人にばらまいているとなれば、間もなく探索の命が下されよう」

「そこじゃが綱どの、わしも鯉屋の源十郎も、二つはあるいは全くの別物ではないかと思うておりますのじゃ。なにやら焦臭《きな》くてなりませぬ」

かれは運ばれてきた刺身を箸《はし》ではさみ取り、たっぷりわさび醤油にひたし口に運んだ。

盃《さかずき》を傾けて綱にいった。

「焦臭いとは、おだやかでございませぬな」

「物事を複雑に思案すれば、切りがございますまい。小判を投げこまれたのは、いずれも貧しい人々が住む長屋。わしはこれは自分でも不思議ながら、ただの慈善ではないかと考えておりまする。これまで小判を恵まれたのは、だいたい寺の近くの長屋。いくら京に寺が多いとはもうせ、これには一本筋が通っていると思わねばなりますまい。さらにもうせば貧乏寺の賽銭箱。町辻の祠堂《しどう》にも小判が置かれておりました」

「慈善とは面妖《めんよう》な。それだけで妙なできごとを判じられるのは、いささか無理ではござるまいか」

「綱どの、三条大橋を東に渡った法林寺の門前町に、中川重庵ともうす町医がおりまする。年は五十前後、変った人物で貧乏人から薬料を取らず、当人はいつもぴぃぴぃ貧乏暮し。食い物がないと、患者が薬代替りにとどけた大根や人参を、生のままかじっているそうじゃ。その重庵が近頃、高価な薬をわんさと買いこみ、それを惜しみなく治療に使っている。不審に思うたお人が、重庵にたずねたところ、三度にわたって八十両の金が、塀の外から投げこまれたというわい。患者たちは異変に気づき、薄々投げこみ小判の恩恵と察してはいるものの、誰もが口をつぐんでいるときいた。八十両もの大金を貧乏医者にくれる行為、わしは変にひねくれて考えたくないのでござる」

「なるほど、八十両とはなまなかではございませぬな。貧しい人間も決して無邪気ではない。それがばれて薬の投与に障《さわ》ってはならぬと、口をつぐんでいる。人とは哀しい生き物でございまするなあ。ところでその話、法林寺脇に住まわれているお信どのから、耳打ちされましたのじゃな。お信どの母娘は、息災にいたしておられましょうか」
「お気遣いいいただきありがたい。二人とも元気ですごしておりまする」
「ついで思い出しましたが、このほど田村鉄蔵《てつぞう》どののご妻女が、男子をご出産されたときき
およびました。その後、ごようすはいかがでござる」
綱は新たに運ばれてきた銚子を、菊太郎にすすめてたずねた。
今日、かれは一見、公家に仕える小者の恰好をしていた。
「小太郎と名づけられた赤ん坊は、おかげさまですくすく育っておりもうす。異母弟の鉄蔵
が、小太郎が大きくなったら、わしに武芸の稽古《けいこ》をつけてもらいたいともうしおって、迷惑
な——」
「鉄蔵どのは東町奉行所の同心組頭としてご用繁多。お家をご自分が継いだことを、菊太郎
どのに気兼ねしておられるのでござろう。そこを察しておやりなされよ」
「宮仕えなどまっぴら、わしへの気兼ねは無用だとたびたびもうしてきた。だが今度こそは
念を入れておかねばなりませぬ」
「鯉屋の源十郎どののもうされるように、いっそお信どのと世帯を持たれることじゃ。さす
ればいずれの方々も、菊太郎どのが落ちついたとして安心いたされる」
「綱どのはわしにお説教なされまするか」

「いやそんなつもりはなく、気に障ったらご容赦願いたい。三両もいただいて金主に説教とは、おこがましい。それで菊太郎どの、わしはなにをいたせばよいのでございましょうな。酔いつぶれる前に、それをきいておかねばなりませぬわい」

「こちらも酔いつぶれる前に、肝心な用件をお願いいたさねばならなんだ」

「さて、しっかりききもうそう」

綱は急にしゃんと居住いをただした。

「今度は綱どの、そなたさまに市歩きを頼みたいのじゃ。小判が投げこまれたのは、もっぱら下京の長屋や寺。上京は少のうございます。そこで下京を満遍なく歩き回り、なにか糸口を探り出してもらえますまいか」

「小判をまき歩いている人物と、にわかに判明した蔵破り、二つはどうつながりますのじゃろう」

「そこがまだ合点のいかぬところでござるが、二つの事件がもし同一人物の仕業とわかれば、綱どのの大手柄じゃ」

酒も肴も吟味されているこの破れ提灯の店は、「八幡屋」という。

高瀬川の東に店を構えるだけに、川筋の商家で働くお店者《たなもの》や、川人足たちが主だった客。そのため昼前から店を開けている。

昼飯を食べたり、仕事のあといっぱいひっかけて家にもどる男たちが多く、中には朋輩《ほうばい》と腰をすえ、くだを巻いている人足の姿もみられた。

　店の客足は、潮が引いたり寄せたりの感じだった。

「大手柄とは笑止。さようなもの、わしには無用でございますわい。それに当るものを、わしはすでに菊太郎どのからもうし受けている」

　かれは懐《ふところ》に仕舞いこんだ三両を、上から手でたたき苦笑した。

「欲のないお人じゃ」

「それはお互いさまでござろう。その件では菊太郎どのは、なにももうせませぬぞ」

「わしは気楽が一番と思うているまでのこと。ぶらぶらして世の中を見ているのも面白うござる」

「ともあれわしは、下京を中心にそれらしい人物の探索をさっそくはじめまするが、菊太郎どのはいかがめされる」

「わしは奉行所に蔵破りを届け出た炭問屋の嵯峨野屋と、白生地問屋の長門屋を当ってみる所存。江戸者が京にまいり、巧妙に鍵を用いた犯行とは、どうしても考えがたいのでござる」

「炭問屋の嵯峨野屋なら、この八幡屋から北に十軒ほど先。高瀬川の三条船着場のそばでご

なかなか評判の商人らしい」

ざいますなあ」
「主の名は三郎右衛門、年は四十三。先代の目にかない、手代から入婿《いりむこ》になった男で、なか
なか評判の商人らしい」
「すでに調べておられるのじゃな。なかなかの評判とは、遣《や》り手だともうされるのか」
「いかにも、高瀬川筋の炭問屋では随一。さりながらさすがに入婿ゆえ、女房どのには頭が
上がらぬらしい」
　嵯峨野屋三郎右衛門には、これ以外にあまり好ましくない評判があった。
　これも辣腕《らつわん》の噂《うわさ》に役立っていた。
　嵯峨野屋の炭荷蔵は木屋町筋にではなく、店の真向い、高瀬川をはさんだ西にもうけられ
ていた。高瀬船に乗せられたものや、京の北山で焼かれた炭俵は、ここにまず納められる。
　大量に運ばれてくる炭俵は、一旦、炭荷蔵の前に積み上げられた。
　炭俵は移動のたび、いくらか粉炭《こなすみ》がこぼれるものだ。ときには俵の隙間から、小さなかけ
らも落ちる。
　貧しい長屋の子どもたちは、炭問屋の空地からこれを得て、小さな炭団《たどん》にして、家計を助
けたりしていた。
　だが嵯峨野屋三郎右衛門はけちで、こんな粉炭すら子どもたちに拾わせなかった。

「粉炭でもちょっと手をくわえたら、立派な売り物になります。塵《ちり》も積もれば山となるのたとえ通り、うちみたいに毎日、仰山《ぎょうさん》炭俵を移動させてましたら、その量もばかになりまへん。そこいらの子どもたちが、箒《ほうき》と塵取りを片手に、目を光らせてますけど、そんな子どもたちに隙をあたえてはいけまへんえ。粉炭を丁稚《でっち》たちにきれいに拾わせるんどす」

三郎右衛門——の名は襲名。先代は空地にこぼれた粉炭など、子どもたちに委せていたが、当代の三郎右衛門は店の奉公人に堅く命じた。

山と積まれた炭俵。それが店の者にかつがれ炭荷蔵に運びこまれると、丁稚たちが箒と塵取りを持って走り、空地に落ちた粉炭をきれいに掃き集めるのである。

それを布海苔《ふのり》をくわえた水でねり、炭団にして、これはこれでまた売り物にするのであった。

嵯峨野屋では、炭団だけで年に十数両の収入があると噂されていた。

「ご先代の旦那さまは、世間体を気にして、粉炭が拾われていくのを見すごしてきはりました。けどわたしの代になったら、そうはしまへんえ。わたしは嵯峨野屋の入婿。店をつぶせしまへんさかいなあ」

三郎右衛門はこう宣言していた。

当初、粉炭を拾うため集まってきた子どもたちに、罵声《ばせい》を浴びせ、なかなかかれらが去らないのを見ると、奉公人たちに命じて追い散らさせた。

「ひとつまみの粉炭でも、それは嵯峨野屋の物どす。わけもなくよそさまに盗《と》られて、たまりますかいな。炭俵の出し入れには、見張りを立てておきなはれ。炭俵一つかつがれて逃げられたら、なんにもなりまへんさかいなあ」

かれは店でも万事に吝嗇《けち》ぶりを発揮していた。

妻のお澄との間には、一男一女をもうけ、夫婦の間はまあまあだが、渡世株《とせいかぶ》はお澄ががっちりにぎり、夫のかれに譲ってはいなかった。

「それでは菊太郎どの、最後に一本だけいただき、勘定はこちらで払わせていただこう」

綱は襷《たすき》に紅色の前掛け姿の店の小女にむかい、太い指の手をたたいた。

三

きものは青鈍《あおにび》、黒羽織をきて、嵯峨野屋三郎右衛門は居間から長廊を歩き、表の帳場に出てきた。

帳場では手代と小番頭が三人、小机にむかいそろばんを弾《はじ》き、記帳をしていた。

「大番頭さん、わたしは内浜《うちはま》の寄り合いに行ってきますさかい、あとはしっかり頼みましたよ」

手代ら三人を見渡す帳場に、大番頭の弥兵衛が結界をすえていた。

かれはへえと答え、三郎右衛門を見送るために立ち上がった。

京の上嵯峨野村に生れた三郎右衛門は、十三歳のとき嵯峨野屋へ奉公に上がった。

奉公したころ、朋輩の小僧は七人、手代は四人、大番頭一人に小番頭が三人、合わせて十五人がいた。それに小女と女中が五人、奉公人だけで二十人になり、嵯峨野屋は大所帯だった。

いまでも嵯峨野屋では、それに近い数の奉公人が働いている。

先代の三郎右衛門は、やはり上嵯峨野村から京の町中へ奉公に出て、一代で嵯峨野屋を興《おこ》したが、満つれば欠けるのたとえ通り、子宝にめぐまれなかった。

だが晩年になり、当代三郎右衛門の妻になったお澄をさずかった。

店で松吉と呼ばれていたかれは、同じ村の出だけに、なにかと主夫婦に目をかけられ、年をへるごとに手代見習い、手代と、順調に立場を上げていった。そしてついには入婿という〈金的〉を射止めたのである。

「松吉の奴が嵯峨野屋の入婿にすっかり納まったわけやが、あれは女遊びや博打《ばくち》のぼろを一度も出さんと、ようとうとう押し切ったもんじゃ。どこでもそうやけど、お店の奉公人ははじめ、どんなに奉公が辛うても年季を勤め上げ、暖簾分けをしてもらい、小店でも持てたらと思うて励むんや。そやけど大半が、途中で女子や酒におぼれたりしてへまをやらかす。暖簾分けをしてもらえるのは、何代もつづいた大店でも、二、三十年のうちに一人か二人。人さまは暖簾分けと気軽にいうてくれるけど、なかなかのこっちゃない。真面目《まじめ》に勤め上げ、その時期にさしかかると、店の旦那が暖簾分けの金や世話を惜しんで、当の奉公人にいちゃもんをつけ、話をぱあにしてしまう例も、わしはたびたびきいてきた。わしが嵯峨野屋から暖簾分けをうけ、いまみたいに小さな炭屋でも出せたんは、大旦那さまといっしょになって、それこそ真っ黒になり働いてきたからや。そら松吉かて、あのころのわしみたいに、懸命に働いてきたやろう。けどあいつは店で出世するにしたがい、はっきり嵯峨野屋の入婿になろうと決め立ち回りはじめたと、わしはにらんでたわいな。商売のかけ引きも上手、お客はんにも松吉はん松吉はんと可愛がられ、やがては手代頭にまで進みおった。わしは大旦那さまから、松吉をお澄の婿にしようと思うがどうやろと相談をうけたとき、あえて反対は唱えへんかった。そやけど渡世株だけは渡さんといておくんなはれと、釘を刺させてもろうといたわいな。松吉が正式に入婿と決ってから、わしはお店《たな》さまにもお目にかかり、渡世株についても改めて念を押しておいた。松吉はわしに感謝してるはずやけど、渡世株のことだけは不満に思ってるやろ。大旦那さまが死なはってから、松吉の三郎右衛門さまの女遊びの噂《うわさ》を、ちょいちょい耳にしてる。弥兵衛はん、大番頭のおまえさんが、十分気をつけてくれなあかんのやで。おまえさんの将来は、わしからお店さまにあんじょう頼んでおきますさかいなあ」

十数年前、嵯峨野屋から暖簾分けをうけ、下京の平屋町で小さな炭屋をはじめた雁金屋《かりがねや》仁助が、昔、自分の下で働いていた弥兵衛とゆっくり酒を飲んだとき、案じ顔でいったことがあった。

かれは三郎右衛門の昔の姿にふれたうえ、もとの大番頭としての老婆心を披瀝《ひれき》したのだ。

粋筋の店以外、堅い商いをしている京の商家では、女主をお店さまと呼んでいた。

嵯峨野屋のお店さまのお澄は、夫の三郎右衛門の商いに、一切口をはさまなかった。だが店の帳面だけは、仁助や大番頭弥兵衛の言葉にしたがい、一通り改めていた。

「旦那さまにはもうしわけございませんけど、お店さまは嵯峨野屋の家付き娘。それだけは守ってもらわななりまへん」

お澄の身を案じる周囲の者にうながされ、彼女は五日に一度、帳面を改める風を装っていた。だが本当のところは、弥兵衛の説明など馬耳東風のありさまだった。

跡取り息子の橋之助は十四歳、娘の早苗《さなえ》は十二歳。店は問題もなく繁昌。お澄は京舞篠塚流にこり、師匠を家に招いて稽古に夢中だった。

三郎右衛門のことなど眼中になかった。

一方、三郎右衛門は四十三になったいまでも、入婿だけに常にお澄の目を気にしていた。疑いの目で眺めれば、大番頭の弥兵衛までもが、自分を監視しているように思われてくる。店の奉公人の中に、自分の味方は誰一人としていない思いに、いつも駆《か》られるのである。

遣り手だの吝嗇だのと悪評をかっているかれは、内心では孤独を深めていた。

悪評は入婿のかれの哀しい気負いから発していた。

「旦那さま、丁稚にお供をいいつけまひょか」

弥兵衛が立ち上がってたずねた。

「内浜の寄り合いいうても、そのあとどっかへ席を移すはずどす。お供なんか連れて、恰好をつける必要はありまへん。今日の寄り合いには、北山から炭出し問屋の衆も出てきはるさかい、もどりは遅うなると思うておくれ」

「へえ、ほなお店さまにもさようお伝えしておきます。そやけど何者かに蔵を開けられ、六百両も盗まれたあとでございます。盗まれた金子は、また稼いで取りもどせばよろしゅうございますけど、夜分のおもどりには何卒、気をつけておくれやす。金子に代りはあっても、旦那さまに代りはございまへんさかい――」

弥兵衛は半分本気、半分は習慣としていった。

跡取り息子の橋之助が十四になっているだけに、旦那の三郎右衛門が死んでも、嵯峨野屋は十分にやっていける。

それでも習慣の言葉の中にも、主を案じる誠の気持が幾分こもっていた。

世の中には、小糠《こぬか》三升持ったら婿に行くな——の至言がある。

お店大事はもちろんだが、弥兵衛は雁金屋仁助の注意や、お澄の三郎右衛門に対する態度に接するたび、むしろいつもそれなりに、三郎右衛門の胸中を思いやっていた。

黒羽織もどうせ、女中頭のお春が着せかけたにちがいなかろう。

「蔵は出入り大工に勘考させ、鍛治屋と左官の手で三重扉にしてもらいました。また家の出入口も総点検しましたやろ。もうなんにも心配はありまへん」

「わたしがおりながら、ほんまにもうしわけないことでございました」

弥兵衛は土間の草履《ぞうり》をひろった三郎右衛門に、両手をついて詫びた。

これで自分の暖簾分けは、立ち消えになるかもしれない。行く先が暗かった。

「何日も奉行所のお調べに付き合わされ、難儀いたしましたけど、大番頭はんの落度ではありまへん。強いていうたら、わたしの用心が足らなんだんどすわ。気にせんと商いに励んでおくれやす。わたしはおまえを頼りにしてますのやさかいなあ」

三郎右衛門はかれをなだめ、店の暖簾をはね上げた。

木屋町を南に下り、ふとふり返ると、弥兵衛と手代の宗助が、頭を下げかれを見送っていた。

――あれはあれでええのや。大番頭の弥兵衛も、随分わたしに融通をきかせるようになりおったわいな。

三郎右衛門は胸の中でひそっとつぶやいた。

自分の行き先を妻のお澄からたずねられたとき、弥兵衛は近頃、適当にいいつくろってくれているのだ。

今日もかれは、寄り合いの場所を問いただされなかった。

七条と高瀬川が交差する辺りには、いまでも材木町、納屋町の町名が残っている。内浜、米浜、菊浜の名は、高瀬川開削《かいさく》のとき、大きな船溜《ふなだま》り場がもうけられた名残りだった。

近くには材木、薪炭など林産物や、その加工品を扱う店が集まっていた。

高瀬川に沿い南にたどれば、四半刻（三十分）とかからずその一画に達した。

三郎右衛門が弥兵衛たちに見送られ、歩きはじめたとき、嵯峨野屋から半町ほど南になる居酒屋八幡屋の飯台では、菊太郎がおやっといった表情で立ち上がっていた。

かれは昼間から銚子を一本つけてもらい、嵯峨野屋三郎右衛門の身辺をどう探ろうかと、思案していたのであった。

流れに小さな網を張っていたら、狙《ねら》っていた魚が、むこうから網に入ってきた工合になる。

盃の酒をぐっと乾《ほ》し、着流し姿のかれは、思わず店から外に飛び出しかけた。

「お、お武家さま、お、お勘定を頂戴させておくんなはれ。お急ぎのあまり、お忘れにならはってからに——」

八幡屋の小女が、あわててかれに呼びかけた。

かれは誰からも、京都に屋敷を構える各藩の国侍ではなく、公家侍に見られ、たずねられると曖昧《あいまい》に答えていた。

「おお、これは迂闊《うかつ》をいたした。つぎも同じ振舞いをいたしかねぬゆえ、これを取っておいてくれ」

急いで財布を取り出し、菊太郎は小女に小粒金を一つにぎらせた。

「こ、こんなに仰山な銭、こ、困ります」

手ににぎらされたものに目をやり、小女はいい返した。

「そなたもぴいちくうるさい奴じゃ。釣銭が多いのなら、つぎの酒代に回しておいてくれ。今夜六つ半（午後七時）、ここで人と会う約束になっておる」

「今夜またおこしやすのどすな」

「ああさようじゃ」

今夜八幡屋で出会うのは赤松綱。菊太郎は暖簾をはね上げながらいい、さっと木屋町筋に姿を現わした。

高瀬船の引き人足たちが、掛け声をひびかせながら上《かみ》にあがってくる。

嵯峨野屋三郎右衛門の後ろ姿は、一町ほど先に遠ざかっていた。

その姿を見失わないように、菊太郎は足を急がせた。

いまごろ赤松綱もなにかの手掛かりをつかもうと、下京の寺院に近い界隈を、当てもなく歩き回っているにちがいなかろう。

投げこみ小判は、昼夜の別なく行なわれていた。ために年齢も性別も判断できなかった。

しかし行為から考えれば、やはり男であろう。

菊太郎は早足で一挙に三郎右衛門との距離をちぢめ、半町ほどに近づくと、歩調をゆるめた。

——あ奴、大店の主ではあろうが、いやにおめかししてどこに出かける気じゃ。商いの寄り合いにでもまいるのかな。それにしては、手代も小僧も供に連れておらぬ。変だのう。

そんなことを胸でなぞっていると、三郎右衛門は四条まできて、道をひょいと左にまがった。

同業者仲間の寄り合いだと店を出てきたかれの行き先は、内浜ではなかった。

道を左にまがるとき、三郎右衛門はちらっと後ろをふり返った。

だが着流し姿の菊太郎など眼中になく、お店者風の通行人に目を配っていた。

――わしなどものの数ではないわけか。

菊太郎は鴨川に下りていくかれのあとに、ゆっくりつづいた。

当時、四条の鴨川に、橋は架《か》かっていなかった。

鴨川の四条にきちんと架橋がなされたのは、幕末に近い安政三年（一八五六）春。それまでたびたび石橋や木橋が架けられたが、そのつど洪水で流出。江戸時代の全期を通じ、「板橋」「浮橋」といわれるものが、渡されていたにすぎなかった。

三条、五条大橋だけが、「公儀橋」として流失時に修造がくり返されていたのである。

京都の人々は、鴨川の東に点在する祇園《ぎおん》などの岡場所を、幾分、軽蔑して、そこそこの商家の主や奉公人は近づかなかった。

鴨川以西に住む人々にとって、鴨東の地は異境。祇園社（八坂神社）の正門も、南面して構えられ、鴨東の人々の目は、西の洛中ではなく、南の伏見をむいていた。

祇園が遊里として有名になるのは、幕末の勤王武士たちが、やすい岡場所として栄えた祇園六町で遊興し、やがて明治の元勲《げんくん》となったかれらの一部が、昔をしのんで興隆に力を貸したからだった。

――三郎右衛門の奴、六百両も盗まれながら、真昼間から女子を抱きに行くのじゃな。

菊太郎は四条の縄手道を北に上がり、白川橋を渡った。小さな流れに沿い、藪《やぶ》や畑のそばに遊女屋が点在するのを見ながら、独り言をつぶやいた。

だが三郎右衛門は、それらの遊女屋にむかわなかった。

近江・膳所《ぜぜ》藩が祇園北側町にもうける京屋敷裏の瀟洒《しょうしゃ》な家の門に、すっと消えたのであった。

「あの構えは、浮ついた茶屋ではない。三郎右衛門は、あそこに妾《めかけ》を囲っているのじゃ。なにやら合点がいったわい。六百両の金があれば、なんとでもできる。奴が一世一代の大博打をうったとすれば、蔵の鍵が不審に開けられた謎も、すんなり腑に落ちてこようわなあ」

夜になり八幡屋で酒を酌《く》み交しながら、菊太郎は赤松綱に今日の経過をのべ、笑いかけた。

「蔵の大金を自分で持ち出し、投げこみ小判騒ぎを利用、奉行所に盗まれましたと届け出たわけでございまするな。はなはだけしからぬ奴。されば白生地問屋の長門屋の一件も、その伝《でん》かもしれませぬのう」

かれはあきれた口調でいった。

「いかにも。女房どのに金の使い道をもうせぬ男どもの考えそうな思案じゃ。もっともそうだと決めつけるのも、早計と思われぬでもないが――」

「それはこれからなお確かめいただくとして、わしのほうは下京をほうぼう歩き回っておりもうすが、とんとそれらしい手掛かりはつかめませぬ」

「犬も歩けば棒に当るとの言葉もござる。そのうちなにか手掛かりとなることに出合いましょうほどに、ねばり強くお頼みいたしたい」

「もうされるまでもなくその存念。まあなんとかなりもうそう。菊太郎どののもしっかりやってくだされ」

昼間、菊太郎から小粒金をあたえられた小女が、銚子を座敷机の上に運んできた。

彼女は菊太郎と行商人姿の赤松綱を、変な取り合わせだといいたげな顔で見くらべた。

四

井戸から釣瓶《つるべ》を引き上げる音がひびいてくる。

法林寺から読経の声もかすかにとどき、お信が住む長屋は、朝のあわただしさのあと、井戸端では長屋の女たちが、世間話に興じかしましかった。

昨夜もまた菊太郎は、嵯峨野屋三郎右衛門のあとをつけた。膳所藩京屋敷に近い瀟洒な家に入った三郎右衛門が、夜遅く木屋町の店にもどるのを見届けた。

そしてその足で三条の料理茶屋「重阿弥《じゅうあみ》」に立ち寄り、お信の長屋に泊ったのである。

「孫の小太郎に、祝いとして貴重な絵をたまわり、まことにありがとうございました。奈々《なな》も大変よろこび、終生、小太郎の宝物にいたしたいともうしておりました」

重阿弥の別室で、お信が長屋にもどる仕度をしているのを、菊太郎は待っていた。

そのとき主とともに、いきなり奈々の父播磨屋《はりまや》助左衛門が部屋に現われ、挨拶《あいさつ》を受けた。

錦小路で海産物問屋を営むかれは、顧客《こきゃく》をもてなすため、たまたま重阿弥を訪れていたのだ。

田村家をついだ異腹弟の銕蔵と、町方から嫁にきた奈々の間に、やっと男子が生まれた。伯父として菊太郎は、誕生と端午の節句の祝いをかね、円山応挙筆の「鯉の図」双幅を贈ったのであった。

円山応挙は澄明でわかりやすい絵を描き、なんといっても京で評判第一の絵師だった。鯉の滝上りの言葉がある通り、滝を登るほど勢いよく育ち、立派な人間になってほしいとの思いをこめ、祝いの品としたのだ。

もともとその画幅は、鯉屋の源十郎が店の屋号にちなみ、蒐集したものの一つ。菊太郎が懇願《こんがん》して、かつてもらい受けた品だった。

播磨屋助左衛門は、菊太郎が田村家の家督を銕蔵にゆずるため、蕩児《とうじ》をよそおい家を捨てた行為に恩義を感じていた。田村家は当然、孫の小太郎が継ぐことになるだろう。

それだけに菊太郎が、重阿弥で仲居として働くお信と割りない仲になっているのにも、なにかと気を遣っていた。

「お清はもう寺子屋へ出かけたのじゃな」

台所の物音で目を覚ました菊太郎は、寝床から起き上がってお信にたずねた。昨夜三人は、川の字になり臥《ふせ》ったのであった。

お信の娘のお清は、菊太郎にすすめられ、しばらく前から二条寺町の寺子屋に通っていた。

「はい、菊太郎のおじさんによろしくと、もうして出かけました」

「お清は本当のところ、わしがこうして長屋にきて泊るのを、なんと思っているのだろうなあ」

「以前は妙にすねたりしたこともございましたけど、姉夫婦が菊太郎さまを新しい父上さまになるお人だといいきかせ、いまではすっかりその気になっております」

「それならよいのだが、わしはいつも気にかかってならなんだ」

お信の姉夫婦は、長屋に近い三条道で桶屋《おけや》を営んでいた。

「お起きになり、御飯にいたされますか」

「ああ、そうしてもらいたい」

「井戸端に出てお顔をお洗いになるのは、面映ゆうございまっしゃろ。台所の桶に水を張っておきましたさかい、それを使うておくれやす」

「かたじけない」

菊太郎が布団から立ち上がったとき、表からごめんやすと訪《おとな》いの声がかけられた。

時刻はすでに四つ（午前十時）をまわっていた。

どこかきき覚えのある声だった。

「お信どの、誰か客のようじゃ」

彼女が小走りで表の土間に下り、おいでなされませと客を迎え入れている。これはご丁寧にと、挨拶する声がとどいてきた。

客は赤松綱。すぐに気づいた菊太郎は、奥の間から表の四畳間に大股ですすんだ。

「赤松どの――」

「鯉屋で昨夜はここのはずとおききもうしたゆえ、不粋ながら参上いたしました」

かれは背中に大きな笈《おい》を背負い、今日は貸本屋の風体《ふうてい》だった。

「まあ背中の荷を下ろし、上がってくだされ。なにか探り当てられましたのじゃな」

「いかにも。おといの夕刻、挙動不審な小娘を発見いたし、それとなくあとをつけましたところ、夜になり橘町の裏長屋六軒に、一両小判を素速く投げこみ、立ち去ったのでございます」

「なに、小娘でございますと――」

「御意、年はまだ十三、四、服装は小間使い風。さらにあとをつけ、住居を改めてまいりました」

「小間使い風情の小娘が、訝《いぶか》しい振舞いをいたすものじゃ。わしのほうのことをのべれば、嵯峨野屋三郎右衛門の奴、蔵の金を囲い女に注ぎこんでいるのは、もう確かじゃ。町役にただしたところ、ごく最近、奴は例の妾の家を買いととのえておる。されどその妾、三郎右衛門が訪れぬ日を見計らい、情夫とおぼしき若い男を引きこみいちゃついているわい。哀れなのは、まんまと奉行所や妻女、店の奉公人どもも騙《だま》しおおせたと思うている三郎右衛門の奴じゃ。それにしても奉行所も、被害届けを出した当人の身辺ぐらい調べぬものか。迂闊きわまる」

「因果応報とでもいうべきでございまするな」

「それよりその小間使い、十三、四ともうされたが、どこの奉公人でござる」

急いで布団を片付けたお信にうながされ、奥の部屋に移った菊太郎は、綱に煙草盆をすすめてたずねかけた。

「驚いたことに中京の俵屋町、禁裏御用達《ごようたし》の菓子屋能登屋《のとや》のご隠居につかえる小間使いでございました」

俵屋町は、富小路通り二条下ルの地域になる。

町筋の東側に美濃大垣藩戸田家の京屋敷が、西側には角倉一之丞《すみのくらいちのじょう》の大きな屋敷があり、面打ちの出目《でめ》近江も住んでいた。

「綱どのはそれでその小女をつけて、俵屋町にまいられましたのか――」

「いや、そうではございませぬ。能登屋のご隠居は、東山の六波羅蜜寺《ろくはらみつじ》の近くに、小ぢんまりした別宅を構えておられまする。ほとんどそこで暮され、ときどき俵屋町の店にもどられますそうな。別宅では五十前後の下男と小間使いの三人暮し。ちょっとお顔を拝見いたしましたが、年は七十すぎなれど、品のいいご老女、まだお元気の体でございました」

「な、なんと、能登屋のご隠居は男ではないのか」

「ご隠居ともうせば、すぐ老爺《ろうや》だと思いがちでござるが、老女のご隠居もございますわい。小間使いが橘町の裏長屋に小判をまいてもどると、ご隠居はご苦労さまどした、誰にも見られへんどしたやろうなあと、小間使いをねぎらっておりました」

「されば、小判をあちこちにまき散らして世間を騒がせていたのは、能登屋の老女――」

十三、四の少女が、騒ぎの下手人ときいてもさして驚かなかった菊太郎も、能登屋の老女が黒幕と知り、さすがに目を剝《む》いた。

綱はそんなかれを眺め、にやっと笑った。

「そのおばばどのが、なにゆえ小女を使い、貴重な大金を方々の長屋にめぐんでいるのじゃ。いくら禁裏御用達の菓子屋でも、千両箱が蔵いっぱいに詰まっているわけでもあるまいに。わしにはそれが解せぬ。またおばばどののもうしつけに、平然としたがっている小女も小女じゃ」

「お疑いの趣《おもむき》、ごもっともでございまする。それもあらかた調べてまいりました」

「綱どのは禁裏御付武士じゃからのう。御用達の店なら、調べるにも造作あるまい」

「簡単にもうされては困りまする。ともかくまず、ご隠居の手先をつとめている小間使いは、赤子のころからご隠居に育てられた捨て子。名はお蕗《ふき》ともうし、ご隠居に終生の忠誠を誓う ている女子と見うけました。ご隠居は名はお鶴どの。貧乏な御蔵米公家《おくらまいくげ》が、町方の女子に産ませた子とかで、俵屋町の小さな菓子屋にもらわれて育ちました。その縁で一介の菓子屋が、禁裏御用達になれたのでございますわい」

御蔵米公家とは下級公家。幕府が京にもうけている二条御蔵奉行から、蔵米を支給され生活を営んでいる。京ではすなわち、貧乏の代名詞のような存在だった。

菓子屋にとって、禁裏御用達はなににもまさる金看板。一代で財をなすのも可能だ。何事であれ、禁裏の名前は大きかった。

菊太郎は腕をくみ、綱の話をうなずいてきいていた。

「おそくなりましたが、あり合わせの茶碗で一服、茶をたててまいりました」

　このときお信が、角盆に茶碗二つと伊万里の小皿に、青笹でつつんだ麩饅頭《ふまんじゆう》をのせて現われた。

「お信どの、さっそくいたみ入りまする」

「これは麩饅頭ではないか――」

「はい、赤松さまからのいただき物でございます」

「菊太郎どの、これが能登屋の麩饅頭。昨日手配いたし、本日、買い求めてきた品ですわい」

「なるほど、綱どのらしく念の入ったことじゃ。実はもうしてなんだが、麩饅頭など青笹にねばねばくっつき面倒な代物《しろもの》。さして好物ではないが、能登屋の品であれば、ご馳走になる」

　菊太郎は文句をいいながら、両手で青笹を取りのぞき、一口に頬張った。

「菊太郎さま、折角赤松さまがご持参くだされた銘菓に、不服をもうされるのは、いかがなものでございましょう」

　お信が微笑してかれをにらみつけた。

「お信どの、ご斟酌《しんしゃく》くだされまい」

「うむ、されどこれは途方もなくうまい――」

菊太郎が大げさにいい、二人が声を上げ笑った。

麩饅頭は、小麦粉のでんぷん質をよく揉《も》んで取りのぞき、生麩《なまふ》を皮とした饅頭、ひどく手間がかかっている。

能登屋ではほかにも銘菓として誇る品々があるだけに、夏季、麩饅頭はわずかな注文しか受けなかった。

菊太郎も綱も、粗末な茶碗をぐっと傾け、互いに顔をしかめた。

「ところで綱どの、わしは肝心なことをまだおききもうしておらぬ」

「菊太郎どのから頂戴いたした三両の手前、わしももう少しもうさねばなりませぬな」

「あたりまえじゃ。一方で蔵を破られ大金を奪われたと、大商人が二人も町奉行所に届け出ておれば、能登屋のおばばどのの奇怪な振舞いと、なにかと結びつけたくなろうわなあ」

「白生地問屋長門屋と、木屋町の炭問屋嵯峨野屋三郎右衛門が、能登屋のご隠居が酔狂《すいきょう》に行なわれている投げこみ小判騒ぎに乗じて、一計を思いついたのは、もうまちがいございませぬ。菊太郎どのの推察、まさしく的《まと》を射ておりました。長門屋の主も、入婿の嵯峨野屋三郎右衛門と似たりよったりの立場。やはり女子がいたと、朋輩が調べてくれもうした。二軒が同時に被害届けを出したのは、まさに偶然。それほど秘密の金に困っている男どもが、多いということでござろうなあ」

「やはりそうか。いくら大店の主でも、女房どのや息子の手前、女子遊びの金は内緒で作らねばならぬ。投げこみ小判騒ぎが大きくなれば、それを利用して銭の算段をするのも、うなずけぬではないわい。だが綱どの、それにしても能登屋のおばばどのは、何百両もの大金を、どうしてこっそり貧乏長屋に投げこませているのであろう」

「それそれ、それが一番話の要《かなめ》。これもやはり女子と関わりがございました」

「おばばのくせに、女子とどう関わりがありますのじゃ」

「ご隠居どのの息子、すなわち能登屋の跡取りが、飲む打つ買うの三拍子そろえた道楽者。どうせ遠からず能登屋が潰《つぶ》れるのやったら、うちが機嫌よう散財してもよろしおまっしゃろと、わしにあっさりもうされました」

「すると綱どのは、おばばどのにすでにお会い召されたのか――」

「まことをきき出すため、いたしかたなくきのう隠居所を訪れましてござる。ついては本日、菊太郎どののともども再会を約しました次第。ゆるりとで結構、これからいかがでございます」

綱は右の拳をつき、意味ありげに菊太郎の顔をうかがった。

「綱どの、そなたさまも気のよいお人じゃ。能登屋のおばばどのに、なにか頼まれごとをしておられるのであろう。親とは哀れなもので、道楽者でも誰かに意見をくわえられれば、あるいはまっとうになるのではないかと、考えるはずでござる」

「菊太郎どのの眼力にはおそれいりました。それでご隠居どのが、豆腐料理をもってもてなしてくださいますとやら」

「豆腐料理でじゃと――」

「いかにも、ご隠居の投げこみ小判を元手にして、豆腐屋をはじめた男がおり、ここの豆腐の味がまた格別。ご隠居どのはいつも鍋を下げて、自分で買いにまいられるとききもうしました」

「豆腐屋の主は、おばばどのが福の神と知っていようか」

「もちろんなにも知りますまい」

「銭があれば、わしもそんな粋な使い方をいたしたいものじゃ」

「同感でござる」

「さればおばばどのの息子は息子として、白生地問屋の長門屋と炭問屋の三郎右衛門には、特別強い灸《きゅう》をすえてやらねばなるまい。もうすまでもなく、女房どのや店の奉公人には内密、奉行所の名をちらつかせてじゃ。あとはそれぞれの器量に応じて、かたをつけよう」

「同時に世間にもう騒ぎを起させぬよう、能登屋のご隠居どのに、奉行所へ名乗り出ていただかねばなりませぬな」

「おばばさまにお咎《とが》めはございませぬか――」

二人の会話に、お信が口をはさんだ。

「暮しに窮している長屋の者たちに金を恵み、そのうえ、立派に豆腐屋を営みはじめた男もいるとなれば、お咎めなどあろうはずがない。もし奉行所が咎めるともうさば、鯉屋の源十郎が公事宿の宣伝にもなるとして、やかましく騒いで不問に持ってまいろう」

菊太郎はお信に断言した。

「さればそろそろ、ご隠居どのの許にうかがいましょうぞ」

「妙なおばばどのに会うのも一興じゃ」

かれはふくみ笑いをもらして立ち上がった。

お信に見送られ、かれと赤松綱が表に出た。

「先ほどはお珍しい麩饅頭をいただき、ありがとうございました」

「あんな菓子、食べたことがありまへん」

「ほんまに結構なものを頂戴して――」

長屋の路地に立つと、両側から女たちの声がわっと浴びせかけられてきた。

「い、いや。あれは貸本屋を営んでいるこの知辺《しるべ》が、持参してくれた品でございます。お礼はこの知辺にもうしてくだされ」
菊太郎は笈《おい》を背にした赤松綱に、彼女たちの礼を振りむけた。
つばめがまた、かれら二人の足許をかすめていった。

黄金《こがね》の朝顔

一

「お里さん、なにを大事そうに持っているのじゃ」

公事宿《くじやど》「鯉屋《こいや》」の帳場で、田村菊太郎は主《あるじ》の源十郎とたわいのない世間話に興じていた。

すると外から、土井式部《しきぶ》のおおらかな声がひびいてきたのである。

土井式部は隣りの同業者「蔦屋《つたや》」に、帳付けとして雇われている浪人。相当な腕前だが、もとは寺子屋を営んでいた。

お里は蔦屋の奉公人。年は三十すぎ、店に近い姉小路《あねこうじ》堀川辺りの裏長屋に住み、五つになる女の子をかかえ、通い女中をつとめている。

式部は帳付けに飽《あ》き、おそらく店の表に出て背伸びでもしていて、お里のもどりを見つけたのだろう。

帳付けといっても、主だつ仕事は目安（訴状）や請願書などの代筆だった。

公事宿は一般庶民の民事訴訟を代行し、地方から出てくる人のための宿も兼ねていた。

日暮れが近づいており、お里は使い先から急いで帰ってきたのであった。

「なんじゃ、朝顔の苗ではないか。しかも四つもある。知辺《しるべ》にでも分けるつもりか」

式部が訝《いぶか》しがったのは、朝顔の苗ぐらいなら、気ぜわしいこんな時刻にわざわざ持ち帰らなくても、近所の誰からでも簡単にもらえたからだ。

鯉屋の帳場から立ち上がり、源十郎は表格子《おもてごうし》から外をのぞいた。

かれの目にお里が朝顔を包んでいるらしい油紙を、大切そうに両腕で抱えこんでいる姿が映った。

「式部はん、これは朝顔の苗でもただの苗とはちがいます。うちには五つになる子どもがいてますさかい、いろいろ暮しのために思案せなりまへんのや」

「暮しのための思案じゃと――」

再び式部の訝しがる声がきこえたが、お里の下駄の音は、それを無視して店の中に消えていった。

「蔦屋のお里はん、暮しのためやというてはったけど、やさしいところがあるねんやわ。いつも留守をさせている子どもに、苗を育ててきれいな朝顔の花を、見せてやりたいと思うてはるんやろ。使いに行かはったもどり道、どっかでもろうてきはったんや」

また帳場にもどり、源十郎が菊太郎につぶやいた。

「それにしても、妙に気色《けしき》ばんだものいいだったなあ。式部どののやさしげな声に、あれほど肩肘《かたひじ》張って答えぬでもよかろうに。あれでは先が案じられるわい。女手一つで子どもを育てているとはもうせ、もう少し肩の力を抜かねば、長くつづかぬわなあ」

菊太郎はどちらかといえば色黒、いつも、ぐっと身構えているように見えるお里の顔や姿を思い浮かべた。

意識の底では、自分と深い関わりをもつお信母娘《のぶ》と比較していた。

「蔦屋の式部さまは、お里はんところの娘はんに、手習いを教えてやってもいいともうし出はったそうどすわ。そやけどあのお里はん、それをびしっと断わらはったときいてます」

奥から茶を運んできた源十郎の女房のお多佳《たか》が、二人の会話に言葉をはさんできた。

「式部はんのことやさかい、束脩《そくしゅう》(月謝)は無用と、もちろんいわはったにちがいあらへん。それをびしっと断わるとはなあ。読み書きそろばんは、どないになってもできたほうがええに決ったるがな」

「そのことなら、わしも式部どのから直接に愚痴《ぐち》られた。しかも女所帯の長屋住居《ずまい》。世間の目をはばかり、男の出入りを避けるというのでもなかったらしい。式部どのは蔦屋の主の許しを得て、店ででもともうされたのじゃ。あの女子《おなご》、男によほどひどい目にあわされ、男嫌いになったのであろう」

菊太郎はお多佳が運んできた冷えた茶をすする体《てい》で、源十郎に答えた。

かすかに酒の匂いがただよっている。

源十郎が渋い顔をしてお多佳をにらんだ。

自分の膝元《ひざもと》に置かれたのは本当の冷えた茶。だが菊太郎の湯呑みには、お多佳が気をきかせ、冷酒が入っているのがわかったからであった。

「男嫌いどすか。わたしかていま男嫌いになりたい気分どっせ」

「源十郎、そなたが男嫌いになりたいと——」

「へえ、そうどすねん」

「なんと。さればその原因はこれじゃな」

菊太郎は湯呑みの中身をぐっと飲み乾《ほ》し、かれににやっと笑いかけた。

「店の主がただのお茶、そやのに若旦那《わかだんな》がお酒では、主の恰好がつかしまへん」

「源十郎、公事宿の主が、昼間から店先で酒を飲んでいていかがいたす。お多佳どのは、わしが居候《いそうろう》なればこそ、冷酒をお持ちくだされたのじゃ。これはまこと道理にかのうている。もう一杯所望いたしたいところじゃが、これ以上源十郎に嫌われ、この鯉屋から追い出されたら、わしも行き先に困る。それゆえ遠慮いたすわい」

「行き先なら、お信さまの長屋でもご実家の組屋敷でも、あるのとちがいますか」

「ばかをもうすな。長く寝ついたままの父や義母、また異母弟の銕蔵《てつぞう》や奈々《なな》どのの手前がある。男子が一旦、腹をくって家出をしたかぎり、どうあっても屋敷になどもどれぬわい」

菊太郎の父は、もと東町奉行所同心組頭の田村次右衛門。いまは中風《ちゆうふう》で臥《ふせ》り、異母弟の銕蔵があとを継いでいる。

「それは我が儘《まま》いうもんどすわ。お母はんの政江さまが、どれだけ若旦那に気をつこうてはるか、わからしまへんのんか」

「それくらい、わしとてよくわきまえているわい。この間なんぞ、わしに無断でお信のところに出かけられた。わしのことをよろしくお願いいたしたいと、母娘に夏物の呉服、金まで置いていかれたそうじゃ。しかも銕蔵の女房の奈々どのを、お供にしたがえてじゃそうな」

「そんだけ家督のことで若旦那に、気兼ねしてはるからどすがな」

「わしの実母は祇園《ぎおん》の茶屋娘だったときくが、あの堅物の親父どのが、いったいどのようにお袋どのを口説《くど》いたのであろうなあ」

「そんなんわしが知りますかいな。組屋敷にもどり、直々大旦那さまにたずねはったらどないどす。とにかくいつまでも鯉屋の居候を決めこみ、昼間から酒なんか飲んでもろうてては、店の者に示しがつかしまへん」

「まあまあ源十郎、さように堅いことをもうすな。世の中にわしみたいな男が一人二人いたとて、そう邪魔にはならぬものじゃぞ」

「そら手前勝手ないい草どすわ。そやけどわたしかてほんまをいえば、邪魔になんかしてしまへん。若旦那みたいなお人がいてくれてはり、大いに助かってます。金、女、欲。お奉行所に持ちこまれる人の揉《も》めごとの一切に、口をはさんで金を頂戴するには、やっぱり狭い了見ではできしまへんさかいなあ」

二人のやり取りを微笑して眺めるお多佳には、かれらが戯《じゃ》れ合っているとしか映らなかった。

「そうだろうそうだろう。それでこそ鯉屋の源十郎じゃ」

「若旦那、わたしを下手におだてんといておくれやす。気色悪おすがな。ところでついでにいわせていただきますけどなあ、あそこに掛けてある短冊《たんざく》、ほかの句に変えていただけしまへんか。どれだけ名句か知りまへんけど、東町奉行所から銕蔵の若旦那さまがきはるたんび、なんや当てつけがましいようで、わたしは実はひやひやしてますねんやわ」

源十郎は帳場の横に目を投げていった。

中暖簾《のれん》横の柱に、短冊掛けが下がっていた。

——世を棄てた年月に合う花の数　宗鷗《そうおう》

去年ごろから、菊太郎は俳句にこっていた。

宗鷗とはかれが勝手につけた俳号。世を棄てたの句は、今年の春、桜見に行きひねり出したものだった。

異腹弟の銕蔵に家督をゆずるため、放蕩《ほうとう》無頼をよそおい、組屋敷から出奔した菊太郎。源十郎はいつも銕蔵が、その句をどんな気持で眺めているやらと、気を揉んでいたのであった。

「あの句のことなら、下代《げだい》（番頭）の吉左衛門にもいわれたわい。だがわしになんの他意もなく、銕蔵とて物事をそれほどひがんで考えまい。ほかによい句がまだ浮かばぬゆえ、あのまま掛けているにすぎぬ。されどそなたまでがさよう気にいたすのなら、近々、これからの季節に合うもっといい句を、ひねり出してつかわそう」

「もっといい句でございますか——」

「源十郎、おぬしはわしの俳句を虚仮《こけ》にしているのじゃな」

「虚仮にするもなにも、わたしに俳句の上手下手はわからしまへん。変な因縁《いんねん》をつけんといとくれやす。わたしが知っているのは、古池や蛙《かわず》とびこむ水の音か、朝顔に釣瓶《つるべ》とられてもらい水の二つぐらいどすわ」

「一つは松尾芭蕉、あとの一つは加賀の千代女のものじゃな」

「作ったお人まで知りますかいな」

「朝顔に釣瓶とられてもらい水か。なるほど、それを短冊にしたため掛けておいても、いまからの季節によいが、それではあまりに芸がないわなあ。ああ、いまふと一句思い浮かんだ。夏のきて古き衣《ころも》の袖《そで》かがる。これならどうじゃ」

「ふん、なにが古き衣の袖かがるどすな。この鯉屋では、若旦那にそないな恰好させていまへん。みじめったらしい俳句を、作らんといておくれやす」

「風雅の道を解さぬ奴には困ったものじゃ」

「風雅の道みたいなもんでは、とても所帯を張って生きていかれしまへん。風雅よりまず銭どすわいな。若旦那は風雅に生きられて、ほんまに結構どすなあ」

「そやけどあなたさま、お隣りの蔦屋のお里はんでも、朝顔の苗を育て、花を咲かせ楽しもうとしてはりますやんか」

お多佳が二人の仲裁に入るようにいった。

「ところがお店《たな》さま、あれはそうではありまへんのどすわ」

中暖簾のむこうで、目安を書いていた下代の吉左衛門が、いきなりみんなに声をかけてきた。

「吉左衛門、そなたいまなにをもうした。ちょっとこちらに顔を見せ、その理由をきかせろ」

「理由をどすかいな――」

中暖簾の間から、吉左衛門が顔をのぞかせた。

「ああ、朝顔の苗を育て、花を咲かせて楽しむのが、風雅ではないともうすその理由じゃ」

「蔦屋のお里はんは、おそらく金儲《かねもう》けのため、あり金をはたいて朝顔の苗を買うてきはりましたんやろ。わしもへそくりで、なんとか一苗手に入れられんもんかと考えてます」

「なんじゃと。吉左衛門、それはいかなるわけじゃ」

菊太郎の頭の中から、俳句のことなどふっ飛んでいた。

二

二人が縄暖簾をくぐると、一瞬、店の中がしんと静まった。

さして広くもない店、客の目が一斉に二人に注がれた。

だが客たちは、店に入ってきた二人が、いずれも公家屋敷に仕える気楽な武士だとでも認めたのか、また何事もなさそうな声を上げ、酒を酌《く》み交しはじめた。

「おいでやす――」

店の小女《こおんな》の声がそれからかかった。

「式部どの、その辺りでいかがでござる」

菊太郎は目敏《めざと》く店の隅に空席を見つけ、土井式部をうながした。

脚高の飯台、空樽《あきだる》に小座布団をのせた席が空いていた。

「ああ、十分でござる」

二人は人目をはばかるようにして、刀を席の隅に立てかけた。

「しかるべき料理屋にお誘いいたせばよいのだが、あいにく馴染《なじ》みの店が休み。ここで堪忍してくだされ」

「なんの、わたしは堅苦しい店より、かように気楽なところのほうが身に合うております。気にいたされまい」

式部は明るい顔で店の中を眺め渡し、壁に貼られた古びた品書きを目でたどった。

菊太郎がいう馴染みの店とは、お信が特別な計らいをうけ、いまでも働いている三条鴨川沿いの料理茶屋「重阿弥《じゅうあみ》」であった。

「お侍さま、なににさせていただきまひょ」

赤い前掛けを締めた小女が、きびきび注文の品をたずねてきた。

「造作をかける。熱燗《あつかん》を二、三本と、焼き魚、それに酢物でもまず頼もうか」

「はい、かしこまりました」

小女は空《から》のお盆を持ったまま、ぴょこんと頭を下げ、奥の調理場にもどっていった。

当初、二人に注目した客たちは、式部と菊太郎にもうなんの関心も寄せていなかった。

陽はすっかり暮れたが、三条木屋町界隈《かいわい》の居酒屋は、いまが忙しい盛りだった。高瀬川筋で働く人足や、つとめから家にもどるお店者が、多く客だからだ。

「ところで式部どの、ついついおたずねいたしかねておりましたが、ご子息の岩太どのは、いかがしておられまする」

土井式部はもとは山城淀《やましろよど》藩の武士。家中紛争のとばっちりで致仕《ちし》したあと、東山・方広寺前の袋町に住み、寺子屋を開いていた。

菊太郎とは、不幸な事件に巻きこまれた結果、懇意《こんい》になったが、当時、岩太は十歳。指を折ってかぞえれば、今年十五歳になるはずだった。

「おたずねをいただきかたじけない。岩太はわたしが藩家に帰参する代りに召し出されました。いまは江戸屋敷で小姓として、殿にお仕えもうし上げております」

「それはそれは結構なことでございますなあ」

「すまじきものは宮仕え。わたしの代りに気の毒に思うておりまするが、なにしろ妻の奴が乗り気になりましてなあ――」

「なるほど。親孝行なあの岩太どのなら、きっとうまくやってまいられましょう」

式部が巻きこまれた不幸な事件とは、人殺しと大金横領の嫌疑。かれは一時、公事宿鯉屋の座敷牢に閉じこめられていたのであった。

あのとき気丈に父の無実を主張した岩太が、いま江戸で小姓として藩主に仕えている。

菊太郎の胸に、ぽっと明るい灯が点《とも》された感じだった。

「それより菊太郎どの、折り入っておたずねしたい仕儀がござってとうけたまわりました。わたしにいかなるご用でございましょう」

夕刻、菊太郎は鯉屋の小女お与根《よね》を、隣りの蔦屋へ使いに行かせ、一献《いっこん》を酌み交しながらとの口上を、式部に伝えさせたのである。

「そのことでございますが、本日、蔦屋のお女中のお里どのが、朝顔の苗を抱えておもどりになりましたなあ。鯉屋の源十郎と店の間でとりとめのない話をしていて、式部どののお声をふとききましたのじゃ」

菊太郎は式部に銚子を差しむけ、おだやかに話しかけた。

ついで、盗みぎきをしていたのではない、つい耳にとどいたのだと弁明した。

「わざわざお断わりになるまでもなく、菊太郎どのと鯉屋の源十郎どのが、わたしとお里どのの話を盗みぎきしておられたなどとは、決して思いませぬ」

式部は冗談ではないといいたげに、気ぜわしく菊太郎の言葉をさえぎった。

「さようにすんなり了解してくだされればありがたい」

「菊太郎どのとわたしの仲じゃ。当然でござろう。それでお里どのの朝顔の苗の話にもどれば、苗は四本、なにやら江戸から京にもたらされた珍種とかで、黄金色《こがねいろ》の花を咲かせるという。値段のほどははっきり知りもうさぬが、そこそこで買い求めたとききもうした」

「そこそこの値で――」

「いかにも。苗を育て朝顔が生長すれば、蕾《つぼみ》や種の数に応じて、買いもどしてもらえるのだそうでござる」

朝顔は手入れを欠かさず、順調に育てば、やがて毎朝、相当数の花を咲かせ、種を実らせる。

結果、数年後にはねずみ算式に、珍種の朝顔が庶民の間に行きわたることになろう。

「式部どの――」

「いやいや菊太郎どの、ちょっとお待ちくだされ。いま改めて考えてみると、これはどこか妙でございますなあ」

「銭になるほどの珍種なら、朝顔ごとき自分で育てればよかろうにと、思われたのでございましょう」

「いかにもじゃ。されどいままたさらに改めて考えれば、蔦屋のお里どのは、持ち主が駄目だというのを強《し》いて頼みこみ、朝顔の苗を手に入れてきたとききました。それゆえ菊太郎どのが、ここに悪しき企《たくら》みを感じて、わたしに不審をただしておられるのであれば、それはいささか筋ちがいでございましょう。朝顔は声を大にして売られているわけではなく、この話にやはり不自然さはございませぬ」

「なるほど、もうされる通りじゃ。下種《げす》の勘ぐりともうす言葉もござるほどに。そこでまたおたずねもうすが、お里どのとはいったいいかなるお女中じゃ。鯉屋の同業者蔦屋の内情をただすようでもうしわけござらぬが、おきかせいただけませぬか」

居酒屋は混み合ってきていた。

だが主だつ客の人足たちは、二人の公家侍がなにか相談事でもしていると見たのか、誰も同席をもとめてこなかった。

気をきかせ、菊太郎は店の小女に、たびたび酒と肴《さかな》を注文した。

「それくらい、さよう大袈裟《おおげさ》にもうされることでもなかろう。お里どのは、伏見の深草で瓦《かわら》師《し》をしていた職人の女房。夫に死なれ、生まれてほどない病弱の子どもをかかえ、知辺の伝《つ》手《て》で蔦屋に奉公に上がったと、ききおよんでおりもうす」

「夫は瓦職人——」

「相当、腕のいい職人だったそうでござる。だが江戸でも大坂でも、職人はとかく宵越しの金を持たぬ気質をそなえており、蓄えもなかったのでござろう」

土井式部は嘆息するようにいった。

京瓦は平安京造営のとき、一挙に需要が増えた。それとともに、大寺院の建立《こんりゅう》で膨大な量の瓦が必要とされた。

のちに豊臣秀吉の伏見城の造営で、瓦焼き窯《がま》が伏見・深草の丘陵部に集中、深草瓦師は高名になった。

二条城の瓦御用が、かれらの活躍の場をいっそう広げたうえ、江戸幕府が防火のため瓦屋根をさかんに奨励し、さらに需要が増大した。

だが瓦屋根の普請《ふしん》は費用がかかる。

庶民は不服をとなえたが、やがて京の町の屋根は、瓦一色にととのえられていった。

これは江戸や大坂も、諸大名の城下町でも同じだった。

「身体《からだ》の弱い子どもをかかえてとなれば、銭も要《い》りもうそう。不時の出費にそなえ、一文でも多くの銭を蓄えたいのは、親として当然でございましょうなあ」

菊太郎は胸裏にお信母娘の顔を、またふと横切らせた。

「蔦屋の台所仕事を終え長屋にもどり、夜はおそくまで縫い仕事。お里どのの毎日を思えば、いたましいかぎりでござる。されどわたしにはなんともいたしかねる。お里どのは人に気を許さず、頑《かたく》なではあるものの、存外人の好いところをお持ちじゃ。江戸からもたらされた朝顔の珍種。どんな美しい花が咲きますやら、いまから楽しみでございますなあ。それでお里どのがいくらかでも銭を得られれば、まことによろこばしい」

それからの話によれば、今日、お里は蔦屋の用事で鴨川を東に渡り、洛東の聖護院《しょうごいん》村に出かけたそうだった。

そのもどりに、朝顔の苗を入手してきたのだ。

「世の中、気の毒な人を数えれば、きりがござらぬ。そのお人たちのすべてに、救いの手をさしのべるのは、われらごときではとてもできますまい。せめて行き当った物事の正邪をはっきりさせるのが、せいぜいでございましょう」

人柄のいい土井式部から、お里が少しの銭でも稼ごうと、朝顔の苗の持ち主に重ね重ね頼みこみ、それを入手してきたといわれれば、もうそれ以上、菊太郎はたずねられなかった。

また疑う根拠は、いまのところどこにもないのである。

お里が姉小路堀川の裏長屋で、朝顔の苗を丹精して育てている。

陽当りのいい場所に植え、肥料をやり、水を欠かさないようにする。悪童のいたずらに目を光らせ、苗が育ち蔓《つる》がのびるのを、一日千秋の思いで待ち構えている。

苗のまわりには、小さな囲いでもされているだろう。

「おばちゃんのお願いやさかい、この朝顔にさわらんといてや。蔓がのびて花が咲いたら、そのときにはみんなにご褒美《ほうび》として、好きなもんを買うたるさかいなあ」

長屋の子どもたちに頼んでいるお里の声が、菊太郎にはきこえてくるようだった。

「おばちゃん、たかが朝顔の苗ぐらいのことで、なんでわしらにそないにいわなならんのやねん。朝顔の苗やったら、いまあちこちの路地や垣根のそばに植えられてるで。どこにでもあるのとちゃうか」

子どもの誰かが、お里の顔を不思議そうに仰ぐ。五つになる女の子が、彼女の腰にまとわりついていた。

「そらそうやけど、とにかくこの朝顔にいたずらせんといてほしいねん。これおばちゃんの大事な宝の花なんやさかい」

「へえ、これが宝の花なんかいな。おばちゃん、なにか知らんけど、朝顔の花が咲いたらきっとええことがあるとでも、願掛けしてるのとちゃうか。おばちゃんの願掛けやったら、おおかた立派な婿《むこ》はんと添えるようにやな」

「これおまえ、なにを阿呆なこというて、お里はんを困らせてるねん。お父はんかお母はんにでもいいつけられて、ど頭《たま》でも撲《なぐ》られたいのか――」

二人の会話をききつけた長屋の女房の一人が、ませた口をきく子どもを叱りつける。

「わあ、これはかなわんわ。うちのお父《とう》やお母《かん》に、頭や尻をどづかれるのだけはごめんや。おばちゃんが頼まはった通り、朝顔にはさわらへんさかい、勘弁してえな」

女房の言葉を真に受け、子どもが頭をかかえ尻ごみする。

こんな光景が、また菊太郎の頭の中をかすめた。

「いやはや、今夜はご馳走になりもうした。家の者に土産まで用意してくださり、まことにかたじけない」

店の小女にあらかじめ頼んでいた折り詰めを、両手で押しいただく式部と、菊太郎はほどなく別れた。

夜道を鯉屋にまたもどってきた。

「あれ、若旦那、今夜はお信はんのところで、お泊りではなかったんどすか」

鯉屋ではもう大戸を下ろしていた。

潜《くぐ》り戸を開けてくれた佐之助が、菊太郎を訝しそうに眺め、再び戸締まりの閂《かんぬき》をかけた。

小僧だった佐之助も、いまでは十八になり、手代見習いにつかされていた。

それだけに下代の吉左衛門や手代の喜六などから、今日のことは耳に入れられているはずだった。

「わしが店にもどってまいり、なにか不都合でもあるのか」

「若旦那、うちに妙な言い掛かりをつけんといておくれやす。ただおたずねしただけどすがな。えらい不機嫌な顔をしはってからに」

「わしはそなたに言い掛かりなどつけておらぬわい」

「そんならよろしおすけど、旦那さまからさようにうかがっていたもんどすさかい」

「そのつもりでいたが、急にその気を失くしてなあ。明日のことを考えたのじゃ」

「それで蔦屋の式部さまのお話はいかがどした。うち下代の吉左衛門さまから、みんなきいてますけど」

「朝顔の苗は、お里どのが持ち主に頼みこんで、強いて分けてもらったのじゃそうな。売りつけられたものではないという。式部どのは、どんな美しい朝顔の花が咲くか、楽しみだともうされ、なんの疑いも抱いておられぬわい」

菊太郎は今度こそいまいましげな顔になり、草履《ぞうり》をぱっと脱ぎすてた。

「そんなことありますかいな。売らへん売らへんといい立て、その実、売ってますのやろ。ちょっと小耳にはさんできたんどすけど、朝顔の苗の話を、吉左衛門さまにいうたんはこのうちどす。蔦屋の式部さまは、若旦那もご承知の通り、人を疑わへんお人好しどすさかい、そんな呑気《のんき》をいうてられますのや」

「わしは式部どののそのお人好しぶりに、いま腹を立てているのじゃ」

「お人がいいのは、悪いことではあらしまへん。そやけど式部さまは、公事宿に雇われ帳付けをしてはるんどっせ。ちょっと変やなと思うたら、何事でも疑ってかかってもらわな困ります。公事宿の手代見習いのうちですら、妙な話やと思うて、吉左衛門さまにお伝えしたんどすさかい」

「そなたがもうす通りじゃが、それほど鼻をふくらませ、手柄顔で不服をもうすにもおよぶまい。ともあれわしとて同じ思いじゃ。まあ不審は不審として、わしらの手で直接確かめればよいわい」

「若旦那、そうどすなあ。朝顔の苗一本が二朱《しゅ》では、なんとしても怪しおすわ。つまり朝顔の種一粒が二朱。一苗の朝顔にどれだけの花が咲き、何粒種がとれるか知りまへんけど、その一つ一つが二朱どっせ。全部で何両になりまっしゃろ。ちょっと考えたらおかしおすわ」

「佐之助、朝顔の苗一つが二朱じゃと――」

「ほんまかどうかはわかりまへんけど、とにかく苗一本が米一、二斗の値段で、欲しい人に譲られているんやそうどす」

「それはあんまりじゃ。どのように美しく珍しい花が咲こうと、所詮《しょせん》、朝顔は朝顔にすぎぬわい。佐之助、そなた明日、わしとともに聖護院村にまいろうとは思わぬか」

「へえ、うちを連れていっておくれやすのか。是非ともそうしとくれやす」

佐之助は帳場のそばに坐《すわ》りこんだ菊太郎に、声をはずませ頼んだ。

手代見習いについて間もないだけに、かれは意気ごんでいた。

奇妙な話の正体を探ってみる。

最初、噂《うわさ》をつかんできたかれには、それなりな気負いが感じられた。

「源十郎とお多佳どのは、久しぶりに夫婦そろい、高台寺脇の宗琳《そうりん》どのの許にまいるときいていたが、まだもどっておらぬのか」

宗琳は鯉屋の先代。菊太郎の父次右衛門に目をかけられ、公事宿を開いたのだ。

いまは年の若い妾《めかけ》お蝶と隠居暮しをしている。

「旦那さまがたどしたら、まだお帰りではありまへん」

「ならば風呂でも焚《た》いてもらおうか。ひと汗流したい」

「風呂やったらお与根はんが気をきかせ、もう沸いてます」

佐之助が答えるにつれ、老猫のお百《ひゃく》がにゃあごと鳴き、菊太郎に近づいてきた。

今夜は蒸し暑くなりそうだった。

三

昨夜おそくから、小雨が降りつづいている。

聖護院の大きな建物が、煙ったように見えていた。

大宮通り姉小路上ルの店から、佐之助と二人連れで出かけた菊太郎は、寺町筋で道を上《かみ》にとり、二条橋にさしかかった。

頭上にかざしている番傘は、鯉屋の屋号入りではなく、わざと普通の傘を選んできた。

二人の風体《ふうてい》はちょっと見には、堂上公家に仕える公家侍が、供をしたがえ用達《ようたし》に行くとしか思われなかった。

「昨夜から雨がずっと降っているせいか、鴨川の水がにわかに増えてじゃなあ」

左手に角倉《すみのくら》会所の船頭小屋を見ながら、菊太郎は二条橋を渡りはじめた。

せまい橋の中ほどでふと足を止め、川面に目を投げた。

「こんな小雨の中でも、好きなお人は釣りをしはるんどすなあ」

菅笠《すげがさ》に蓑《みの》をまとった釣り人が、鴨川沿いに点々と見えている。

「鮎《あゆ》、獲物は鮎じゃな――」

「へえ、鮎どっしゃろなあ。今年に入ってから、うちはまだいただいてしまへん」

「それはわしとて同じじゃ。贅沢《ぜいたく》はもうすまい」

「それでも若旦那は、食べようと思えば、いつでも重阿弥で食べられますさかい、よろしゅうおすがな」

「ばかをぬかせ。重阿弥で馳走になるのも、なかなか心苦しいものだぞ。それゆえ物の味など楽しめぬわい。居候はいつもぶらぶらしていると人に思われがちじゃが、そなたも知っての通り、わしは必死でぶらぶらして、さまざま思案しているのじゃ。鴨やおしどりは、水の上をすいすい優雅そうに泳いでいるわなあ。人はそれをうらやむが、連中は人の目に見えぬ水の中で、懸命に水を掻《か》いているのよ。わしの暮しはそれに似ておる」

「なるほど、そないな見方もできるんどすなあ。確かに店の旦那さまも、鯉屋は菊太郎の若旦那にどれだけお世話になっているやらと、うちらにいうてはります」

　必死にぶらぶらしているといわれれば、いまの菊太郎はまさにその通りだった。

「手代見習いに格上げされただけあり、そなたもなかなか口上手になりおったなあ。わしが長い旅からもどり、鯉屋に居候として転がりこんだころは、まだ使い走りの小僧であったが」

「その小僧ももう十八。旦那さまが下代の吉左衛門さまについで、仲間株の売り物さえあれば、やがて独立させたいというてくれてはります。そやさかいうちも一生懸命に励んで、つぎは喜六はんの後釜《あとがま》をねらい、手代にしてもらわななりまへん」

「そうであっても、わしは鯉屋の居候のままじゃ。みんな結構ではないか」

「若旦那はそういわはりますけど、お奉行所からいつでも、召しかかえるとのお沙汰《さた》がございましたやんか。それを断わらはったのは、どなたさまどす」

「わしなど奉行所に仕えられるものか。勝手な暮しをつづけてきており、枠にはめられた勤めなどまっぴら。さしずめ出仕いたせば、すぐ上役と悶着《もんちゃく》を起し、刃傷《にんじよう》沙汰だろうよ。鋏蔵の奴に仕官をすすめられ、一千石でもくれるのなら、奉行所にでも大名家にでも仕えるともうしてやったら、あ奴、憮然《ぶぜん》とした顔でわしをにらみつけおった」

「そんな冗談、よういわはりますわ」

「これは冗談ではない。相手のことを思いやっているのじゃ」

「なんと。確かにそらごもっともどす。もし若旦那の上役にならはったお役人は、若旦那を怒らせたいつ殺されるかと心配してたら、仕事になりまへんやろしなあ」

佐之助は菊太郎に、ふと鮎釣りでもしたいといい出されてはならぬと、あわてて足を急がせた。

二条橋のむこうに、頂妙寺の伽藍《がらん》がのぞいている。北側に二条川東の町屋が少しあるだけで、あとは北東の彼方に聖護院村の畑がずっと見渡せた。

梅雨に入ったせいか、小雨はあい変らず煙るように降っていた。

熊野権現社の森、聖護院村の家々。天台寺門宗の門跡寺院で本山修験宗の大本山を兼ねる聖護院が、麦畑やかぶら畑のむこうに見え、道をたどるにつれ近づいてきた。

普段ならはっきり稜線をひいてそびえる東山や北山の緑が、ぼんやりかすんでいた。

「佐之助、朝顔の苗は、村のどの辺りで売られているのじゃ」

「へえ、聖護院さまの南、飯成社《いいなり》さまの北辺りの畑ときいてますけど――」

かれはその方角に目をこらした。

同地を現在の地名でわかりやすくいえば、有名な「平安神宮」の北辺りになる。

「ならばもうすぐじゃな」

「うちらも考えてみれば雨の中を、酔狂《すいきょう》なことどすなあ」

「黄金色の朝顔の花が咲くとなれば、誰でも興味を持つわなあ」

「にわか造りの番小屋まで建て、苗の育ちをしっかり見張っているといいます。昼も夜もどっせ。そやさかい、少々値段をふっかけられたかて、少しでも銭を儲けたい人たちは、そのうち必ず五十倍百倍の銭に変るとして、苗を欲しがりますのやがな」

「それにしても黄金色の朝顔の花か。もしそんな色の花が本当に咲くものなら、わしでも見たく思い、銭儲けのため苗を育てるわい。蔦屋のお里どのは欲を出し、四本も買うたのであろう。されど黄金色をした朝顔の花など、決して咲くものではないぞ。どのような珍種でもじゃ。人の欲につけこみ、それをもっともらしい口上を並べて売りつける――」

「若旦那、そこなんどすわ。相手は決して売りつけてしまへんねん。欲にかられた人間が、是非とも是非ともと頼みこみ、無理矢理買うてるさかい厄介《やっかい》なんどすわ」

「相手の正体や身許をしっかり改め、黄金色の花が咲かなかった場合、銭をきちんと返してつかわせと脅してやらねばならぬ。妙な噂を自ら流し、ひと儲けを企む不埒《ふらち》な輩《やから》の仕業にちがいないわい」

菊太郎がいまいましげにつぶやき、佐之助がほんまにそうどすと相槌《あいづち》をうった。

そのとき飯成社の近くで、あわただしく人が動いているのが目についた。

「若旦那、あんなにつぎからつぎに人が押し寄せ、朝顔の苗を売ってほしいと、頼んでいるのどっしゃろか――」

「いや、そうではあるまい」

「それならなんどす」

「不穏当なこととして、町奉行所の連中が乗り出してきたようじゃ。いよいよ面白くなってきた」

「すると、うちらの出番はもうおまへんなあ」

「出番などなくてもよいわい」

菊太郎は微笑して佐之助を咎《とが》めた。

野道のむこうから人がこっちにやってくる。

「ちょっとおたずねいたしますけど――」

佐之助は背中に大根の山を背負った百姓に声をかけた。

「なんでございまっしゃろ」

かれは菊太郎をちらっと眺め、佐之助に顔をもどした。

「あそこの騒ぎはなんどす。教えとくれやすか」

「へえ、あれは町奉行所のお役人衆、人が殺されているんどすわ。欲を出して変な奴に雇われた罰《ばち》どすがな」

百姓の言葉をきくなり、菊太郎は番傘をすぼめて駆《か》け出した。

「わ、若旦那、待っとくれやす」

大根を背負った百姓に礼もいわず、佐之助もかれのあとを追った。

息をはずませ、菊太郎に追いすがる。

やっと着いたそのそばに、筵《むしろ》掛けの番小屋が建っていた。

「これは東町奉行所同心組頭、田村銕蔵どのの兄上菊太郎どの」

「今月の月番は西町奉行所なのじゃな」

「いかにも。身どもは西町奉行所与力の工藤市右衛門にございまする」

「お役目ご苦労にござる」

相手の市右衛門は、自分の身許を知っている。

それが言葉や丁重な態度に表われており、菊太郎も慇懃《いんぎん》に頭を下げた。

る。

工藤市右衛門は銕蔵と似た年恰好、人柄はよさそうだ。だが与力としては迫力に欠けている。

普通なら厄介な人物が出てきたと、嫌な表情を浮かべるはずだが、自分の顔を見てほっとした気配をただよわせた。

公事は〈出入物《でいりもの》〉といい民事訴訟事件。殺しは〈吟味物〉で、刑事訴訟事件になる。その吟味物を扱う工藤市右衛門が、菊太郎の姿を認め安堵《あんど》している。

おそらく下手人探索の助勢を、乞えると考えたのだろう。

「わざわざ駆けつけていただき、まことにかたじけのうござる。まあご覧くだされ」

かれはすでに菊太郎を、自分の側に引きこんでいた。

「いやわしは、黄金色の花を咲かせる朝顔が、この村のどこかに植えられているときき、妙な話があるものだと、ちょっと興味をもち来たまででございましてなあ」

「田村菊太郎どの、袖振り合うも多生の縁とかもうしますが、それならなおさら深い縁でございまする。その朝顔に関わる殺しでござれば。ともかく番小屋の中を見てくだされ」

西町奉行所から駆けつけてきたらしい同心二人と、その下っ引きたちが、興味深そうに自分たちを眺めている。市右衛門はそれを意にも介さず、菊太郎を番小屋にとさそった。

「それで誰が殺されておりますのじゃ」

菊太郎は足をすすめ、かれにたずねた。

「この小屋の番人。名前は勘助。聖護院村の若い百姓でござる」

かれの説明をききながら、菊太郎は素速く番小屋のまわりを目でたどった。

半反（百五十坪）ほどの畑に、幾筋も畝《うね》がつくられ、朝顔の苗が整然と植えられている。育ちの早い苗のため、すでに添木《そえぎ》も立てられ、まだ幼い蔓が、それにからまりかけていた。

市右衛門にうながされ、菊太郎は番小屋の中をのぞいた。

小屋は四本の柱を長短に打ちこみ、屋根は斜めの薄板、まわりに筵を垂らしただけの、しごく簡単なものだった。

しかし小屋の中には、古びた布団も持ちこまれており、煮炊《にた》き用の七輪、鍋までそなえられていた。

何者かに殺害された勘助は、油断しているところを、後ろから羽交い締めにされ襲われたらしい。筵を重ねた上に敷かれた布団から、身体《からだ》をはみ出させ、喉《のど》を鋭利な刃物でえぐられていた。

「これはひどいな——」

「御意。ひどい血の流れようでございまする」

「血はすでに布団や筵にしみこんでしまったが、大量の血があふれたようす。垂れ筵にまで飛んでいるところからうかがえば、下手人は相当返り血を浴びているはず。しかも仏の顔見知りの奴であろう」

「同心どももさようにもうしておりまする」

「死んだ男に、いまさらうさん臭いこの世を、見せていることもなかろう。目をつぶってもろうてもよろしゅうござるな」

菊太郎は市右衛門に断わり、驚きのため大きく見開かれた勘助の両目を、掌《てのひら》でそっと閉じさせた。

驚愕《きょうがく》の目が、下手人の手掛かりをあたえている。

「凶器はお探しになられましたか」

「いまのところ見当りませぬ」

「そうだろう。下手人は大量に返り血を浴びてじゃが、夜中なら誰にも怪しまれずにすむ。冬ではなし、川にでも入って水をかぶれば、人目をごまかせよう。さてと、黄金色の花を咲かせる朝顔は、いったいどれくらいあるのかのう」

「田村どのはそれを信じておられますするか」

「いや、いささかも。市右衛門どの、これはおそらく人の欲、銭を少しでも儲けたいと思う気持につけこんだ悪企みでございましょう。朝顔が蕾をふくらませたら、何十倍もの値段で引き取る、種とて同じだといわれれば、誰でも苗を買いたがりますわい。買い手の気を引くため、わざわざ番小屋までおっ建て、特別に昼夜とも番人を配しておく。こうひと芝居打った下手人は、いよいよ潮時だと判断し、勘助を始末したのでございましょう。ご覧のように朝顔の苗は、三分の一ほどに減り、悪人どもは相当な銭を騙《だま》し取ったはずでござる」

菊太郎が畑を見渡していう通り、びっしり植えられていたにちがいない朝顔の苗は、残り少なくなっていた。

降りつづいていた小雨がやっとやみ、薄陽が雨で湿った畑を照らしつけている。

下っ引きや奉行所の下役人たちが、見物人を遠ざけ、六尺棒を構えあちこちに立っていた。

菊太郎は朝顔の苗のそばにかがみこみ、添木にからみはじめた蔓や葉に目をこらした。

だがどう見ても、ただ普通の朝顔の蔓や葉にすぎなかった。

「田村どの、これは吟味物でございまするが、お智恵を是非とも拝借いただけませぬか」

「ここで身を引くわけにもまいりますまい。されどお礼とはもうしませぬが、せめて酒の一献ぐらい、馳走していただかねばなりませぬな」

「酒の一献はもちろん、なにかお困りの節には、奉行所をあげてお手伝いさせていただきますわい」

「わしはどんなことが起ろうとも、一向に自分では困ったと思わぬ質《たち》の男。困るときとは、人の難儀を片付けるときにかぎりましょう。それは大方、奉行所の仕事で、お手前がたには好都合。それでは果てがございませぬな」

「と、とんでもない。さように腹黒く考え、もうしたのではございませぬ」

「いやいや、これは戯《ざ》れ言、真に受けられては、それこそ困りまする。さてさて市右衛門どの、朝顔畑の番人が殺害されたとわかれば、ここで苗を買うた者どもが、いまにきっと自分からつぎつぎ名乗り出てまいりましょう。詮議《せんぎ》のはじめは、それをきくことになりましょうな」

菊太郎はゆっくり立ち上がり、工藤市右衛門に意見をのべた。

「御意。早くも噂をききつけたのか、それらしい人物が、われらをうかごうておりまする」

これには、菊太郎も佐之助もすでに気づいていた。

蔦屋のお里から、苗を買った経緯《いきさつ》を聴取するのは簡単だ。だがその家内《いえうち》を考えれば、できるだけ彼女にはこの件を知らせたくなかった。

「若旦那、人垣の後ろで若い女子はんが、かがみこみしくしく泣いてはりまっせ。あれは只《ただ》の泣きようではありまへん。与力さまに訳をたずねていただかはったらどないどす。きっとなにかがわかりますわ」

佐之助が菊太郎に小声でささやいた。

さすがに公事宿の奉公人、目配りが早かった。

四

梅雨も真最中になった。

大雨小雨、いつも鬱陶《うっとう》しい空模様で晴れ間も少なく、外に出かけるには番傘が欠かせなかった。

どこの庭や路地でも、紫陽花《あじさい》が美しく咲き誇っていた。

「全くわたしは迂闊《うかつ》でござった。菊太郎どの、呑気に構えていて面目ない。この通りじゃ。このうえは、下手人を捕え真相を明らかにするために、いかようにでもお手伝いいたす。遠慮なく命じてくだされ」

土井式部が菊太郎に両手をついて詫《わ》びた。

かれのそばに、禁裏付きの赤松綱《つな》が、今日は貸本屋の風体で坐っている。

鯉屋の源十郎と佐之助。東町奉行所同心組頭の田村銕蔵、それに西町奉行所の工藤市右衛門とその手下《てか》たちもそろっていた。

「式部さまがお詫びになることはありまへん。万事、ごゆるりなのがお人柄で、それがええのどすわ。菊太郎の若旦那もうちの佐之助も、どっちかといえば、せっかちで物好きどすさかい、すぐ動き出しただけのことどす。それに式部さまに、なんかしていただく必要はもうありまへん。ここにそろうてはるお人たちが、下手人を捕えるため、すでにいろいろ手配りをしてくれてはります。今日おいでいただいたのは、蔦屋のお里はんにあんまりがっかりせんように、あんじょういうてほしいのと、朝顔の苗四つを、お里はんの買わはった値で譲ってもらうと、伝えていただきたいさかいどす」

鯉屋の源十郎は、懐《ふところ》から小さな紙包みを取り出し、土井式部の膝元にすすめた。

「お里どのの買った値とは、源十郎、そなたは相変らず吝《しわ》いのう」

菊太郎が口をはさんだ。

「若旦那、ばかなことをいうてもろたら困ります。これは吝いのどうのとの問題やのうて、こないなことで金は儲からへん、今後、手を染めてはいかんとの教訓をこめているんどすわ。金はようけ出したらええいうもんとちがいまっせ」

源十郎がふくれっ面で反論した。

「式部どの、お里ががっかりして井戸に飛びこんだり、首でもくくったりしたら、それこそまたひと騒動。式部どのには、それをとどめるお役をお願いいたしたい」

菊太郎とともに、数回、酒を酌み交したことのある赤松綱が、源十郎の先の言葉を補足した。

「なるほど、お里どののために皆さまになにかとお計らいいただき、かたじけない。されば その件は承知いたしした。なおそのうえにご用があれば、おもうしつけいただきたい」

「式部さま、それだけでもう十分、あとは皆さまに委せときやす」

佐之助が素速くみんなの顔色をうかがい、かれをなだめた。

場所は鴨川沿いの重阿弥の離れ、西町奉行所の払いで、席がもうけられたのである。

聖護院村の人垣の後ろで泣いていたのは、殺害された勘助の妹のお友だった。

菊太郎と工藤市右衛門は、彼女に村役の許へ同行してもらい、すぐさま事情を聴取した。

朝顔の種を植えた畑は、勘助が同じ村の大百姓嘉助から借りている畑の一部だとまずわかった。

「弥七はんというお人から、珍しい色の花を咲かせる朝顔を育てたいといわれ、わずかな期間だけという約束で、兄ちゃんは野小屋の番人も兼ね、一分金一つで承知したんどす。一分は水呑み百姓のうちらには大金どす。花は黄金色ときいてましたさかい、野小屋に寝泊りもせなならんと思いました。慎重に種をまき、芽が出て苗になりました。そのころから、兄ちゃんに畑の番を頼んだ弥七はんがちょいちょいきて、苗をしげしげと見て、野小屋にも泊らはるようになりました。種は江戸で工夫された珍種。一つでも盗まれたら大変どす。銭金で買える代物ではないと、たびたびいうてはったそうどす。そしてほどなく、三条・御幸町《ごこまち》角の焼きもの問屋の森田屋清兵衛いわはるお人が、一分金一枚を出すさかい、是非とも一株でも苗を譲ってもらえまいかと、野小屋にきはりました。弥七はんはとんでもない相談、これはさる尊いお方から頼まれしていること。一両でも売れしまへん。朝顔が黄金色の花を咲かせ、何十粒もの種をつけたら大儲けできますさかいなあと、頑《がん》として断わらはったそうどす。それでも森田屋はんは苗を欲しがらはり、種ができたら半分はきっと返すとの堅い約束をして、いくらか知りまへんけど、一株だけ苗を引き取っていかはったときいてます。そのあと数日してから、どうぞ苗を分けてほしいと頼まはるお人たちが、連日来るようになり、弥七はんは断わるのに往生してると、兄ちゃんがいうてました。そやけど、断わりながらも苗はどんどん売られていき、兄ちゃんはなんや妙やなあと、首をかしげていたんどす。黄金色の花を咲かせる朝顔なんか、あるはずがありまへん。兄ちゃんはそれをきっと弥七はんにただし、殺されたんどす。たかが朝顔に、わざわざ野小屋の不寝番まで置き、盗まれんようにしてました。そやさかい、そのことでかえって、みんな騙されてしまったんどす。これは欲深な人の気持につけこんだ弥七はんの悪事。かわいそうに兄ちゃんは、知らずに巻きこまれ殺されたにちがいありまへん」

泣きつづけるお友をなだめ、菊太郎や市右衛門たちは、やっとこれだけきき出した。

「勘助の妹がもうす通りじゃ。人間は欲深いもの。金持ちは金持ちなりに、貧乏人は貧乏人なりに、金を欲しがる。弥七とやらが尊いお方から頼まれたゆえ絶対に売れぬともうせば、人はなお入手したがろう。買うてくれとすすめぬでも、人が売ってくれとせがんでくる。ならば仕方がないと、強気で金を稼ぐことができる。簡単な手口なれども、これは人の欲につけこんだ実に巧妙な詐欺じゃ。下手人はすでに大金をつかんだ。あとは口封じのため、邪魔になる勘助を殺して、姿をくらませたのじゃ」

「ご禁裏さまのほうへ目をむけ、尊いお方からともうせば、誰でも当今《とうぎん》さまか五摂家《ごせっけ》さまにでもと思うぞよ。お友によれば、弥七の奴は京男、中肉中背、年は二十七、八、お店者風だったという。おそらくそれは相違あるまい」

お友から事情が聴取されている最中、市右衛門配下の同心や下っ引きたちが、あわただしく村役の庭先から外に駆け出していった。

勘助殺しの下手人が、視線だけにしろ禁裏を利用したとなれば、禁裏付きの赤松綱も無関係ではいられなかった。

さらに京都所司代から内意を受け、菊太郎の異腹弟銕蔵も姿を現わした。

「京都所司代の大久保加賀守さまに直々、呼びつけられもうした。そして、かような詐欺事件は社会秩序を乱し、人心を荒廃させる源《みなもと》。東西両町奉行にはもうしつけておいたが、工藤市右衛門、ならびにそなたの兄田村菊太郎を、いかようにも応援いたし、奉行所を上げて、一日も早く下手人を引っ捕えよと命じられました。兄上が西町の事件に関わったことと、弥七がご禁裏さまを匂わせたことで、事件が大袈裟になり困りましたわい」

鯉屋にまずやってきた銕蔵は、かれらしからぬ弱腰でこぼした。

そのころ、三条御幸町の森田屋清兵衛からの事情聴取がすすめられていた。

「わたしが弥七はんから、一両二分で黄金色の花が咲く朝顔の苗を譲り受けたのは、まちがいございまへん」

かれは店に訪れた工藤市右衛門配下の同心を、奥座敷に案内した。陽当りのいい内庭の隅においた植木鉢の苗を披露し、狼狽《ろうばい》しながら話をはじめた。

だが大きな焼きもの問屋を営むだけに、勘助が殺害され、この一件が金を詐取するため巧妙に仕立てられた芝居だとわかると、清兵衛はあきらめが早かった。

それればかりか、京の大商人《おおあきんど》として自分の欲にかられた行為を、恥じる言葉まで吐いた。

「軽率にもわたしは、あの朝顔の苗を、ご覧の通り、特別にこしらえさせた植木鉢に植え、三、四人の来客に自慢して見せました。いま考えてみれば、花の種を半分弥七はんにもどすにしたところで、そないにうまい話が、そうそうあるはずがありまへんわなあ。来年、自分の物として残した半分の種をまいたら、ねずみ算式に花が増え、銭が儲かるわけどすさかい。

わたしの迂闊、えらい過《あやま》ちをいたしました。いいえ、銭のことだけではありまへん。三、四人の来客に、自慢して披露した軽率を、合わせていうてるんどす。噂いうもんは、お人からお人にすぐ伝わり、とんでもなく大きくふくらんでいくんどすなあ。わたしが悪だくみの片棒を担いでしまったようなもんやと、いま自分を責めているんどすわ」

この言葉は翌日、改めて西町奉行所で事情聴取の折、菊太郎も赤松綱も同席してきかされた。

その日になると、勘助が殺害されたことが広く知れ渡り、朝顔の苗を買い求めた被害者が西町奉行所に続々と名乗り出てきた。

その総数は五十七人。被害総額は百二十二両におよんだ。

五十七人の中には、もちろん蔦屋のお里もふくまれていた。

「そなたたちは、弥七とやらに騙されたともうし立てているが、弥七に強いて頼みこみ、自分たちのほうから、すすんで朝顔の苗を買うたのではないのか。弥七の悪だくみは許しがたいが、いわばそなたたちも自業自得。それをこの際、強く胸に刻みつけておくのじゃ。もっとも中には、貧乏から抜け出すため、ついうまい話に引っかかった気の毒な者たちもいる。これらの被害者については、奉行所のほうで特別に被害を救う方策を考えてとらせる。それゆえ悲観のあまり、くれぐれも妄動《もうどう》いたさぬようにしてもらいたい。これはくれぐれもじや」

これには、弥七から最初に朝顔の苗を買った森田屋清兵衛のもうし入れがあったからだった。

清兵衛は自分の軽率をのべ、悪だくみの片棒を担いだも同然、責任の一端を負い、貧乏なお人たちが無理して支払った苗代を、すべて肩代りさせていただきたいといい出していたのだ。

「うちの宗旨は浄土真宗。親鸞上人《しんらんしょうにん》さまは、人間は都合が悪うなったら、そんなことはいうた覚えないの、わしはなにも知らんのと、掌《てのひら》をころっとひっくり返し、平気で嘘をいう。また金やきれいな女子、さまざま自分の気に入る物に執着して、争いをくりひろげる。そやけど無常、常《つね》ということは誰にも絶対にない。いつ死んでしまうか、金持ちがどんな過ちでいつ貧乏になるかわからぬと、説いてはりましたわ。人間はそうした考えに立ち、神妙に生きていかなかなりまへん。そやけどそれを、わたしはすっかり忘れてしもうてました。どれだけ銭があったかて、あの世には持っていかれへんのどすさかいなあ。わたしが分別を失のうてました」

源十郎の手から式部を通し、お里に手渡された金は、実は森田屋清兵衛から出されたものだった。

総数五十七人から事情をただす中で、悪だくみを実行し、勘助を殺害した弥七の姿が浮かび上がってきた。

言葉づかいや物腰などから、お友がもうし立てた通り、やはり京の男で年は二十七、八歳。呉服についての知識を豊富に持ち、頭のよさそうな男。顔は細面長で、面構《つらがま》えは決して悪人には見えない。笑うとむしろ人の好さそうな表情になり、剃刀《かみそり》の跡は青々として毛深い。などが明らかにされてきた。

「工藤市右衛門どの、これだけ確かとなれば、わしや赤松どのまでが、もはや躍起になる必要はございませぬな」

菊太郎が一件落着とばかり、西町奉行所の与力部屋でつぶやいた。

「まだ下手人の手掛かりさえないに、なにゆえでござる」

市右衛門が怪訝《けげん》な顔でたずねた。

「これはわしの勘みたいなものでござるが、町絵師を集め、人相書を多く描かせてくだされ。下手人の弥七は、きっとまだこの京にひそんでおりまする。それゆえいたるところに人相書を貼り出せば、相手はおそらく奉行所に自首してまいりましょう。悪だくみをして金を得たうえ、勘助を殺害したとはもうせ、自首いたせば罪は軽減されまする。場合によれば、吟味物と出入物の二つを合わせた糺《ただし》（審理）になり、処刑はまぬがれるかもしれませぬ。そのときの公事は、鯉屋に委せてくだされればよい。弥七は偽名、おそらく根は普通の有能な男というのが正体。利口な男だけに、すべてを見通したうえ、終生遠島《えんとう》の覚悟で、名乗り出てくるものと推察されまする」

菊太郎の強い要請で、急ぎ円山・四条派の町絵師が五人集められた。

数人の被害者から人相をきき出し、修正を重ねた結果、ほぼ正確な人相書が、三日がかりで百数十枚描き上げられた。

町中に貼られるよう手配したあと、主だつ関係者が重阿弥に集まったのであった。

「兄上どの、かように酒肴《しゅこう》の膳までいただき、呑気に構えていてよろしいのでございましょうか」

銕蔵が工藤市右衛門と顔を見合わせ、かれにおずおずたずねた。

「さようでござる。われらとて田村どのの勘は勘として尊ぶものの、坐したまま下手人の出頭を待つのは、考えものではござるまいか。わたくしもやはりおたずねいたしとうございまする」

銕蔵につぎ、市右衛門も膝を乗り出した。

菊太郎が佐之助の酌を受け、盃《さかずき》を乾している。

ときどき天井を眺め上げ、思案の素振りだった。

「銕蔵さまに市右衛門さま、まあこの厄介な若旦那が、そういうてはるのやさかい、わたくしどももゆっくり待ちましょうな。これは大きな賭け、見ものどっせ。もし若旦那の勘がはずれたら、笑いものにして、さらに酒を飲んだらよろしゅうおすがな。もし当ったら、紀はこの鯉屋が関わります。幸い焼きもの問屋の森田屋はんが、どんな世話でもすると約束してくれてはりますさかい、楽しみにしているんどすわ」

源十郎は菊太郎の読みに確信を持っていた。

賢いお店者なら、きっと自首してくる。

人の欲につけこんだ巧妙な犯行を検証してみると、勘助を殺害したのは、事件を隠蔽《いんぺい》するためではなく、かれから不審をただされ、進退に窮してではないかとも考えられる。勘助の妹お友にも、顔を見られている弥七、追いつめられなければ殺人は犯さないだろう。

だがそうだとしたら、普通のお店者が、どうして急に大金が要ったのだろう。

「源十郎、おまえも赤松さまも、兄上どのに同調してのんびりしているが、さてどうじゃろうなあ。わしは気が揉めてならぬわい」

銕蔵はいまにも立ち上がりそうな気配で、身体をゆすった。

「銕蔵、まあさようにわしをいらいらさせるな」

「わたくしが兄上どのをいらいらさせているともうされまするか」

「ああさようじゃ。わしはいま頭の中で一句ひねっておる。加賀の千代女は、朝顔に釣瓶とられてもらい水と詠《よ》んだが、この事件をそれに当てはめれば、釣瓶とは銭、もらい水は、銭を盗られたゆえ、借金をもうし入れに行くことになるわなあ」

「ふん、兄上どの、不謹慎にもほどがございまするぞ」

「これ鋏蔵、そうかっかとなるまい。いまふと思いついたが、こんな句はどうじゃ。紫陽花の萎《な》えてわき立つ夏の雲――」

「菊太郎の若旦那、それはええ句とちがいますか。まず時節に合うてますがな」

源十郎の胸裏に、鯉屋の中暖簾の脇に掛けられている短冊が思い浮かんでいた。

――世を棄てた年月に合う花の数
あの縁起でもない句より、どれだけましかしれなかった。

一座が一瞬、しんと静まり、再びざわつきはじめたとき、市右衛門配下の同心がお信に案内され、息をはずませ現われた。

「いかがしたのじゃ――」

「はい、勘助殺しの下手人が、先ほど中京《なかぎょう》の番屋に名乗り出てまいりました。名前は勝蔵。先月の十日、もらい火から全焼した俵屋町《たわらやちょう》の呉服問屋『淀川屋』の一の手代でございました」

同心が市右衛門に早口で告げた。

「やはりそうか。紫陽花の萎えてわき立つ夏の雲。黄金色の花でなくとも、毎日どんどんのびている朝顔の蔓。いまにきれいな花が見せてもらえるわい。源十郎、勝蔵の命、なんとか口先一つで助けてとらせい。よほどの理由があったのであろう。まあ森田屋清兵衛から金をふんだくり、まず勘助の遺族にもらってもらうのじゃな」

そばで佐之助が矢立てを取り出し、菊太郎の詠んだ句を書きとめていた。

さすがの菊太郎もほっとしたようすだった。

飛《ひ》落人《らくにん》一件

一

清水寺の山門から西にずっと下ってくる。

この道は東大路通りをすぎると、俗に六波羅道《ろくはらみち》といわれていた。

平安時代末、この界隈《かいわい》に平家の六波羅探題が設けられていたのと、いまも六波羅蜜寺が構えられているからであった。

この六波羅道は、鴨川のちょっと手前で、伏見に向う大和《やまと》大路と交差している。五条大橋も間近で、清水寺の参詣《さんけい》道にも当るだけに、さすがに人通りが多かった。

この町辻《まちつじ》が朝から騒然となり、昼をすぎても大きな人だかりができていた。

「いったいなにがあったんやな――」

「かわいそうに、死んだあともこんな町辻に曝《さら》されやしてなあ」

「六波羅道になんで死んだ罪人が曝されなあかんのや。曝し者やったら、西土手《どて》の処刑場か日岡峠《ひのおかとうげ》の刑場と決ったるやろな。こんな町のど真ん中に死人を曝しおって、奉行所はなんのつもりなんじゃ。暑い夏はやっとすぎたけど、まだ秋のかかりなんやで」

「ほんまにそうや。一日二日やったらともかく、そのうち仏はんが腐って近所迷惑やがな」

老若男女、京童たちが口々にまくしたてていた。

人の肩や頭ごしに、曝された死人を見ようとしてもなかなかのぞけない。曝し者といっても、普通とはなにか違っている。

そこの四隅に柱を打ち立て、板屋根が簡単に葺《ふ》かれていたのだ。

「やいやい、あんまり近づいたらあかんがな。仏はんを見た者《もん》は、すぐ場所を空《あ》けんかい。いつまでもじっとしてたら、ほかの者が見られへんやろな。さあ一遍見た者は、さっさと向うに行ってんか――」

「おまえら、どづいたらなわからんのかいな」

おとなしい声につづき、濁《にご》った声が見物人に浴びせかけられた。

曝し者にはどうやら町奉行所から、警固の下役人が二人つけられているらしかった。

かれらに罵倒《ばとう》され、見物人が少し動いた。

幾重にも重なった人の輪の後ろで、背伸びしていた人の目に、ちらっと曝し者にされた死人の姿が映った。

「なんや、曝し者いうても、磔《はたもの》にかけられてへんのやなあ」

「道に向い顔や姿が見えるように斜《なな》めに横たえられ、丁寧な扱いを受けたるがな。あれはいったいなんでや」

「凶悪な盗人《ぬすっと》を処刑、曝しているわけではないからじゃ。この曝しは、仏はんの身許《みもと》を知っている者はいないか、見覚えがあるなら、すぐさま奉行所に届けてもらいたいためなんじゃわい。そやさかい板屋根までつけ、人通りの多い六波羅道に曝されているのやわいな」

曝されているのは六十歳前後の男。町人の風体《ふうてい》で、みなりはさほど悪くない。身許を明らかにするための処置で、かれを斜めに乗せた板戸の足許には、大きな香炉が置かれ、線香の煙が立ち昇っていた。

「するとあの仏はん、清水寺の舞台からでも飛んで死なはったんやな。そやさかい、この六波羅道で身許探しをしているんじゃ」

「ああその通りじゃ。清水寺の舞台から飛ばはったのは昨夜、いくら改めても身許のわかる品をお持ちやなかった。そやさかい門前町の町年寄りも困ってしまい、町奉行所の指図で曝し者にして、身許探しとなったんじゃ」

「そやけど、あんな高い清水寺の舞台から、思い切ってよう飛ばはったもんや。わしなら恐《こわ》くて恐くてとてもできへんわいな」

「そら誰でも清水寺の舞台から下を覗《のぞ》いたら、恐ろしゅうて飛び降りられへんやろ。けどなあ必死な願い事のあるお人やったら、恐いなんぞと尻込みしてられへん。生きるか死ぬか、願い事がかなうかかなわぬか、ともかく事を決するために飛ばはるやろ。その思いの強さは、当人だけにしかわからへんわい」

「そらそうやろなあ。ここ一年ほど清水寺の舞台から飛んだ人の話は、聞いてへんかったけど、久しぶりにやっぱりあったんや」

「舞台から飛ぶ人は、身許の知れるなにがしかの品物を身につけていたり、遺言めいたものを、舞台に残しておいたりするもんや。そやけどあの仏はんには、一切そんなもんがなかったんやて。門前町やこの界隈のお人には、難儀なことやわいな」

「おまえ、仏はんの悪口をいうたらあかんのとちゃうか。清水寺の舞台から飛んでも、願い事がかなう場合は生き残れる。打ち所が悪くて死んだら願《がん》がかなえられへんいうさかいなあ。曝されてはる仏はんから、恨《うら》まれたらどないする。変な感想をいわんこっちゃ」

「ああ、悪気があっていうたんではありまへんさかい、どうぞ堪忍しとくれやす」

門前町や六波羅道の人々が、難儀をすると口走った若いお店者《たなもの》は、曝された死人に両手を合わせて詫《わ》び、早々に立ち去っていった。

見物人の一群が去ると、また新たな群が曝し者を取り囲んだ。

「どこのお人か知らんけど、早う誰か、あの仏はんはどこのどなたさまどすと、名乗り出てきよらんかいな。秋とはいえまだまだ暑いさかい、死骸《むくろ》が腐りでもしたらかわいそうやがな」

清水寺から飛落《ひらく》した人物を、気の毒がる小声もきこえてきた。

曝し者にされている人物の顔は紫色になり、蝿《はえ》がうるさくたかりはじめていた。

大団扇《うちわ》を持った老爺《ろうや》が、その蝿を、ときどき団扇をあおぎ追っ払っていた。

——清水の舞台から飛び降りる
この言葉は思い切ったことをするときや、強い決意を表明するとき、無造作によく用いられる。だがこの譬《たと》えが成立するには、それなりに歴史的事実が存在したのである。

清水寺本坊の『成就院日記』に、舞台から飛んだ人々の記録が、克明に残されており、老若男女の彼や彼女たちは、〈飛落人《ひらくにん》〉と呼ばれていた。

元禄九年（一六九六）を例にとれば、一年間に六人もが高い舞台から天に飛んだ。

正月二十五日、午前八時ごろ、十六、七歳の男性。二月二十九日、午後九時ごろ、三十四歳の男性。六月十八日夜、四十四歳の男性。八月十一日、時間不明、十七歳の男性。八月二十三日、午前三時ごろ、年齢不詳の男性。十一月二十八日、午前八時ごろ、三十歳の男性
——と記されている。

この年の飛落人は、たまたま男性ばかりだったが、三年後の元禄十二年には、男女三人ずつ、計六人が数えられた。

飛落の行為は、立願のための参詣にはじまり、結願におよんで舞台からの投身となる。

こうした飛落は、過激な自殺行為と思われるが、清水寺が西国三十三カ所の観音霊場であることを考えれば、一種の補陀落渡海《ふだらくとかい》に似た行ないととらえられないでもない。

舞台から飛び降りた人々のほとんどは、頭部を激しく打って死亡した。

もっとも死ななかった人もいた。

元禄九年正月二十五日に飛落した十六、七歳の少年は、「立願」のため寺に「七日参」をしたあと飛び降り、怪我《けが》もなかった。

「こうもたびたび気安く飛び降りられたら、こちらがかなわぬ。町奉行所に届け出て検死を受けたり、死ぬに決っておる怪我人にも、医者を呼ばねばならぬからのう。門前町の町役たちも大迷惑じゃ」

結果、清水寺では、本堂で参籠《さんろう》する人々に、絶対に飛落しないとの誓約書を書かせ、舞台には矢切（柵《さく》）まで設けた。

それでも飛落はなおつづき、皆無の年は珍しかった。

立願しての飛落人は、身許を確かめるなにがしかの手掛かりを持っているものだが、なかにはいま六波羅道で曝されている人物のように、なんの手掛かりも残さない人たちもいた。

こんな人々には、いかにも残酷にみえるが、町奉行所は死骸を曝し者にして、身寄りをたずねるのであった。

その場所がいつも六波羅道だった。

身許不明者の曝しは、検死のあと大体三日三晩にわたって行なわれる。町奉行所の下で行政、司法、検察の仕事に当る雑色《ぞうしき》が、交代で見張りにつき、門前町からも番人がやはり交代で出た。

夜には篝火《かがりび》を焚《た》いての不寝番《ねずのばん》になり、三日三晩、告示を行なっても届け人がない場合は埋葬された。

だが後に身許が判明したときには、墓を掘り起して身内に死骸を引き渡した。

六波羅道の騒ぎは、秋の陽が西に大きく傾いたころ少し静まった。

「今夜は早う店じまいにしよか。仏はんにはもうしわけないけど、気色が悪うてかなわんがな。曝し者の評判は、今日一日で京のあっちこっちに知れ渡ったはずや。身内が名乗り出てこないまでも、仏はんの懇意《こんい》が、町奉行所に現われてもええのになあ」

曝し場近くの町辻で、店を構えている団子屋《だんごや》が、店の床几《しょうぎ》に腰をおろし、串団子にかぶりついている顔馴染《なじ》みの人足に、ぶつくさ愚痴《ぐち》をこぼした。

曝し者があったとき、店はいつも暇になった。

曝し者にはときどき人が集《たか》ったり、また散ったりしている。

こんな折に客として来てくれ、有難いものの、あんな光景を眺めながら、よくも茶をすすり、団子など食えたものだといいたげであった。

「今夜は早う店じまいか。店を構えた居売りの商いはええなあ。わしみたいな雇われ人足は、これから三条の高瀬川に出かけ、川辺に積み上げられた米俵を、夜通しかかって荷蔵に運びこまなならんねんやわ。団子屋の親父はん、あそこで曝し者になってはる仏はんの身許がわかるのは、おそらく明日か明後日やで。いくら曝してみたかって、早々には無理やろ」

「人の不幸やと思うてこきやがれ。いままで曝されて、すぐ身許が知れたこともあったわいな」

「わしかて、一刻も早うそないなったらええのになあと、願うているわいさ。あの仏はん、わしも近づいてよく見てきたけど、みなりはええし、どこかの大店《おおだな》の旦那《だんな》みたいやった。年は六十前後、どないな願い事があってか知らんけど、清水の舞台から飛び降りたら、大体死ぬもんと相場が決ったるのになあ。願いがかなえば怪我もなく生き残れるいうけど、あれは大体嘘やで——」

人足は団子の串をなめなめ、目を曝し者に這《は》わせたままいった。

曝し場では、またもや人集《ひとだか》りができていた。

その中に「公事宿《くじやど》・鯉屋《こいや》」の手代喜六の姿が見られた。

かれは板葺き小屋の立て札を、じっと読んでいた。

「清水寺舞台飛落人壱人。この者身許不明につき、六波羅道に曝して身許をたずねるもの也。肉親ならびに心覚えある者は町奉行所、または町番屋、町年寄り、いずれなりとも届け出るべし。東町奉行所――」

喜六は立て札を読み終えると、こちらに向いて横たえられている男の死骸に目をやり、ちょっと眉《まゆ》をひそめた。

曝し者になっている男は、髪の毛をきれいにととのえられ、両手を胸の上で組み合わされている。

外傷はなく、頭を強く打ったのか、それとも首の骨を折って死亡したのか、いずれかであろう。

顔も唇も紫色。相手が死人だけに正視するのは臆《おく》したが、喜六は物珍しさも手伝い、ずっと曝し者に近づいてその顔を眺めた。

人相が変っているものの、どこかで見た顔だった。

――このお人、どこかで会うた気がするなあ。

喜六は胸の奥で小さくつぶやいた。

「やい、そのお店者――」

髭《ひげ》をはやした雑色が、六尺棒を地にとんと突いてかれに呼びかけた。

「へ、へえ、わたくしでございますか」

「そうじゃ。おまえを呼んだのやがな。いまおまえの顔を見てると、胸に覚えがあるみたいやけど、どうやな。この飛落人について、なんか知ってるのとちゃうか——」

「い、いいえ、とんでもありまへん。そんな風に見えたんどしたらお許しください」

「やっぱりそうか。なにも知らんかったら仕方ないわなあ」

雑色の納得した声を聞き、あわてて答えた喜六は、ほっとして肩の力を抜いた。

しかし胸の鼓動は、二条城に近い店にもどってくるまで静まらなかった。

清水寺の飛落人が、漠然とした思いながら、やはりどこかで見た気がしていたからである。

ところがどうしてもそれが思い出せない。胸の中で記憶の糸をあれこれたぐり寄せて確かめてみるが、なかなか像は結ばなかった。

「喜六、お帳場の旦那さまに、ただいまもどりましたとご挨拶《あいさつ》もせんと、おまえなにを土間に突っ立ってるんじゃ。ほんまにあほとちゃうか——」

下代《げだい》（番頭）の吉左衛門にいわれ、喜六ははっとして両手を打った。

二カ月ほど前の日の記憶が、急によみがえってきたのだ。

「まだ独り調子に乗っているのかいな。考えごとをして歩いてくるのもええけど、先さまに差紙《さしがみ》（出頭命令書）は届けたんやろなあ」

言葉もなく店の暖簾《のれん》を分け、土間で立ちつくしている喜六を眺め、鯉屋の源十郎が不機嫌な声でたずねた。

喜六は五日あとに行なわれる奉行所の糺《ただし》（審理）のための差紙を、方広寺に近い袋町の客の許に、届けに出かけたのであった。

「だ、旦那さま、そら念を押されるまでもなくお届けしました。それよりいま大変なことを思い出したのどすわ」

「大変なことを思い出したんやて。それはいったいなんやな」

「へえっ、六波羅道で曝されてはるお人についてどすわ」

「朝、町奉行所できいてきたけど、なんや六波羅道に、飛落人が曝し者になってるんやってなあ。その仏はんについてかいな」

「さ、さようどす。その仏はんについてどす」

喜六は顔を青ざめさせ、帳場の源十郎に向い、両手と膝《ひざ》ではい寄った。

「気色の悪い奴ちゃなあ——」

源十郎が思わず身体《からだ》をのけぞらせた。

二

どこかで鈴虫が鳴いている。

夜になると、秋の気配が濃くただよい、鯉屋の奥座敷を吹き抜けていく風が、いかにも落《らく》莫《ばく》とした季節のうつろいを感じさせた。

喜六が肩を落し、奥座敷にしょんぼり坐《すわ》っている。

下代の吉左衛門は、鯉屋で食事をすませ、家にももどらずに待機していた。手代の幸吉、手代見習いの佐之助も、喜六を案じる顔でひかえていた。

表の大戸はとっくに降ろされ、小女《こおんな》のお与根《よね》も、台所から心配顔で奥座敷の気配に耳を澄ませるありさまだった。

「喜六、飯ぐらい食べたらどうやな。六波羅道に曝されてはるお人の顔を思い出すと、飯も喉《のど》に通らへんのかいな。わたしはなにもおまえを叱っているわけやないねんで。おまえがなにもかも正直に打ち明けてくれたことに、わたしは公事宿鯉屋の主《あるじ》として感謝してます。普通の人間やったら、黙って知らんふりをしてまっしゃろ。それを隠さずに打ち明けるいうのんは、勇気のいることどす。これもおまえがもし公事宿の主になるつもりどしたら、経験や参考になることとして、いわば勉強どすがな。人間は誰でも万全にはいきまへん。少しぐらいの過《あやま》ちは、いつもありますわいな。その仏はんもおまえを恨んだりしてはらしまへんやろ」

源十郎が喜六を励ますようにいったとき、表の大戸の潜《くぐ》り戸が、とんとんと叩かれた。

台所にひかえていたお与根が、下駄の音をひびかせ飛んでいった。

外に声をかけ、潜り戸の閂《かんぬき》をことりとはずした。

「おもどりやす。みなさまがお待ちかねどす——」

「ほんまに遅うなってしまい、もうしわけありまへん」

丁稚《でっち》の鶴太がお与根に謝った。

「鶴太、なにもおまえがお与根に詫びることはあるまい。詫びならこのわしに、何度でもいうてほしいものじゃ。折角、気の合うた女子《おなご》と、月見でもしながらしっぽり酒でも飲んで夜をすごそうと思っていたところを、邪魔されたのだからなあ」

「菊太郎の若旦那さま、ばかをいわんときやす。重阿弥《じゅうあみ》のお信はんに、うちいいつけさせてもらいまっせ」

お与根が、鶴太につづき潜り戸から土間に現われた菊太郎に、小言《こごと》をくらわせた。

「おまえも厭《いや》な口をきく女子になったものじゃ。この鯉屋になにが起ったのかは、まだきいておらぬが、人にはそれぞれ心づもりがある。いくら居候《いそうろう》とはもうせ、即刻、店に連れもどされては、愚痴の一つもいいたくなるわい。わしの気の合うた女子が、実はそのお信だともうせば、お与根なんといたす」

菊太郎は彼女をからかっていい、奥座敷にのそっと姿をのぞかせた。

かすかだが、かれは微醺《びくん》をおびていた。

「旦那さま、若旦那さまをお連れいたしました」

鶴太が敷居際で手をつき、源十郎に告げた。

「ああご苦労さまどした。お腹がすいたやろ。お与根に給仕してもらい、急いで夕飯を食べてきなはれ。ついでに若旦那にお銚子を一、二本つけてもらってきとくれ」

「へえっ、かしこまりました」

かれの姿が台所に去るのを見て、菊太郎は源十郎と向き合い胡座《あぐら》をかいた。

お与根に軽口をたたいていた菊太郎と、全く違うかれが、もうそこに坐っていた。

鶴太が自分を探し出し、急いで店に帰ってほしいといってきた以上、容易ならぬことが鯉屋で起きているのは明らかだ。

かれはそれをただちに察し、もどってきたのである。

大声での軽口は、みんなの緊張を解くためだった。

「源十郎、喜六のようすがおかしいが、いったい、いかがしたのじゃ。それに妙に家の中が陰気くさい」

菊太郎はみんなの顔をひと通り眺め、源十郎にぼやいた。

「そうなんどすわ。喜六の奴がちょっとしたへまをやらかしましてなあ。叱るほどではおまへんけど、鯉屋の主として、そのまま放っとくわけにもいきまへん。喜六も自分が悪かったと、重々反省してますんやけど、あとをどうすればええやらわからしまへん。そこで若旦那のご意見をききとうおますのやわ。まあひとつ飲んどくれやす」

源十郎は女房のお多佳《たか》がお盆に載せ、運んできた銚子をつまみあげ、菊太郎にすすめた。

「喜六がやらかしたへまとはいかなることじゃ。奉行所での対決（口頭弁論）や糺に、なにか不利になるのか――」

鯉屋ではいま商取引きについての紛争を三件、土地売買のいざこざを一件、〈出入物《でいりもの》〉としてかかえている。

商取引きのうちの一件は、烏丸《からすま》一条に店を構える大手の紅花《べにばな》問屋が、品質の不良を、羽後《うご》久保田藩二十万五千石・佐竹右京大夫の京御用達《ごようたし》、新町二条下ルの山下屋にいい立てたもので、相当厄介《やっかい》な事件であった。

「いやそうではありまへん。お裁きには直接関わりはありまへんのやわ。そやけどその糸をたぐり寄せていけば、満更、これからのお裁きと無関係とはいえしまへんやろなあ」

「源十郎、まわりくどいいいかたをいたすな。ずばりともうしてはどうじゃ」

「へえっ、ほんならいわしてもらいますわ。今朝がたから東山の六波羅道に、清水寺の舞台から飛ばはったお人の死骸が、身許不明のため、お奉行所や門前町の町年寄りの手で、曝し者になってはります。いずれ二、三日のうちに、そのお人を知っていると、どこからか名乗り出がありまっしゃろ。そこで喜六の奴が用達に行ったもどり、その曝し場で仏はんを見たんどすわ。やつれはったせいか、人相がすっかり変ってはったといいますけど、その仏はん、実は夏の初めごろこの鯉屋に、なんかの相談事を持ってきはったお人やそうなんどす」

盃《さかずき》を黙って口に運んでいる菊太郎に向い、源十郎がなめらかな口調で伝えた。

当の喜六はうなだれたまま、悔いに打ちのめされているのか、顔を上げなかった。

「清水寺の飛落人のことなら、わしもすでにきいておる。京の町のいずこでも大評判じゃ。町奉行所の検死では、頭の骨を岩にひどく打ちつけ、手当てのほどこしようもなく死なれたともうす。ご当人を発見したのは、音羽の滝の番小屋に住んでいる老人。清水寺門前町の町年寄りが、急いで医者を呼んで手当てを頼んだそうじゃが、医者はなすすべがないと見守っているうちに、飛落人はかわいそうに息を引き取ったというわい」

「そのお人、遺書がないうえ、身許のわかる品物など、なに一つ身につけていはれしまへんどしたさかい、六波羅道に曝され、身許調べが行なわれてはりますのや。そやけど鯉屋に相談事を持ちこんできはったお人やと、喜六にきかされたら、どこのお人かわかりまへんけど、公事宿の鯉屋としては、お奉行所に対して黙ってもおられしまへん。もし後で知れたら、商売にさしさわりが起きますさかいなあ」

「仏が鯉屋に相談事を持ちこんできたともうすが、喜六はその相談事をきいたのじゃな」

「若旦那、そこどすねんやわ。仏はんに応対したのは喜六だけ。そのうえどんな相談事か、当の喜六もたずねてまへんのどすわ」

「源十郎、そなた奇怪なことをもうすではないか。依頼人から公事の中身をたずねておらぬとは、いかなるわけじゃ」

このときになり菊太郎は、顔を伏せたままの喜六をじろりとにらんだ。

「そこが迂闊《うかつ》も迂闊、どないにもならしまへんねん。まあ簡単にいえば、喜六の扱いが悪うおしたのどすわ」

源十郎は溜息《ためいき》まじりにいい、両肩をがっくり落した。

当日、鯉屋では源十郎も下代の吉左衛門も奉行所に出かけ、店には手代の喜六しかいなかった。

公事宿を頼ってくる人には二種類ある。

現在でも公事宿に相当する弁護士事務所にやってくる人は、しかるべき人から紹介されて訪れる者と、なんの伝《つて》もなく恐々《こわごわ》やってくる二種類に分けられる。

鯉屋の暖簾をくぐった飛落人は、数度、店の前を往き来したあと、おずおず店に入ってきた。

「ごめんやす——」

帳場で目安（訴状）の整理をしていた喜六が、顔を上げると、大柄だが一目で気弱な人物だとわかる六十歳前後の男が立っていた。

みなりはさほど悪くないが、全体に汚れと疲れが目立った。

「ここは公事宿、なんでございまっしゃろ」

喜六はあとで考えれば、幾分、威圧的な口振りで相手にたずねた。

愛想笑いでも浮かべて客を迎えればよかったと、いまでは悔いていた。

公事宿を訪れる一見《いちげん》の客は、緊張しているものだ。

それを柔らげ、相談事をきき出して客とするのが、この商いのこつでもあった。

「へえっ、ちょっと相談に乗ってほしいことがおまして、お訪ねしましたんやけど、公事には大変お金がかかりますのやろか——」

飛落人は、つぎに銭勘定についてたずねた。

「そら只《ただ》でというわけにはいかしまへん。公事の内容にもよりますけど、相談にはまず手付金をいただき、それから目安を書いて町奉行所に差し出し、相手にも返答書を出してもらいます。つぎに対決・糺と順にすすみ、お白洲《しらす》でご裁許《さいきょ》（判決）をいただくことになりますわなあ」

喜六は面倒くさかったわけではないが、型通りの説明をして聞かせた。

かれの説明は、大体において間違いではなかったが、一つだけ大きく欠けるものがあった。それは紛争の処理に使う金がない依頼人には、公事宿はご裁許の見通しをあらかたつけ、勝訴のあと、費用の支払いを受ける場合もあることであった。

「手付金でございますか――」

土間に立ったまま、喜六の説明をうけた六十歳前後の男は、気落ちした顔で一瞬、かれにさらになにかたずねたそうな物腰を示した。

しかし手を目安の整理にもどした喜六の姿を見て、どうもお邪魔をしましたと小声で礼をいい、鯉屋の外に出ていったのだという。

「若旦那、問題はここのところどすねんやわ。公事の手付金は、いただくにこしたことはございまへんけど、どの公事宿でも相手から手付金をいただけへんのやったら、そのときはまたそのように、相談させてもろうております。喜六は清水寺の舞台から飛ばはった仏はんに、大事なこの点を、説明せえへんかったというのどすさかい、公事宿の手代として落度どすわ。公事宿仲間（組合）には、手付金を払えへんお人のために、積立金も支度してあり、町奉行所のほうでも、そんなお人の救済制度もございます。これは喜六の過ちというより、主のわたしの躾《しつけ》が行き届いておらなんだのどすわ。なにかどうにもならん悩みをかかえたお人が、公事宿からも突き離され、清水寺の舞台から飛んで死なはったと、人からいわれても仕方のない成り行きどす。困ったたんはそこどすわいな」

源十郎は顔に苦渋の色を浮かべて腕を組んだ。

「源十郎、さように自分や喜六を責《せ》めてなんといたす。たとえ喜六の説明に不足があったにもいたせ、相手の飛落人は六十歳前後。分別をわきまえた年頃なれば、いくら手付金がないにせよ、いま一歩踏みこんで相談を掛けるのが、道理ではあるまいか。当の飛落人が鯉屋にきたのは夏の初め。それから三カ月もたっておれば、それほど深く自分たちの過ちを責めることもあるまい」

菊太郎は喜六に向いないぐさめ顔でいった。

「若旦那は人の商いやと軽う考えてはりますさかい、そのように無造作にいわはりますのや。正直に悔やんでいる喜六や、この店の主のわたしの身にもなっとくれやす」

「なればこそわしは、自分たちの過ちを強く責めるなともうしている。出来てしまったあと悔やんだとて、どうにもなるまい。公事宿であればこそ、いま果せることが必ずあるはずじゃ」

「わしらにいま果せることがあると、いわはりますのかいな――」

「ああ必ずある」

「そしたらそれをいうとくれやすか」

　源十郎がいくらか顔をなごませてたずねた。

「清水寺の舞台から飛んだ人物。六波羅道に曝されており、ここ一日二日で必ず身許が明らかになろう。誰かが奉行所に届け出てくるに違いない。その上で男の身辺になにが起り、飛落を決意させたかを調べ上げ、次第によっては仏に代り、その件を公事に持ちこむことを考えるのじゃな。鯉屋を訪れた限り、仏には物をもうしたい相手が必ずいたはず。源十郎に喜六、それが仏の供養にもなり、正しい公事宿のありようだろうが。もっともこれにこりて、店仕舞いをするともうすのであれば、別じゃがなあ」

　菊太郎はしらっとした表情でつぶやいた。

　かれの言葉をきき、下代の吉左衛門が、旦那さまと源十郎に声をかけた。

「若旦那、わしは店仕舞いなんか考えてしまへんえ。さすがに若旦那、ええことをいわはりますわ。なにかまだわかりまへんけど、仏はんに代って争う次第があったらやりまひょ。親父もわしも、ただ銭儲《ぜにもう》けのため、公事宿を営んでいるわけではありまへん。少しでも世の中のためになりたい気もあって、店を張っているんどすさかいなあ」

元気を取りもどした源十郎の言葉で、うなだれていた喜六も、にわかに顔を上げ、菊太郎の姿に視線をこらした。

清水寺の舞台から飛落した男の身許は、翌朝、明らかになった。

月番の東町奉行所に、身許を届けてきた人物がいたのである。

「あの仏はんは、わたしがご奉公していた松葉屋の大旦那さまに相違ございまへん。大旦那さまはここ半年ほど、わたしの許でお世話もうし上げていましたけど、五日前、不意にどっかへ姿を消してしまわはりました。わたしはわたしなりに、案じていたところどした。六波羅道に清水寺の舞台から飛ばはったお人の死骸が曝されているとききき、急いで出かけて行き、それが大旦那さまやとわかった次第でございます」

東町奉行所に届け出てきたのは、相国寺の北、上御霊社《かみごりようしや》の前で小さな餅屋を営んでいる「松葉屋」忠七郎、三十六歳であった。

松葉屋の大旦那の名は太兵衛。柳馬場二条下ルで、やはり餅屋を営んでいた。

忠七郎は太兵衛と同じ丹波篠山《ささやま》の出身。二十年間松葉屋で奉公し、六年ほどまえ暖簾分けを受け、上御霊社の門前に小店を出したのであった。

「大恩のある松葉屋の大旦那さまが、あんなふうに死んでしまわはって。わたしは大旦那さまがおかわいそうで仕方ありまへん。わたしと同じ身一つで篠山から京に出てきて、あの年にならはるまで、なんの道楽もせんと、せっせと働きに働いてきはりましたのやさかい。若旦那さまに店を譲り、やっと楽隠居しはって間ものうおす。世の中には神も仏もありまへんのやろか——」

松葉屋忠七郎は、取り調べの東町奉行所の与力に、涙を流しながら訴えたと、菊太郎の異腹弟、田村銕蔵《てつぞう》が源十郎に伝えていた。

松葉屋太兵衛の死骸は、六波羅道から、即日かれが引き取り、茶毘《だび》に付したそうであった。

「柳馬場二条下ルの餅屋で松葉屋。そういわれたら、確かにそないな店がございました。けど店のあとを継いだ息子の若旦那は、どないしたんどす。もとの奉公人の許に身を寄せていたとは、なんでどすな——」

源十郎は銕蔵に食い下がった。

「それがなあ、息子の若旦那とやらは、一年ほど前にぽっくり死んでしまったのじゃ」

銕蔵は苦々しげに告げた。

大旦那といわれた太兵衛の家出と、清水寺の舞台からの飛落。どうしようもない憤りが、銕蔵の胸の中でも渦巻いていた。

東町奉行所でも、松葉屋忠七郎の口から次第に事情が語られるにつれ、議論が沸騰《ふっとう》した。

しかしあとには、後味の悪い思いだけが残された。

急死した太兵衛の独り息子には、所帯を持って一年とたっていない女房のお重がいたからであった。

三

家店《いえみせ》の横に板屋根が葺かれている。

そこに葦簾《よしず》が立てかけられ、床几が四つ置いてあった。

軒先に「餅屋松葉屋」の看板がかけられ、葦簾囲いの床几では、上御霊社に参詣にきたらしい若夫婦が一組、焼餅を食べ茶を飲んでいた。

上御霊社は出雲《いずも》氏の氏寺として、平安遷都以前からこの地にあった上出雲寺の鎮守社。遷都後、非業《ひごう》に死んだ早良《さわら》親王を祭神にくわえ、御霊《みたま》を祀《まつ》る社とされたのだ。

この社の祭礼に出る剣形の鉾《ほこ》は、疫神を祓《はら》うとして信仰され、祇園《ぎおん》祭の先頭を行く長刀鉾《なぎなたぼこ》のさきがけとなっている。

「ここが太兵衛が身を寄せていた忠七郎の店じゃな」

「若旦那、松葉屋の板看板が出てまっせ」

鯉屋の源十郎が菊太郎にささやき、手代の喜六もうなずいた。

「おいでやす。毎度おおきに。今日はなににさせていただきまひょ」

数軒離れた先に立ち止まり、かれらが見ていると、中年すぎのお店者がやってきて、床几に腰を下ろした。

そのかれに前掛け姿の小僧が、お盆を持って近づき、愛想よく注文をきいた。

馴染み客ででもあるのか、相手に一言二言いわれ、小僧はかしこまりましたとばかりに一礼し、家店の土間に引っこんだ。

旨《うま》そうな焼餅の匂いがただよってくる。

焼餅にきな粉餅。餅団子に小豆《あずき》餅。松葉屋は餅と名がつくものなら、なんでも売り物にしているようだった。

「主忠七郎の人柄は、銕蔵の奴から大体聞いておる。茶など飲まずにこのまままっすぐまいり、わしらの用件をたずねよう」

菊太郎は松葉屋のたたずまいを一通り見て、安心したのか、源十郎をせかしつけた。

「ほんならそうさせていただきまひょ。何気ない顔で焼餅を注文して食い、それから店の様子をうかがい用件を切り出すのは、芝居じみて嫌らしおすわなあ」

源十郎は苦笑して、ずっと店に近づいた。

細長く拵《こしら》えられた火床で炭が燃え、忠七郎らしい実直そうな男が、団扇をあおぎ、餅団子を焼いていた。

「公事宿鯉屋、鯉屋の主で源十郎はんといわはりますのか——」

かれは源十郎から名乗られ、最初は不審な顔でたずね返した。

だがすぐなにかを了解したとみえ、店の奥に向い、おもよ、ちょっと代っておくれ、お客さまがおいでやしたんやと呼ばわった。

へえと澄んだ声がきこえ、かれの女房と思われる地味な女が、やはり前掛け姿で現われた。

四歳ぐらいの童女が、彼女の前掛けの裾《すそ》をしっかりつかんでいた。

「狭いところどすけど、まあ中に入っとくれやす」

忠七郎は妻のおもよに団扇を手渡し、源十郎たちを奥に誘った。

「あのお子は松葉屋はんの娘はんどすか」

「さようでございます。四つになりますけど、いつまでも母親について離れしまへん」

「小さなお子がいるとわかってたら、なにか喜んでもらえる玩具《おもちゃ》の一つも、持ってくるんどした」

「とんでもない、そんなん気にせんといておくれやす」

忠七郎は源十郎や菊太郎たちを、どうぞと土間を通って招き、奥の小座敷に案内した。

座布団をすすめられ、お互いに改めて名乗り合ったとき、先ほど表で見かけた十二、三歳の小僧とおもよが、茶と餅団子を小皿に載せて運んできた。

「まあひとつ召し上がっとくれやす」

菊太郎たちを上座につけ、上《あが》り框《かまち》のそばにひかえた忠七郎がうながした。

「へえっおおきに。遠慮なくいただかせてもらいます。そやけど松葉屋はん、公事宿の鯉屋というても、それほどびっくりしはれしまへんのやなあ」

「はあ、それどすかいな。この半年ばかりの間にいろいろなことがあったうえ、すでにご承知どっしゃろうけど、わたしが長年奉公させてもろうてました松葉屋の大旦那さまが、清水寺の舞台から飛んでお亡くなりになりました。葬式もここから出させていただきました。ほんまをもうせば、わやくちゃな話ばかりで、公事宿どころか町奉行所からお役人さまが、どっと押しかけてきはったかて、もうなんとも思わへん度胸がついてしまいましたのや。やっと三日前、大旦那さまの忌明《きあ》けをすませ、こうしてまたありがたいことに、商いをさせていただいております」

松葉屋忠七郎の目が、ちらっと部屋の隅に這わされた。

菊太郎も源十郎も気付いていたが、部屋の隅に置かれた仏壇には、白木の位牌が祀られ、線香がいまも焚かれていた。

「いうたらなんどすけど、全くそうどっしゃろなあ。世間では松葉屋はんは奉公先の恩を忘れんと、大旦那の面倒をようみはったもんや、人の鑑《かがみ》みたいなお人やと、評判が立ちはじめてます」

「め、滅相もない、わたしはただ成り行きから、行き場のない大旦那さまの面倒をみさせていただいただけどす。六波羅道に曝されてはったのを、確かめて奉行所に届け出たのも、葬式を出させてもろうたのも、当然のことをしたにすぎまへん」

忠七郎は源十郎の言葉にすんなりつづけた。

表の方から客を迎えるおもよの愛想のいい声が届いてくる。

小僧のはきはきした声も聞こえてきた。

「ところで松葉屋はん、うちらがこうしてまいりましたのは、死なはった大旦那の太兵衛はんに、お詫びをせなあかんのと、松葉屋はんにご相談があってどすわ」

「大旦那さまにお詫びといわはりますと——」

かれは怪訝《けげん》そうな顔をして問い返してきた。

「松葉屋忠七郎、わしは鯉屋で居候をしている者じゃ。実はなあ、そこにひかえている手代の喜六、こ奴が、太兵衛どのが一身について鯉屋に相談を掛けてまいられたとき、相手の気持を気遣わんと、粗忽《そこつ》な扱いをして去《い》なれてしまったのじゃ。せめてわしなり鯉屋の主なりが居合わせておれば、太兵衛どのも清水寺の舞台から飛ばれなんだかもしれぬと、思わぬでもない」

菊太郎の言葉に合わせ、喜六が手にたずさえてきた小さな風呂敷包みを開いた。

中身は線香箱。かれは忠七郎に頭を下げ、仏壇に近づくとそれを供え、鉦《かね》を鳴らして両手を合わせた。

「おおきに、ようお参りしとくれやした」

忠七郎は、もとの座にもどった喜六に声を詰まらせていい、つぎに仏壇に向った源十郎を目で追った。

かれと菊太郎の二人が、白木の位牌に拝礼をすませると、忠七郎は三人に向いうやうやしく手をついた。

「大旦那さまが公事宿の鯉屋でどんな扱いをお受けやしたか知りまへんけど、大旦那さまは名前が太兵衛と太いのに反して、ほんまは肝玉《きもったま》が小さく、臆病《おくびょう》なお人どした。奉公させてもろうてましたわたしがこぼすのは、道にはずれてますけど、仕事一途《いちず》が取り得の、生真面目《きまじめ》なお方どした。そやさかい若旦那さまに死なれ、嫁のお重さまと二人だけになると、何事にも遠慮して暮さはるようになりました。そしてまるで追い出されるみたいに家から出て、わたしのところに転《ころ》がりこんできはったんどす」

「わしの弟は東町奉行所に出仕しているが、その調べによれば、死んだ若旦那の太一郎がお重と婚礼を挙げたあと、太兵衛どのは店はおろか仲間株、さらには一切合財すべてを、息子の太一郎に譲り渡したそうじゃのう」

正座していた菊太郎は、いきなり膝をくずして忠七郎に問いただした。

「へえっ、問題はそこどすねんやわ。大旦那さまにすれば、まさか若旦那さまがぽっくり死なはるとは、夢にも思うてはらしまへん。若夫婦にすべてをきれいに譲り渡して、楽隠居しようと思わはったに相違おへん。けど若旦那さまの急死はともかく、嫁のお重さまがとんでもない悪《わる》どした。店の仲間株も若旦那さまの名義に書き改められてましたさかい、町年寄りや仲間の年寄り衆も、大旦那さまの油断とお重さまの口上手とにころっと騙《だま》され、今度の主はお重さまやと、あらゆる証書を書き改めはったんどす。これを手に入れたら、もう何もかもお重さまのもんどすわ。家の中で大旦那さまの扱いが次第に疎《おろそ》かになり、次には出ていけよがしの態度に変り、大旦那さまは小銭さえこと欠くありさまにならはりました。はっきりいってしまえば、大旦那さまはお人が好いのと肝玉が小さいため、折角、自分一代で築いてきはったお店や財産を、お重さまにそっくり乗っ取られはったんどす。若旦那さまが死なはったとき、せめてわたしに、実はこうしてしまったんやけどどうしようとでも、相談をかけてくれはったら、止めようもあったんどす。けど口惜しいことに、すべてあとで知ったんどすわ」

「あの仏には悪いが、そこのところが甘いのじゃ。独り息子が死に、事態が変化してきた折、これではならぬと気付いたら、やはり戦わねばならぬ。波風を立てまいとする臆病さが、太兵衛を追い詰めたのじゃ。女房はとっくに亡くなり、若い嫁としっぽりやっていこうとする助平心があったと、わしは思いたくないが——」

「若旦那、こんな場所でなにをいわはりますのやな。少しはひかえてもらわなどもなりまへん」

源十郎があわてて菊太郎をたしなめた。

「公事宿の鯉屋はん、なにをいわれたかてかましまへん。仏にならはった大旦那さまには、酷《こく》かもしれまへんけど、しっぽりはともかく、何事も穏便に穏便にと考える気弱さが、むしろ事態を悪うさせたんどす」

松葉屋忠七郎は、源十郎の言葉を平然とさえぎった。

「忠七郎、そなたなかなか本音で物事をもうす男だのう。わしは改めて見直したぞよ」

「本音もどうもあらしまへん。わたしは店を飛び出してきはった大旦那さまの面倒をみ、弔《とむら》いも出させていただきましたけど、ほんまのところ、腹の虫がいまでも治《おさ》まらんとかりかりしてます。松葉屋を小利口に乗っ取らはった亡き若旦那の嫁はんのお重はんに、唾《つば》でも吐きかけてやりとうおますわ」

「お重とやらは、三条小橋の畔《たもと》で、小さな小間物屋を営む相模《さがみ》屋の娘だときいた。岡場所の名うての女狐《めぎつね》ならともかく、まあもうせば小娘ながらたいした凄腕じゃ。夫が死んだのを幸いとして、人の好い舅《しゅうと》をうまくたらしこみ、さまざま嫌がらせをして家から追い出す。松葉屋を己の物としたのは、天晴《あっぱれ》としかいいようがないわい」

「さようでございまっしゃろ。大旦那さまが愚痴ってはりましたけど、食い物も惜しまれ、居間から追い出され、納戸《なんど》の小部屋に移されはったそうです。戸の開け閉め、咳《せき》をするのも文句をいわれ、若旦那の太一郎さまが生きてはった時分とは、ころっと顔付きまで変ってたときききました。少しでも苦情めいたことをほのめかすと、鬼みたいな形相になり、この家店はうちの持ち物、どこへなりと出ていってくれはっても、うちは一向にかましまへんと、しれっとした顔でいうてたそうどすわ。大旦那さまもわたしみたいなもと奉公人の許に転げこんでくる前に、どうしてご近所の衆や町年寄り、また餅屋仲間に相談をかけはらなんだんどすのやろ。自分の店を取り戻そうとしはるべきやったと思うと、わたしは大旦那さまにも愚痴をいいとうなります。暖簾分けをしていただいたため、それをじっとこらえ、わたしは大旦那さまの面倒をみさせてもろうてました。公事に持ちこみ、松葉屋の店を取り戻そうと決心しはったんなら、わたしにも一言打ち明けて欲しゅうおしたわ。それがなんの相談もないどころか、この店からいつの間にかこっそり出て行かはり、あげくは清水寺の舞台から飛落しはったんどっせ。それはご自分の勝手どすけど、わたしにしてみたら、そらあんまりな仕打ちどすわ」

忠七郎の言葉は乱雑になり、かれは涙を浮かべてまくし立てた。

土間に面した障子戸の向うから、すすり泣きの声がきこえてくる。

かれの女房のおもよに違いなかった。

半年余、旧主の世話に当ってきた彼女にすれば、自分たち夫婦の苦労がなに一つ報《むく》われなかったことや、舅を放り出したお重への口惜しさが、一挙にまた思い出されたのだろう。

「松葉屋はん、そこどすねんやわ。あんたはん、清水寺で飛落しはった松葉屋太兵衛はんに代り、松葉屋を嫁のお重の手から、取りもどす気になられしまへんか。こんな没義道《もぎどう》、世間が黙って見過していてはあきまへんやろ。今日、ここに三人そろってお訪ねしたのも、そのためどす。どうどす——」

源十郎はかれの怒りに火をともすようにいった。

「松葉屋を取りもどす。わたしが公事に持ちこんでどすかいな」

「へえさようどす。死なはった太兵衛の大旦那に代って、店を取り返さな仕方ありまへんやろな。柳馬場二条下ル界隈の町年寄りも、餅屋仲間の年寄りも、いままでは黙って見過してきた自分たちの行ないを反省し、対決にも糺にもこっちに味方してくれはるはずどす。第一、町奉行所の中でも、このまま松葉屋のお重の振舞いを、許していていいのかとの論も起ってます。そら確かに松葉屋の証文は、なにもかも嫁のお重に書き改められ、かまどの灰までお重のもんどっしゃろ。そやけど仮りにもせよ、義理の父親に辛く当り、家から追い出したのどすさかいなあ。いわばこれは体《てい》のいい身代《しんだい》の乗っ取りどすわいな。人の道にはっきりはずれてます」

源十郎はここぞとばかりにまくし立てた。

「そやけど、親戚でもないただの奉公人やったわたしみたいな者が、松葉屋をあの女子から取りもどすのは、どんなもんどっしゃろ」

「松葉屋忠七郎、そなたも太兵衛に似てお人好しな奴じゃ。そなたは松葉屋太兵衛から暖簾分けを受け、正式にここで餅屋の店を開いたのであろう」

「そらそうどす。きっちり暖簾分けをしていただき、餅屋仲間も承知のことどす」

「さすればこの店は、松葉屋の子も同然。暖簾分けを受けた限り、暖簾子《ご》が親許の店を守らないでどういたす。暖簾子とはさようなものじゃ」

菊太郎が姿勢も立膝に変え、かれに活を入れた。

「わたしが公事に持ちこんで勝って、そのあとどないなります。わたしは松葉屋の身代なんか、欲しゅうございまへん」

「損得でものをもうしているのではないぞよ。世の中に道理を示すための行ないじゃ。お重から松葉屋を召し上げたら、たとえば表で小まめに働いている小僧の奴に、松葉屋を継がせてやってもよかろう。没義道を懲《こら》しめ、松葉屋の名跡《みょうせき》をつづかせることに、意義があるのじゃ」

かれの説法を、源十郎はいい気持できいていた。

「おいでやす。なににさせていただきまひょ」

また表から届いてくる小僧の声が快かった。

目前で顔を紅潮させている忠七郎も、きっとあのように働いてきたはずであった。

四

――目安

松葉屋太兵衛　清水寺舞台から飛落いたせし一件につき、お訴えもうし上げ候。

訴人　上御霊堅町松葉屋暖簾子同名餅屋忠七郎

鯉屋の奥座敷、源十郎は巻紙を広げてここまで書き、筆を硯箱《すずりばこ》に置いた。

ついで座敷机の向うにひかえている忠七郎を眺めた。

口でつぶやきながら筆を走らせただけに、数行にわたって書いた目安の文言は、相手にもわかっていた。

「忠七郎はん、気を楽にしてくんなはれ。そやないと、目安を書き上げるまで、付き合ってられしまへんで。こっちもあれこれしっかりおききして書かななりまへん。この出入物、町奉行所の肩入れもあり、どっちにしたところで勝つに決ってます。そやけど、相手がぐうの音も出えへんほど、要所要所をついておかなないなりまへん。これはほんの下書き、まだ忠七郎はんから聞きもらしていることが、いくつかおますさかいなあ」

源十郎はお多佳が運んできた湯呑みに手をのばし、忠七郎をくつろがせた。

かれの両脇に下代の吉左衛門と手代見習いの佐之助がひかえている。

菊太郎は喜六を供に従え、柳馬場二条下ルの松葉屋に、餅でも食いに行ってくると出かけていた。

「鯉屋はん、まだ聞きもらしていることとは、どないなことどす」

「死なはった若旦那太一郎はんと、お重はんは、どないして夫婦にならはったんどす。お見合いどすか――」

「はい、それどしたらお見合いではありまへん。若旦那さまが祇園祭の宵宮で、お重はんを見初《みそ》めはり、三条小橋の畔の小間物屋の娘とわかり、大旦那さまにせがんで嫁に迎えはったんどす」

「嫁取りをする前に、ご近所での聞き合わせはしはりましたんやろうなあ」

「それは十分にしはったはずどす。年は二十二、器量良しどすけど、気性にちょっと強《きつ》いところがある。そやけどそれは、独り娘として育ったためでたいした傷ではないと、大旦那さまのお口からきかされました」

「独り息子が惚《ほ》れた女子を嫁にするのどすさかい、太一郎はんと同じで、普通なら見えるものも、見えんようになっていたのかもしれまへんなあ。気性が強いのは、両刃《もろは》の剣《つるぎ》どっせ」

「鯉屋はんのいわはる通りどすわ。それに欲が深いとなれば、もうなんともなりまへん。けど欲深い気性まで、なかなか見抜けしまへんわいな」

「もう一つわたしにわからんのは、仏はんが息子の嫁はんにいびられて家出をしたとき、松葉屋の小僧はんは子どもやから別にして、番頭と手代がどうして仏はんの身を案じて動かなんだかということどすわ。息子夫婦に店を譲ったというたかて、自分たちがつい先ごろまで、お仕えしていた大旦那さまやおへんか」

「それどすけど、わたしが暖簾分けを受けてお店を出たあと、番頭についたのは六右衛門。そやけど六右衛門は、四十になっても嫁のきてがないほどだらしのない男どす。手代の弥平は手代とは名ばかり、ほかのお店とはちがい、小僧衆と餅をついたり丸めたりするだけのただの力衆。二人とも大旦那さまのお気持など、なんにも考えられしまへん」

「すると手代の弥平はともかく、番頭の六右衛門については、松葉屋の番頭として職分に懈《け》怠《たい》があったと、十分にいえますなあ」

「あの六右衛門の奴、大旦那さまがわたしの家にきてはるのを知りながら、大旦那さまのご機嫌うかがいにも参りまへんどした。お重はんから行ってはならぬと、足止めされていたのかもしれまへん」

「東町奉行所の田村銕蔵さまの手先をつとめる下っ引きの調べによれば、その番頭の六右衛門は、賭けごとが随分好きやといいますやないか――」

「へえ、小銭があると、すぐあっちこっちの賭場《とば》に出入りして、いつもぴいぴいうてました。わたしがお店にいるころ、何遍も強《こわ》意見をしたことがございました。けど一度、賭場の雰囲気に馴染むと、賭けごとは止められへんみたいどすなあ」

「そんな男では、女主のお重からまとまった銭を握らされたら、家を出ていった大旦那の身なんぞ案じられまへんやろ。そやけど、清水寺の舞台から飛落した年寄りがあるときけば、ちょっと心配して顔などのぞきに行くぐらい、してもよさそうどすのになあ」

「本人はわたしに飛落人のことをきき、六波羅道に行き確かめた。けど大旦那さまの人相があんまりお変りになってたさかい、それが大旦那さまやと思わなんだと、しきりに弁解してました。けどそんなんどうだかわかったもんではありまへん。知っていても知らんぷり。また知らん顔をしていよしと、お重から小銭をつかまされたかもしれまへん」

忠七郎は町奉行所に駆《か》けこみ、大旦那の太兵衛を六波羅道まで引き取りに出かけた日のことを思い出したのか、苦々しげな顔になって答えた。

その日、忠七郎は女房のおもよとともに、急いで立派な棺をととのえ、近くの西園寺塔《たっ》頭《ちゅう》の老僧とともに、再び六波羅道に出かけた。

「飛落人の身許が知れたんやて――」

「そら早うにわかってよかったなあ。いくら身許不明でも、何日も町辻に曝されていては、かわいそうやさかいなあ。それで清水寺の舞台から飛ばはったんは、どこのお人やったんやな」

「柳馬場二条下ルの餅屋の主で、松葉屋太兵衛といわはるお人やったそうやわ」

「すると、まあまあのお店の旦那やないか」

「棺を持って死骸を引き取りにきはった若い夫婦は、息子はんやな――」

「いやいや、それがそうではないそうや。松葉屋のもと奉公人。暖簾分けを受け、上御霊社の門前で餅屋をやってはるお人やというで」

「へえっ、なら肝心の松葉屋はどうしたんじゃ。父親の死骸も引き取りにきいへんのかいな」

「そんなことわしが知るかいな。けどあの引き取り人、曝し者の見張りについていた番人に、小銭を包み、六波羅道の町内の一軒一軒へも、手拭《てぬぐ》いを持って挨拶していったそうやで――」

「どんな事情があってか知らんけど、あの若夫婦、ようできたるわ」

そんな些末《さまつ》なことにまで、源十郎の調べは行き届いていたが、当の忠七郎は無我夢中だった。

胸を煮えたぎらせ、太兵衛の処置に当っていたのである。

六波羅道の曝し者が、旧主だとわかったあと、かれはすぐさま松葉屋に走り、太兵衛の死を知らせた。

「へえっ、六波羅道に曝されているのは、うちの舅はんやと、忠七郎はんはいわはりますのかいな。そやけどうちには、婿《むこ》はんなんかいてしまへん。舅はんいうのは、婿はんがいてはってこそ舅はんどすのやろ。この松葉屋はうちのお店。太兵衛はんいうお人は、忠七郎はんとこに居候してはったお年寄りとちがいますか。そしたら忠七郎はんが、お葬式を出しておやりやすな。そんな年寄り、この松葉屋とはなんの関わりもあらしまへん」

以前にくらべ幾分厚化粧になったお重は、息せき切ってかけつけてきた忠七郎に、けろっとした顔でまくし立てたのである。

「口にしとうありまへんけど、ようもようも、そんな薄情なことをいわはりますなあ」

「口にしとうなかったら、口にせんかったらよろしゅうおすがな。そんなんきいたら、うちかって黙ってられしまへんえ。死んだ息子の嫁に色目を使い、ちょっかいかけた狒狒《ひひ》親父の面倒を、うちがどうしてみなあきまへんねん。忠七郎はん、うちがそないにいうたら、どないしはります。やっぱり引き下がらな仕方おへんやろ。ともかく、どうぞあとは勝手にやっとくれやす」

「な、なにを無茶いわはりますねん。死んだ大旦那さまが色目を使い、ちょっかいを出さはったやなんて、考えられしまへん。いい掛かりもほどほどにおしやす。死人に口なし、どんな作り話でもできますさかいなあ。へえっ、ほんならあとは勝手にさせていただきます。理不尽なことをしはってからに、この報いはきっとあると思うときやす」

忠七郎はお重を大声で罵倒し、棺の用意に走り、葬式まですませたのである。

「それにしても、仏はんを引き取って葬式を出し、七日間も店の商いを休み、忌明けまでよう面倒をみはりましたなあ。あの世で太兵衛はんも喜んではりまっしゃろ」

源十郎は忠七郎をほめたたえた。

「とんでもない。わたし独りどしたら、とてもでけしまへんどした。東塩小路《ひがししおこうじ》村から直吉はんが手伝いに駆けつけてくれはり、やっと果せたことどす」

「東塩小路村の直吉、それは誰どす」

急に居ずまいを改め、源十郎がたずねた。

「わたしと同じ番頭として、松葉屋で働いていたお人どす。そやけど若旦那さまが嫁取りをしはるとき、お重はんを見て、松葉屋の嫁には向いてえへんと強く反対しはりました。そやさかい大旦那さまと若旦那さまから、暇を出されてしまわはったんどす」

「これは驚いた。それでいまその直吉はんは、東塩小路村でなにをしてはりますねん。二人の仏はんも、あの世でさぞかし悔いてはりまっしゃろ」

東塩小路村は東本願寺の南になる。

「へえっ、兄《あに》さんの手伝いで百姓仕事をしたり、人足仕事に雇われたりして暮してはります」

「そらええことをききました。忠七郎はんにご相談どすけど、今度の公事に勝ちましたら、お重はんから松葉屋を明け渡してもらったあと、その直吉はんに松葉屋のお店をやっていただいたらどないどす。うちの居候、いや菊太郎の若旦那も、きっとそれがいいといわはりますわいな。暖簾子の訴人も、これで恰好がつきますがな。二つの松葉屋が力を合わせ、商いに励まはったら、仏はんもきっと喜ばれまっせ」

「それどしたら、わたしになんの文句もありまへん。暖簾子として胸を張って、お奉行所にお重はんを訴えてやれます」

かれが生き生きとした顔を見せたとき、佐之助が表の気配を察して立ち上がりかけた。

「佐之助、どないしたんやな」

「へえっ、若旦那さまがおもどりになったみたいどす」

「そんなもん、ほっといてもここにきはるわい。おまえは修業の身やろな。ここに坐って、わたしと訴人の忠七郎はんの話をよういきいとり」

源十郎の言葉が終らないうちに、数日前から幾度も柳馬場二条下ルに出かけていた菊太郎が、すっきりした顔でもどってきた。

「どうどした若旦那——」

「女狐の奴、やっと尻尾《しっぽ》を見せおったわい。今日は小綺麗に化粧をしおってなあ。男とつるむため、出会い茶屋にお出ましじゃ。相手は銕蔵の手下《てか》が探り出した通り、やはり甘露寺家に仕える公家侍。男がいるとなれば、舅が邪魔になって当然。喜六はあとを確かめさせるため、茶屋の近くに残してきた」

菊太郎は源十郎が飲み残した湯呑みの中身をあけ、一気に伝えた。

「忠七郎はん、これで町奉行所に差し出す目安は、存分に書かせていただけます。明日にでも一緒に、東町奉行所に行きまひょうな」

「そうさせていただきますけど、大丈夫どっしゃろか」

「今更、なにを弱音を吐いてはりますのやな。こっちには世間さまが味方についてくれてます。松葉屋のお重が、腕利きの公事宿に頼んでなにをしてこようが、わたしらに勝つことはできしまへん。安心しておいやす」

源十郎は自信満々にいった。

忠七郎名義の目安は、翌日、東町奉行所に出された。

だが二日後、松葉屋のお重の代理として、思いがけず三条小橋東詰めの瑞泉寺住職から、東町奉行所に一状が届けられてきた。

「その書状は、お重が冥途《めいど》にいる夫の太一郎と舅の太兵衛に離縁を願い、身代はすべて放棄し、松葉屋から退去したいと、町奉行所に同意を乞うてきたものじゃ。町年寄りや餅屋仲間にも、同じ相談がかけられておる。お重にはまんまと土俵から逃げられてしもうたわけじゃが、忠七郎の目安は生きており、こちらの勝訴は間違いなしじゃ。仏もこれなら浮かばれよう。よい供養になったわい。されど公家侍との情事をつかまれ、尻尾を巻いて逃げた女狐、無益に追わぬことじゃな」

異腹弟の鋳蔵からきかされた菊太郎は、すぐ喜六を忠七郎の許へ走らせた。

そして源十郎と酒を酌《く》みながらいった。

「喜六の奴、これで胸のつかえがやっと取れましたやろ」

「わしが明日にでも、喜六を清水寺の舞台に連れてまいり、舞台の上から太兵衛にも大声で伝えさせてやろう」

「若旦那と喜六なら、舞台から飛ばはる恐れはありまへんさかいなあ。安心どすわ」

源十郎が気楽にいった。

日暮れにはまだ間があったが、早くも鈴虫が鳴きはじめていた。

末の松山

一

秋の長雨がつづいている。

公事宿《くじやど》「鯉屋《こいや》」の黒暖簾《のれん》が湿りをおび、重く垂れ、そよとも動かなかった。

――すすき野や月をかすめる雁《かり》の数　宗鷗《そうおう》
中暖簾横の柱に下げられている短冊《たんざく》掛けの句が、十日ほど前から変えられていた。

「旦那《だんな》さま、秋の長雨いいますけど、毎日毎日、ようもこないに降りつづくもんどすなあ。どこもかしこも湿っぽく、身体《からだ》中に黴《かび》が生えそうどすわ。鴨川の水が、えらい増えてるときいてまっせ」

下代《げだい》（番頭）の吉左衛門が、帳場に坐《すわ》りせっせと書き物をしている主《あるじ》の源十郎に、表をのぞいて声をかけた。

漆喰《しっくい》の土間さえ、濡《ぬ》れそぼっている感じであった。

「ほんまに毎日よう降りつづくもんや。あそこに掛かったる若旦那の俳句は、秋のすがすがしい夜を詠《よ》んだもんやろうけど、こんなんやと、無性にいまいましゅうなってくるがな。なにが月をかすめる雁の数やな。長雨や今年は飲めぬ月見酒――とでも書き改めてほしいわ」

「だ、旦那さま、それ、その俳句いけてまっせ。まず理にかのうてますがな。わたしは旦那さまの詠まはった句のほうが、身にしみてわかりますわいな」

「吉左衛門、おまえなにを阿呆《あほ》なことをいうてますのや。そんなもん五七五と言葉を並べただけで、理にかのうてても、俳句とはいえしまへん。鯉屋の下代まで務めているくせして、そないなこともわかりまへんのか。おまえ、ほんまはわたしを虚仮《こけ》にしてんのやないやろなあ。そんな不心得で店に奉公してくれてるんどしたら、今日にでもきっぱりやめてもらいまっせ」

源十郎は顔から笑いを消し、吉左衛門を叱りつけた。

「だ、旦那さま、このわたしにあんまり無茶をいわんといておくれやす。わたしは正直に胸の気持を口にしただけどすがな。俳句の上手下手はともかく、自分の気持を素直にいうて、なにが悪うおすのやな。ふん、こんなことぐらいで、長年奉公してきた鯉屋から暇を出されるんどしたら、いっそ暇を出してもらいまひょうかいな。こっちこそ阿呆らしゅうて、公事宿の下代なんかやってられしまへん。わたしに暇を出し、旦那さまが公事宿仲間（組合）の笑い者におなりやすな」

源十郎は、思いがけなく吉左衛門の反撃にあい、面くらった。

黒い前掛けを解き、吉左衛門は憤然としている。

「ま、まあ吉左衛門、ちょっと待ちなはれ。長雨でお互い気持がくさっているからどすがな」

「まあちょっと待ちなはれとはなんどす。いま今日にでもきっぱり店をやめてもらいますといわはりましたがな。その舌の根も乾かんうちに、言葉をまたひょいと翻《ひるがえ》さはりましてからに、旦那さまはえらい二枚舌をお持ちどすのやなあ」

「吉左衛門、鯉屋はわたしで二代目の公事宿、それくらいの二枚舌を持ってなんだら、商いなんかつづけていかれしまへん。ときによれば、二枚舌、三枚舌にでもなりまっせ」

「その二枚舌、三枚舌、外で使うていただく分にはよろしおすけど、身内に使うたらあきまへんがな。うちが本気でやめたら、旦那さまも困らはりますやろ」

「ふん、わたしの腹の中を見透《みす》かしておってからに。わたしが勝手におまえをやめさせ、公事宿仲間から笑い者になるのはかまへんけど、それでは菊太郎の若旦那にど叱られ、それこそ若旦那にこの店から出ていかれてしまうわい。わたしの冗談を真に受けてからに――」

俳句の出来工合をめぐる二人の小さな諍《いさか》いは、やっとここで解け、源十郎の耳は、二階の客間に澄まされた。

静かな二階から、ときどきかすかな音がひびいてくる。

ぱちん、ぱちんと聞こえてくるのであった。

「あの音は奈良大工吉野屋の助《すけ》番頭小兵衛はんのものやけど、行儀の悪い将棋をささはるのやなあ。もっと静かにさせへんかいな。それにくらべ、若旦那はお静かどすわ」

「そやけど旦那さま、いくら上品にしはったかて、若旦那さまのはへぼ将棋。どれだけさしても負けてばかりいはったら、なんにもならへんのとちがいますか。小兵衛はんの駒の打ちようには、気合いが入ってますわいな。あれでええのどす。若旦那の苦しそうな思案面《づら》、見られたもんではありまへんえ。小兵衛はんにせいぜい揉《も》んでもらわはったらよろしゅうおすがな。小兵衛はんの無聊《ぶりよう》をお慰めしているのではなしに、あれは小兵衛はんに遊んでもらってはるのどすわ」

先ほども源十郎と吉左衛門の間で、こんな会話が交されていたところだった。

吉野屋は奈良で五指のうちに数えられる大工。腕利《き》きの大工たちを、何十人も抱えていた。幕府開設当初から、五畿内と近江の六カ国にわたり、大工、大鋸《おおのこぎり》、木挽《こびき》、杣《そま》の四職を束ねる御大工頭《おんだいくがしら》中井家の当主さえ、一目置くほどであった。

特権御用職人の御大工頭中井家は、大和国法隆寺の工匠《たくみ》の出身。江戸幕府が全国の寺院を統制するためにとった本・末寺制度の影響で、江戸時代の初め、京都では空前の寺院の開創、修理、復興が起きた。

中井家はこのとき京都の総大工頭となり、幕府から五百石四十人扶持《ぶち》を給され、二十組の大工組を統率した。

時代が下るにつれ、都市の広がりと人口の増加が、大工だけではなく建築に関わる木挽、屋根方、左官など諸職人を増大させ、当然、中井家の支配は弱まってきた。

諸国の町や村では、大工や左官が自由に仕事を請け負い、大坂や奈良など畿内の大きな町では、新たな仲間（組合）が結成された。それぞれに応じた商いを、いまでは行なっているのである。

こうして興《おこ》った同業者仲間の中で、奈良大工の吉野屋は、畿内三都のうちで大工や左官の数はさして多くはないが、いずれも腕利きばかりを店に抱えていた。その信用は京都の御大工頭中井家にも劣らないほどだった。

それだけに中井家では、禁裏や仙洞《せんとう》御所、また二条城や大きな社寺の再建や修復工事などのたび、いつも吉野屋の主四郎右衛門に使いを出し、何人かの大工の派遣を要請していた。

「兄いら五人、中井さまから頼まれ、京の門跡寺院の普請《ふしん》に出掛けはるんやてなあ。一、二年京住居《ずまい》ができて結構なことどす。そやけど京の女子《おなご》の色香に迷い、下手をしたらあきまへんねんでえ。普請を終えて奈良にもどり、鉋《かんな》一つ満足に研《と》げんような腑《ふ》抜《ぬ》けになってはったら、そのときには四郎右衛門の棟梁に、大目玉を喰らいまっせ」

「こきやがれ。京に出かけるわしらが、それほどうらやましかったら、わしが自分の右手を木槌《きづち》で叩き折って、おまえに代ったろか。わしはあんまり京に出かけたいとは思うてへんわいな。京大工は中井家のご威光を笠《かさ》に着て、なにかと威張っていよる。そんな連中の機嫌をとって、仕事なんかしたくないわい。綺麗な女子やったら、この奈良にかてどれだけでもいてるわい」

「兄い、それがまたちがうんじゃ。それ、京の女子は鴨川の水で産湯《うぶゆ》を使うといいますやないか。奈良の女子とはひと味ちがい、粋《いき》どっせ」

「あほ、なにが鴨川の水じゃ。鴨川というてもなあ、いつも綺麗な水が流れているわけやないわい。わしが何年か前、京に行ったときは、日照りつづきで水が少なく、小汚い川になっとった。悪たれ坊主がその薄汚い川に向い、立小便をしていたわいな。そんな川で面を洗った女子なんか、見られたもんやない」

「そら兄いが、とびきり別嬪《べっぴん》の京女に肘《ひじ》鉄砲をくらわされたさかい、悪口の一つでもいうてはるのやおへんか。それやったらお門《かど》ちがいどっせ」

「この野郎、こういえばああいい、ああいえばこういいよってからに。どこまでもわしに憎まれ口をきくのやったら、手不足があったかて、京には呼んだれへんぞ」

「そ、それは堪忍してくんなはれ。わしが悪態をつくのも、京にやってもらえへん腹いせどすわ」

「京はやっぱり、奈良とは別にしてええとこやさかいなあ」

「兄いもそう思わはりますか」

「そら決ったるがな――」

吉野屋に抱えられる大工のなかでは、こんなやりとりが、何年かに一度必ずあった。

こうして京都に派遣されてきた吉野屋抱えの大工たちは、禁裏や仙洞御所などの普請の場合、中井家が支度した長屋に泊りこみ、現場に通う。そのほかでは、大きな敷地があれば、そのかたわらに俄《にわか》普請の小屋を建て、付きっきりで仕事をするのであった。

寺院普請などなら何年もかかる。

京都と奈良、大工や左官の交代も行なわれた。

大きな大工店《だな》で同時にすすめる普請は、一つや二つではない。いくつも現場を持つだけに、腕利きの職人の入れ代りはたえずだった。

いま吉野屋は中井家の口利きを得て、河原町三条で江州《ごうしゅう》彦根二十万石、井伊掃部頭《かもんのかみ》の京屋敷の普請替えを、半年前からまかされていた。

古い屋敷の一画を取りくずし、部分的に普請をすませ、つぎに取りかかる。

井伊家の京屋敷は、東が角倉了以《すみのくらりょうい》・素庵《そあん》父子が開削《かいさく》した高瀬川に、西は河（川）原町通りに面し、すぐ近くの南北を貫く通りには、びっしり大小の寺院が甍《いらか》をならべていた。

徳川家の譜代《ふだい》衆・井伊家の普請とあり、奈良の吉野屋では、大工十八、木挽五人、左官五人を京都に送りこんだ。

京詰めの藩士たちとなにか悶着《もんちゃく》があってはならぬと考え、河原町通りから西一筋の安養寺の一棟を、職人たちの宿舎として借り上げ、仕事にかかっていた。

ところが屋根の一部を取り壊し、普請をはじめて間もない五カ月後、突如、京都留守居役の杉原源左衛門から、奈良の吉野屋に普請を中断したいとの使いが、書状をたずさえやってきたのである。

「この書状を読ませていただいただけでは、なんで普請をさし止めたいのか、はっきり理由がわからしまへん。ご存知かもしれまへんけど、この際あえていわせてもらいます。普請を請け負わせていただいたとき、三百両の内金を頂戴してますけど、屋敷普請いうもんは、お沙汰《さた》を受けてから、半年一年かかって材木の手当てをし、大工や左官の段取りも立てます。お屋敷の普請は、まだ四分一ほどしか出来てまへんけど、こっちは全部段取りして、ずっと前から仕事にかかってますねんで。内金の三百両は返却せんでもええさかい、工事を中止して大工、左官を引き上げてもらいたいとの仰せどす。そやけどその一声だけでは、こっちはへえそうどすかと下がれしまへん。銭金《ぜにかね》についていてさらにいわせてもらえば、お屋敷の普請、ならびに高瀬川に沿うた石普請の段取りで、千両を超える金を、もう出してしもうてます。

たとえそれを支払うといわはりましても、お金を受け取り、おおきにとそれで引き下がらせていただくわけにはいきまへんなあ。なぜなら、ほんまの訳もきかされんと、徳川さまご譜代の井伊さまのご威光を振りかざして一方的に決められては、吉野屋の面目が立ちまへんのや。それを奈良大工の面目といい替えてもよろしゅうおます。愚かな人間の営む世の中どすさかい、そら時には思いもかけない不都合なことも起りまっしゃろ。その時はそのときで、ただの使いではなしに、京都留守居役の杉原さまが、直々に奈良へお出ましになるべきどっしゃろ。きちんとこのわたくしが納得できるように、説明してもらわな困りますがな。それをたかが使いともうしては失礼どすけど、賄《まかない》役頭で話をすませようとしはるお留守居役さまのご了見が、間違うてはりますわ。ご覧の通り、いきなりとんでもないお話を聞かされ、家の若い者も殺気立ってます。賄役頭さまは江戸から役替えで京にきはってお知りでないかもしれまへんけど、京大坂や奈良では、二本差しのお侍さまなんか、町人衆はちょっとも恐《こわ》がっておりまへんのえ。血の雨が降らんうちに、早う京へおもどりやすな」

吉野屋四郎右衛門は六十歳。怒りをぐっとこらえ、賄役頭の小川平九郎をせかしつけた。

吉野屋の奥座敷のまわりでは、店の者たちはもちろん、大工や左官たちが急をきき、奈良市中の社寺から仕事を放り出し、駆《か》けつけてきていた。

かれらは槍鉋《やりがんな》や木槌をたずさえ、怒りの表情で平九郎をにらみつけていた。

「彦根藩はまあ一口でいうたら、徳川さまのご政道に過《あやま》ちがあれば、それを正さなならん家柄やろな。それを偉そうな顔で、横着いってくるんかいな。虎の威を借《か》る狐とは、てめえみたいなやつを指すのやわ。へん、京の留守居役の奴も、いったい何さまのつもりなんじゃ。いくら大藩の藩士でも、ただの雇われ者やないか。彦根藩から暇を出されたら、はいそれまで。自分の才覚で飯を食うていかれへんのやろ。それにくらべたらわしらは、自分たちの腕一本で食っているわい。吉野屋の棟梁《とうりょう》は、次第によったら彦根藩と心中、いっしょに潰《つぶ》れたってええといわはっているんじゃ。二本差しやいうて、威張ってたらいかんねんで。そんなもん通用するのは、侍仲間のうちだけとちがうか。いくら侍でも、理不尽はわしらには通らへんわい。そこそこの年のくせに、頭の悪い奴ちゃなあ。あほんだれが——」

吉野屋四郎右衛門と京都留守居役杉原源左衛門、賄役頭の小川平九郎は、屋敷普請に取りかかる前に、もちろんたびたび会っていた。

それだけにいきなり一方的に普請中断を要求され、四郎右衛門も腹にすえかねた。

もっともかれは、京都留守居役の源左衛門が、奈良に出向きその事情をきちんと説明すれば、それを承知するだけの雅量も惻隠《そくいん》の情もそなえていた。

これを契機にして、事態は一挙に紛糾した。

吉野屋四郎右衛門は、京都の町奉行所に、彦根藩京屋敷の横暴を訴え出たのである。

彦根藩御用達《ごようたし》商人、室町　夷川《えびすがわ》上ルの「佐生屋《さおや》」友蔵の名も、目安に記されていた。

吉野屋の大工や左官たちは、寺町の安養寺にそのままひかえている。

出入物《でいりもの》として「鯉屋」が、目安で彦根藩を訴え、町奉行所では彦根藩の杉原源左衛門から返答書を出させ、対決（口頭弁論）に入るまでに、糺《ただし》（審理）はすすんでいた。

田村菊太郎と将棋をさしている吉野屋の助番頭の小兵衛は、町奉行所からいつなにが問われてきてもすぐ答えられるようにと、四郎右衛門が公事宿に逗留《とうりゅう》させていたのだ。

かれは暇があれば、安養寺まで吉野屋の大工たちのようすを見に出かけていた。

「大工の棟梁が、彦根藩の京都留守居役を無法の廉《かど》で訴えるとは、前代未聞じゃ。されど江戸では旗本と町奴はいつも諍っている」

「居候《いそうろう》の若旦那はん、うちの抱え大工やほかの職人たちは、彦根藩が二十万石でも三十万石でも、潰すのはわけないというてまっせ。一寸の虫にも五分の魂。奈良大工が虚仮《こけ》にされたとなれば、血の気の多い奴が鉄砲玉となり、江戸に上がって彦根のお殿さまでも襲ったらえのどすわ。もちろん殺すことが目的ではおまへん。騒ぎを起したら十分。それで井伊さまは家中取り締り不行届きの廉で、ご老中さまから強いお咎《とが》めを受けますやろ。あげくお家取り潰しにもなりかねまへん。居候の若旦那はん、職人気質《かたぎ》いうもんがありましてなあ」

「なるほど、身を棄てる気さえあれば、どんな大きな敵にも向えるわけじゃ。井伊さまを討つのもよいが、お屋敷に火を放つ手もあるぞ。やるならとことんやらねばならぬ。だいたいどこでも侍が横着すぎる。鯉屋の居候のわしでよければ、お白洲《しらす》にでもどこにでも出てまいり、加勢してつかわす。奈良大工の面目にかけ、徹底的に戦うがよいわい」

菊太郎は「歩」を指先につまみ、それをどこに置くかを思案しながら、小兵衛にいった。

「ごめんくださりませ――」

このとき階下の土間から、どこかきき覚えのある声がとどいてきた。

「菊太郎の若旦那さま、ちょっと下りてきておくれやす。三条の重阿弥《じゅうあみ》はんから番頭はんがきはり、なんやこの鯉屋に相談に乗ってもらいたいとのことどすわ」

階段の上り口から、吉左衛門の声が飛んできた。

「いま訪ねてきたのは、重阿弥ともうす料理茶屋の番頭宗助どのの声じゃ。この駒を置くのを、ちょっと待ってもらいたい」

菊太郎は指先の「歩」を掌《てのひら》で握りしめ、小兵衛に断わった。

外ではまた小雨が落ちはじめていた。

二

夕刻、雨はすっかりあがった。

雨雲がきれいに去り、澄んだ空がのぞいた。

「菊太郎はん、わしみたいな者《もん》が、重阿弥にお供してもよろしいんどすか――」

鯉屋の暖簾を外にくぐり、空模様を眺めた菊太郎に、小兵衛がたずねた。

「気をつけてお出かけやす」

二人の後ろで、源十郎の女房お多佳《たか》とお与根《よね》の声がひびいた。二人につづいて、見送りのため外に出てきた気配だった。

店には源十郎だけが残っている。

下代の吉左衛門も喜六、佐之助も、重阿弥の番頭宗助が先にもどったあと、主源十郎の指図で、それぞれ調べごとに店から出かけていた。

「さような気遣いをいたす必要は少しもないわい。わしはそなたの用心棒をもかねている。公事のため鯉屋に逗留しているとはもうせ、まさかとは思うが、彦根藩京屋敷の連中が、物事をうやむやにすまそうと、そなたに刺客を差し向けるかもしれぬ。わしのそばに居れば、いかなる手練《てだれ》が襲うてきても、殺される心配はまずない。吉野屋への彦根藩の無理無体は、相当なものじゃ。東西両町奉行どもも、相手が大名ゆえ、吉野屋の訴えを受けて処置に窮しているわい。東町奉行の佐野《さの》肥後守《ひごのかみ》庸貞《つねさだ》などは、吟味方与力にひそかに穏便にすませる方法はないものかと、愚痴《ぐち》をこぼしているそうな。彦根藩京屋敷に軍配を下手に上げれば、奈良大工はおろか京の町人どもから、白い目で見られる。一方、そうそう迂闊《うかつ》に吉野屋に軍配も上げられぬ。井伊掃部頭の機嫌を損ねたら、自分の立身出世に障《さわ》るからじゃ」

「そらそうどすけど、江戸においでの掃部頭さまは、このことをご存知どすのやろか」

「さあどうだろうなあ。世の常からもうせば、だいたい知らぬが通り相場だろうよ。奴らは奴らで、国許《くにもと》の政治《まつりごと》は国家老など主だつ連中にまかせ、自身は幕府の要職に就《つ》くため、江戸城で大名同士、腹のさぐり合いをしておる。京屋敷の改修工事の件など、ちょっとはきいたにもせよ、いざとなれば知らぬと居直り、家臣どもを叱りつけて片がつくと思っているのだろう。だいたい悪いのは、彦根藩御用達商人の佐生屋友蔵の奴。御用達商人なら訴訟騒ぎになる前に、吉野屋と話をつけ、穏便にことを収めねばなるまい」

「ほんまに、そこどすねんやわ。武士にも意地や体面がありまっしゃろうけど、商人、とりわけ職人には、それがございますさかいなあ。力で押えつけようとしたかて、そうはいかしまへん。ところで菊太郎はん、三条の料理茶屋からなんの相談が、鯉屋に持ちこまれてきたんどす」

二人の足は御池《おいけ》通りを東にむかい、重阿弥に近づきつつあった。

「重阿弥から物をくすねたこそ泥が捕えられ、そ奴から重阿弥に、お仕置を軽くしてもらいたいと、お慈悲を乞うたどたどしい書状が寄せられたのじゃ」

「そのこそ泥、料理茶屋からなにを盗んだんどす。銭どしたらお慈悲を願ってもあきまへんやろ」

「重阿弥からも、あちこちからも、盆栽《ぼんさい》をくすねて売り飛ばし、どうやら暮しの不足に役立てていたみたいじゃ。すでに捕えられ、ほどなくお取り調べがはじめられるという。減刑嘆願の書状は、おそらく六角牢屋敷の大牢の中で、誰かに入れ知恵されての行ないであろう。どんな手段でか、被害におうた人々に書状を出して許しを乞い、自分が島送りにでもされたら、長年病気で臥《ふせ》っている妹や年寄りの母親が、首を吊らねばならぬことになると訴えておる。重阿弥の主彦兵衛どのは、これをどうしたものかと思案いたされ、鯉屋へ相談を持ちかけてまいられたのじゃ」

「被害者がうちそろって減刑の嘆願、それがかなえられたら、結構どすわなあ」

「そうなるには、こそ泥のもうし状に嘘がないかどうかを、はっきり確かめねばなるまい。迂闊に同情を寄せ、嘆願が嘘であった場合、あとで軽率を悔いねばならぬことになる。もっともこれがまことなれば、わしとてこそ泥のため、出来ることをしてやりたいと思うている」

「公事宿鯉屋に逗留させていただくようになって約一カ月。さすが公事宿だけに、いろいろ事件があるもんどすなあ。そやけどわしら一つひとつ、そんなことに感心してられしまへん。奈良大工の吉野屋が、公事宿を介して彦根藩に文句をつけているのを、忘れんといておくれやっしゃ」

「彦根藩の一件は、鯉屋では遺漏《いろう》なくやっているわい。これまで奉行所に差し出した出入書は、何十通にもなる。わしの知る限り、鯉屋が手掛けた事件のうちでも、かつてないほどの数じゃ。決して疎《おろそ》かにいたしておらぬぞ」

「へえ、疎かにされているとは、少しも思うていいしまへん。それどころか、奈良大工というても一介の大工の棟梁に味方して、井伊さまの京屋敷に文句をつけてくれはる公事宿があったことに、こっちは驚いたり感謝したりしておりますのやわな。世の中はまだまだ捨てたもんやありまへんなあ。道理のわかるお人が、やっぱり居てはるのがわかり、正直いうて勇気がわいてきてます」

吉野屋四郎右衛門は彦根藩京都留守居役から、賄役頭の小川平九郎を使いとしていきなり工事の停止をもうし渡されたあと、二条城の南に軒を連ねる公事宿仲間の総代に相談をかけた。

京都町奉行所に訴え出るためだった。

「彦根藩の京屋敷を相手に、訴訟を起すなどとはとんでもない。相手は徳川幕府の重鎮。それを引き受ける公事宿がたとえあったとしても、どっちも是非を考えぬ輩《やから》として、闕所《けっしょ》（財産没収）に処せられるのが落ちどすわ。長い物には巻かれろのことわざもありますさかい、これは泣き寝入りせな仕方おへんなあ。工事の口をお利きやした御大工頭の中井さまに、きき合わせましたところ、彦根藩御用達商人の佐生屋となんとか話し合い、どこかで折り合いがつけられんものかと、困惑してはりました。御大工頭の中井さまかて、引っ込み思案してはるくらいどす。まあ悪いことはいわしまへん。雄藩を相手に公事にするのだけは、やめときやす」

公事宿仲間総代に諫言《かんげん》されたことは、奈良大工としての誇りをもつ吉野屋四郎右衛門の意地を、さらにかき立たせた。

「訴訟を起して負け、吉野屋が闕所におうて分散したってかまへん。こうなれば奈良大工の面目にかけ、へえっさようでございますかと余計に引けしまへん。吉野屋は意地がない、大名の横車に屈したのかといわれとうありまへんのや。こっちの後ろ盾は、せいぜい東大寺さまか興福寺さまぐらいのもんどすけど、曝《さら》し首を覚悟のうえで、争わせてもらいます」

鯉屋に相談をかけてみたらと懇意《こんい》にいわれ、店を訪れた四郎右衛門は、言葉と裏腹にもの静かな口調でいった。

「吉野屋さんがそのお気持どしたら、この鯉屋も仲間株を取り上げられる覚悟で、お引き受けさせていただきます。相手が井伊さまの京屋敷でも、長い物に巻かれていてどないなりますかいな。奈良大工としての意地もございましょうけど、第一、屋敷普請のためにご用意しはった材木が無駄になりますがな。利子どころか木材を引き取ったうえ、倍返しでもしてもらわな、承知できしまへんわなあ。わたくしも損得抜きで、この始末をつけさせていただきまひょ。徳川さまご譜代の大名やからといい、商人や職人衆が遠慮して引っこんでいたら、世の中、果てがございまへん」

この結果、鯉屋では受注を受けた経過から材木の調達、大工や左官など職人の手配、その他にわたる出入書を、半月ほどかけ二十数通も作成し、奉行所に差し出した。

この間、主だつ大工たちは、安養寺に待機させられている。

暇を持てあましていては腕が鈍る。

そのため安養寺だけではなく、大小の門を並べる「蛸薬師《たこやくし》」や「善長寺」など、寺院のちょっとした修理を、無報酬で行なっていた。さらに近くの裏長屋の塀直しや、屋根の雨漏りの修理まで頼まれ、みんなから喜ばれていた。

「お待ちもうし上げておりました。どうぞ奥座敷に通っておくれやす」

三条の重阿弥に到着すると、番頭の宗助が、待ち構えていたように菊太郎たちを出迎えた。

「お信はん、若旦那さまをご案内しておくんなはれ」

宗助は菊太郎が連れてきた小兵衛に、愛想笑いを投げ、彼女をうながした。

小兵衛は股引きに印半纏《しるしばんてん》、吉野屋の助番頭だけに、いかにも職人の風体《ふうてい》だった。

その小兵衛と鯉屋や菊太郎との関係がわからず、宗助の顔には明らかに怪訝《けげん》な表情が刻まれていた。

「袷《あわせ》のお着物を仕立てておきましたさかい、着替えにお立ち寄りくださいませ」

奥座敷に案内される途中、お信が小兵衛をはばかり、小声で菊太郎にささやいた。

「袷の着物とはありがたい。お清は元気で手習いに行っているのじゃな——」

菊太郎は、彼女の小兵衛への気遣いを無視してたずねた。

こんな態度が、お信の胸をぐっとつかむのである。

「あの綺麗な年増の女子はん、若旦那のなんどす。袷の着物とは、隅におけしまへんなあ」

「わしのなんだとは不粋《ぶすい》な。わしと深い仲になっている女子だと、一目でわからぬか——」

お信が奥座敷から退《の》いていくと、さっそく小兵衛が菊太郎にたずねた。

「これはこれは、遠慮なくようもいわはりますわ」

それ以上言葉もないまま、さすがに吉野屋の助番頭らしく、小兵衛は奥座敷の造作を眺め渡していた。

間もなく主の彦兵衛が、妻のお佐世《さよ》をともない現われた。

「さっそくおいでいただきありがとうございます。本来ならこっちから出向かせてもらわななりまへんのに――」

「いやいや、重阿弥の料理をご馳走になり、お話をおうかがいする手筈《てはず》と、勝手に算段して推参いたしました。お信どのがいつもお世話に相なり、かたじけのうございます」

菊太郎は後半は彦兵衛にではなく、女主のお佐世に向い丁寧に挨拶《あいさつ》した。

「いいえ菊太郎さま、なにをもうされますやら。この重阿弥にとって、お信はんは大事なお人。帳場をまかせられるほどのお人は、なかなかいてしまへん。本音をいえば、若旦那さまと所帯を持つため店をやめさせてほしいと、いついい出されるやらと、実は心配してるんどっせ」

女主のお佐世が、満更、お世辞でもない顔付きでいった。

「錦小路《にしきこうじ》の播磨屋《はりまや》どのや弟の銕蔵《てつぞう》の奴に、町奉行所が吟味方与力として取り立てる、お信どのと所帯を持てば、親父どのも安心いたされると、いつもすすめられています。されど身勝手ながら、いまだその気になりませぬのじゃ。さてさような話はともかく、本日、番頭の宗助どのが鯉屋にまいられた相談、さっそくうけたまわりたい。ここに同座の人物は、公事のため鯉屋に逗留されている奈良のお人。公事の相手から、危害をくわえられる恐れもございますほどに、わたくしがいつも付きっ切りでおりますのじゃ」

「それはそれは、公事も次第によっては、命がけでございますなあ。奈良のお人ともうされますと、もしかして彦根藩京屋敷普請の一件ではございませぬか」

「はい、奈良大工の吉野屋で、助番頭をつとめております小兵衛でございます」

「さすがに重阿弥の彦兵衛どのはお耳が早い——」

「奈良大工の吉野屋はんと彦根の井伊さまの一件は、とっくに京で評判になってます。小兵衛はん、鯉屋どしたら相手がお大名の井伊さままでも、一歩も引かはれしまへん。ましてやこの菊太郎さまが、付いてはりますさかい——」

重阿弥の彦兵衛は、小兵衛を力づけた。

「彦兵衛どの、話をもとにもどして、小盗人《ぬすっと》について早くおきかせ願いたい」

自分のことは余計だといわんばかりに、菊太郎が彦兵衛をうながした。

「はい、つい話が脇道にそれてしまい、もうしわけございまへん。それで番頭の宗助を鯉屋にうかがわせましたけど、吉野屋はんと井伊さまの一件を考えましたら、わたくしが店から盗まれた品物など、ほんまにたいしたもんやおへん。六角牢屋敷で奉行所のお裁きを待っている盗人に、少しのお慈悲でもと、嘆願書を書いてやればすむことどすさかい」

「店から盗まれた品とは、彦兵衛どのが大切にされていた松の盆栽ときいたが——」

「下肥《しもごえ》を汲《く》み取りにきた与吉という男に、ひょいと盗み取られてしもうたんどすわ」

重阿弥の主彦兵衛の趣味は、盆栽いじりだった。

かれは暇があると、手鋏と小さな刷毛《はけ》を持ち、裏庭の棚に並べられた盆栽の手入れに精を出していた。

丹精をこめて育てた盆栽の中には、一鉢十数両の値さえつけられるものもあり、植えられた木は数十種類にもおよんでいた。

こうして手入れされた盆栽は、誰にもゆだねられず、かれ自身の手で客部屋に飾られた。

与吉に盗まれた盆栽は、彦兵衛が「末の松山」と名付けて、愛玩《あいがん》していたものであった。

末の松山――は歌枕。宮城県（陸前国《りくぜんのくに》）宮城郡宮城野の岩切駅付近にある山。他の説では、多賀郡八幡の末松山国宝寺の後方の丘陵とも、また岩手県二戸郡《にのへ》一戸町《いちのへ》北方の波切峠ともいう。

能では、金剛流《こんごう》にのみ行なわれる三番目物『雪』の冒頭で謡われ、「末の松山遥々《はるばる》と、末の松山遥々と、行方や何処《いずく》なるらん」と謡い出される。

諸国をめぐる旅僧が、奥州から西下して、野田までやってきた。すると急に空が曇り、雪が猛然と降りはじめた。その降りしきる雪の中から、美しい女性が忽然《こつぜん》と姿を現わす。旅僧は彼女の素性をいぶかしんでたずねたが、彼女はなんのおぼえもなく出て来ただけで、自分でも身の上がわからずに迷っている。ついてはこの迷いを晴らしてもらえないかと、旅僧に頼んだ。そこで旅僧はこれこそ雪の精だと断じ、仏法の功徳の力を信じて、成仏せよと教える。やがて有明が近くなり、雪の精は自分の姿が明らかになるのを恥じ、かすかに消えていく。能の三番目物は別名鬘物《かづらもの》ともいい、美しい女性を主人公とするものが多く、どの曲目も優美、幽艶《ゆうえん》さがただよっている。

重阿弥の彦兵衛が愛玩していた盆栽の末の松山は、姿や形は小さいが、松の古木。銘にふさわしい優美な姿をそなえていた。

好事家《こうずか》の間で、もし売買されるなら、数十両の高値がつく盆栽だった。

「与吉はご当家へ、いつも下肥を汲みにきている男でございますのか」

「いいえ菊太郎さま、それがそうではないのどす。奉行所のお調べによれば、なんでも東九条村に住んでいる人足とかで、おもに屎尿屋《しにようや》に雇われ、汲み取りをしている男なんやそうどす」

「屎尿屋に雇われている汲み取り人夫だとな」

彦兵衛の話が、雅びた盆栽からいきなり鼻をつまみたい屎尿に飛び、菊太郎も小兵衛も思わず顔をしかめた。

屎尿の汲み取り人足なら、他家の裏庭や奥向きまで、容易に出入りできる。

与吉はその立場を利用して、おそらく高値で売れる盆栽を狙ったのだろう。

化学肥料のない時代、屎尿は農作物の肥料として大切だった。

京の町はその供給源として、近郊の村々だけではなく、摂津《せっつ》や河内《かわち》の村々からも熱い目をそそがれた。それゆえ屎尿屋が成立したのである。

「汲み取り人足の与吉は、うまいところに目をつけたもんどすなあ」

「ほんまどすわ。あっちこっちで盗んだ盆栽を、大坂の市で売ってたそうどす」

「どうせ博打《ばくち》か女子、それとも酒代に費《つい》やしていたにちがいあるまい」

彦兵衛と小兵衛の話に、菊太郎が口をはさんだ。

「菊太郎さま、ところが人足の与吉はいたって堅物。盆栽を売り払って得た銭は、母親や大勢いる妹・弟たちの食代《くいしろ》に当てていたそうでございます」

「食代になあ。されば彦兵衛どのが大切にいたされていた盆栽も、大坂の市ですぐ安く売ったのであろう。扶養人が大勢いては、汲み人足の稼ぎぐらいでは養っていかれまい――」

「妹や弟は、九人もいてるというのどすわ」

「なにっ、妹と弟が九人、それはいかなることでござる」

「いずれも両親を亡くした子どもか、道端に棄《す》てられていた赤子ばかり。妹弟の母ともうすのも、実は身寄りのない老婆だそうでございますから、あきれ果ててまする」

「すると与吉は屎尿にまみれ、孤児《みなしご》や身寄りのない年寄りを、引き取って養育していたのか。

なんと奇特な奴じゃ」

菊太郎は意外な犯人像を突きつけられ、幾分、戸惑《とまど》い顔になった。

かれの盗みは悪いに決っているが、自分の悦楽のためではない。その罪業にはいささかどころか、大いに同情の余地が感じられた。

かれがその罪を咎められ、遠島《えんとう》にでも処せられたら、九人の幼い孤児たちは食うのに困る。いや、すでに窮しているに相違なかった。

被害者からかれの減刑嘆願を提出してもらう算段は、きっと誰かしかるべき人物が、与吉の状況を案じ、発案した方法にちがいなかろう。

「お佐世、うちに届けられた嘆願書を、菊太郎さまに見ていただきなされ」

彦兵衛の言葉にしたがい、彼女は膝《ひざ》のかたわらに置いていた袱紗《ふくさ》包みを開いた。

折り畳んだ粗末な紙が、菊太郎に手渡された。

「若旦那、どないに書かれてますのや。読んでおくんなはれ」

小兵衛にうながされ、菊太郎は憮然《ぶぜん》とした顔で、嘆願書なる折り紙を広げた。

――一筆、重阿弥彦兵衛さまにお願いもうし上げ候。屎尿汲み取り人足与吉は、われら身寄りのなき老婆と孤児、合わせて十人の養い人に候。罪あるといえども遠島、もしくは牢囲いに処せられれば、われら十八、途方に暮れて餓《かつ》え死《じ》にいたすも遠からず。ゆえに何卒《なにとぞ》、お奉行所に減刑嘆願の儀を乞い願わしく存じ候。お腹立ちはごもっともなれども、仏の慈悲をもって、是非とも御願いたてまつるものに候。しほ、まつ、ぶきち、さすけ、あき、とら、すぎ、みち、たけ、こきち

誰かが書いて与えた手本を、そのまま真似《まね》してなぞったとみえ、文章はまずまず意をつくしていたが、判読がやっとできるほどのひどい文字であった。

しほ、まつ、ぶきち——など各人の署名は、さらに金釘流で稚拙だった。

「彦兵衛どの、誰かの入れ知恵にもいたせ、真心が満ちあふれ、胸が切なくなりまするな」

「さようでございましょう。大切にしてきた末の松山の盆栽、盗まれたうえ安値で売り払われたことは、腹立たしゅうございますが、そこを迷ってのご相談でございます」

「もうしてはなんだが、なにもこれなら迷われることもございますまい。末の松山もたかが松の古木。盆栽を慈しんで育てるより、孤児を大切に育てるほうが、人として尊い道でございましょう。わたくしの意見、彦兵衛どのにいささか乱暴とは存じまするが、奉行所への減刑嘆願、わたくしからもお願いもうし上げまする」

「やっぱり、それが菊太郎さまのお意見どすわなあ。このわたくしも、菊太郎さまのお気持を推察して、ほんまのところご相談をおかけしたのどす。ここに二十両用意しておきました。与吉の減刑嘆願に、どうかお働き願えしまへんやろか」

彦兵衛の言葉にしたがい、妻のお佐世が再び袱紗の中から、小さな紙包みを取り出した。

ついで彼女はお信に酒肴《しゅこう》を運ばせるため、廊下に向い立ち上がった。

三

虫がどこでも鳴いている。

だが鯉屋できく秋の虫の音と、六角牢屋敷でのそれとは、場所の雰囲気や気分がちがうせいか、決して同じではなかった。

前者は寂しい風情の中にも、雅《みや》びをともなっているが、六角牢屋敷での虫の音は、陰々滅々と聞こえてくる。

秋の長雨が上がり、京の町はすがすがしい晴天の日がつづいていた。

「お奉行さまの内意を得てございますれば、ご牢内から特別に、与吉をここに連れてまいりまする。しばらくお待ちくだされ」

顔見知りの牢屋同心組頭の横田伝七が、一別以来の挨拶を菊太郎にのべたあと、詰め部屋から下がっていった。

「六角牢屋敷とは、陰気な所でございますなあ」

近頃、いつも菊太郎に付きっきりの吉野屋の小兵衛が、まわりに好奇の視線を這《は》わせてつぶやいた。

「牢屋とはどこでも似たようなものじゃ。長年にわたる人間の悲しみや怒り、恐れや絶望が、ここには染《し》みついておる。人間の業《ごう》ともうしてもいいかな。邸内には、罪人の首を打ち落す土壇場もあってなあ。首斬《くびき》り役人の気合いや、死に追いやられる罪人のわめき、首を打ち落されたときの絶叫や血飛沫《しぶき》の音さえ、この牢屋敷には染みついているのじゃ。刺客の手から守るため、小兵衛どのにはもうしわけないが、こんなところまでご同道願った」

「いいえ、わしどしたら菊太郎さまの行かはるところやったら、どこでも喜んで連れていっていただきます。一つひとつがええ勉強になってます。それで菊太郎さまは、吟味物（刑事訴訟事件）になっている今度の事件を、出入物（民事訴訟事件）に持っていかはるおつもりなんどすな」

「鯉屋の吉左衛門や喜六たちが、銕蔵の手を借りて調べ上げたところ、与吉がここ一、二年にわたって盗み取った品物は、いずれも盆栽ばかりだった。与吉は盗みが露見して捕えられたが、返済すれば、吟味物から出入物に変えられぬでもない。係りは幸いにして、東町奉行所吟味方与力組頭の伊波《いば》又右衛門どの。以前、ちょっとした事件で、懇切にしていただいたお人でなあ。鯉屋の源十郎がお奉行の佐野肥後守さまのご用人に、鼻薬を嗅《か》がせて頼みこんでおいてもあり、万事好都合に運んでおる」

「それは結構どすけど、吉野屋の一件の方は、いったいどないになってますのやろ」

「鯉屋の源十郎から、小兵衛どのもきいておられよう。こちらも源十郎が、彦根藩京屋敷の留守居役が、いかなる思案で吉野屋に工事の差し止めをかけたのかを、人を使ってあちこちに探りを入れておる。源十郎の奴は、場合によれば、彦根藩二十万石と刺し違えてもよいともうしているぞよ」

「それはわしら吉野屋だけではなしに、奈良大工のすべてがさようにいうてます。井伊さまどしたら、相手に不足はございまへん。奈良大工の中には、相当な偏屈者もいてますさかいなあ。前にもいいましたけど、江戸城に登城しはる井伊さまを、何人かの偏屈者が襲うたら、世の中がひっくり返るほどの騒ぎになりまっしゃろ。それは江戸家老、国家老さまでも同じどすわ」

「小兵衛、ここで物騒なことをもうすではない」

菊太郎はかれらしくもなく、声をひそめて窘《たしな》めた。

「わしは死ぬ気やったら、なんでも出来るというたまでどす。どうせこの世で、一遍しか生きられしまへんのどすさかいなあ。安養寺に足止めをくらっている大工衆たちも、そろそろ焦《じ》れてきてます。酒に酔ったはずみどすけど、いっそ井伊さまの京屋敷に、殴り込みでもかけたろかと、いうてる奴もいてまっせ」

「おいおい、物騒な考えは、もういい加減にしておいてくれ。そなたはなんのため鯉屋に滞在しているのじゃ。公事は必ず有利に結着させるわい。それでは安養寺で待機している大工衆のようすも、うかがっておらねばならぬことになる」

それに答えかけた小兵衛が、ふと声をつぐんだ。

牢屋敷の吟味部屋の外から、足音がひびいてきたからであった。

「さあここじゃ。気怖《きお》じせずに入るがよい」

ごめんくだされの声とともに、横田伝七が襖《ふすま》を開いた。

薄汚れた髪に扁平《へんぺい》な顔。だが人の好さそうな三十すぎの男が、薄萌黄《うすもえぎ》色《いろ》の獄衣姿で現われた。

かれの後ろに横田伝七ともう一人長身の人物が、与吉の頭越しに見えた。

「おお、これは伊波又右衛門どの。どうしてわざわざ牢屋敷に――」

「菊太郎どの、実は与吉の吟味、わしの組の同心が当っておりましてなあ。おい与吉、このお人が田村菊太郎さまじゃ。しっかりご挨拶をいたすがよい」

かれの指図でか、横田伝七は与吉に腰縄も打っていなかった。

「わ、わしが与吉、与吉でございます。この度はとんでもないことを仕出かしてしまい、全くもうしわけございまへん。自分ではどんなお仕置きでも、受けさせていただく覚悟をつけております。人の持ち物に手をかけてしもうて。自分ながら、ほんまに情けのうございます」

部屋の敷居際にぺたんと坐りこんだ与吉は、うなだれたまま泣きそうな声でいった。

「与吉、仕出かしたことはもう取り返しがつかぬわい。しかしながらそなたのした悪事は、わが身大事からではなく、身寄りのない老婆や孤児たちを、養うための仕業じゃ。わしはお上《かみ》にも過ちがあるとして、そなたの罪を軽くいたそうと苦労いたしておる。三条の重阿弥が、鯉屋の田村菊太郎どのに相談をかけてくだされて、まことにありがたい——」

温和な顔で伊波又右衛門が与吉にいいきかせた。

「されば、わたくしが重阿弥の彦兵衛どのからお見せいただいた減刑の嘆願書は、もしや伊波さまのお知恵で記されたものではございませぬか——」

「菊太郎どのにそういわれたら、仕方なく打ち明けもうすが、いかにもあの嘆願書は、それがしが書き与えたものでござる。しほともうす十一、二歳の子どもに、つたない文字だが書き写させ、与吉が盗みを働いた家々に、届けてまいれと指図いたしましてござる。幸いにも与吉の悪事が、孤児たちを養うためと判明するにしたがい、同情を寄せ、盗難の届けを取り下げてくださるお人もございました」

「それはそれは。重阿弥の彦兵衛どのも、末の松山の盆栽、与吉が盗み取ったと白状しているとか聞きましたが、わたくしは肥汲み人足の与吉が、あまり褒《ほ》めるゆえ、くれてやったはずだと、異を唱えられておりまする。それればかりか——」

そのあと菊太郎は、伊波又右衛門を近くに呼び寄せ、小耳にささやいた。

彦兵衛が自分に二十両の金を渡し、どうにか与吉を助けてやれないかと頼んだことを、告げたのだった。

牢屋同心組頭の横田伝七には、これはすでに伝えてあった。

大物の被害者が二十両も出し、盗みをした当人の減刑をもうし出てくれれば、町奉行所としても無視できない。吟味物から出入物に変えるのは可能だった。

「与吉、そなたは果報な奴じゃ。されど気のいい被害者ばかりではないぞよ」

又右衛門は笑顔をひそめ、今度は与吉を脅しつけた。

「へえっ、どんな覚悟でもつけております」

「またそれをもうすが、そなたがあとに残してきた孤児たちは、いかがいたすのじゃ。それを考え、少しは慈悲を乞う気になれ」

「ご吟味役さま、ほんまをもうせば、わしはもうすっかり疲れてしまいましたのや。親に見放された孤児を見たら、わしは放っておかれしまへん。また町のお人たちもなんのつもりやら、捨て子を平気でわしの家に持ってきよります。五つ六つの子供が、自分の妹や弟でもない赤ん坊を背中に負い、あやしているのなんか、ほんまに不憫《ふびん》でたまりまへん。平安の昔は、洛中に悲田院《ひでんいん》とかがあり、身寄りのない年寄りや子どもを養っていたときます。織田信長さまが上京を焼き打ちするまで、その悲田院が上京の扇町に営まれていたといいますけど、いまは東山・泉涌寺《せんにゅうじ》に移されて、名ばかりのものになってます。お上に文句をいうようどすけど、現に身寄りのない年寄りや親に捨てられた子どもがいてるのを、所司代さまや町奉行所は見てみぬふり。せいぜい洛中の寺に、世話を押し付けているだけどす。わしはそんな寺にも相談をかけ、十数人ほど引き受けていただきました。けどもうそうした世話にも、へとへとになってますわいな。東九条村の家に残している年寄りは、道端に捨てられていたわしを、拾って育ててくれた義理の母親どす。けどその母親の面倒を見るのにも、疲れ果ててしまいました。いまわが身一つになれて、実はほっとしていないでもありまへん」

与吉の告白をきき、菊太郎や又右衛門たちは言葉もなかった。

いまの政治には欠陥がありすぎる。

それを取り繕《つくろ》っているのは、庶民の暖い人情だった。

その人情が行き詰まり、罪を犯した。

これを誰が咎められよう。

吉野屋の小兵衛も、憮然とした顔で与吉を眺めていた。

「与吉、さような泣き言《ごと》をもうすではない。公事宿鯉屋の田村さまは、そなたをこの牢屋敷から助け出すためにまいられたのじゃ。いま少し辛抱いたすがよい」

かれを助け出そうとしている張本人の伊波又右衛門が、鯉屋と菊太郎を引き合いに出し、与吉を励ました。

「畜生、覚えていやがれ。上手に嘘をつき、わしをこんな目にあわせよってからに。島から生きてもどったら、きっとぶっ殺してやるさかいなあ。旦那、あいつにそう伝えておいてくんなはれや」

突然、凶悪な罵声《ばせい》がひびいてきた。

罪人の誰かが、隠岐島《おきのしま》へでも島送りにされるため、牢屋敷から連れ出されていくのだろう。

かれは自分の無罪を叫んでいるのである。

その声で与吉は両肩をぶるっと震わせた。

四

本堂の前に置かれた賽銭《さいせん》箱に、小銭を投げこむ音がひびいた。

安養寺の檀信徒が、通りがかりに本尊に手を合わせていったのだろう。境内《けいだい》に群生しているすすきが、だいぶ盛りをすぎ、朝夕冷えが感じられた。

吉野屋の大工衆の宿所として、広い方丈が借り切られている。

股引き姿の若い大工が、方丈の長廊に坐りこみ、小さな鑢《やすり》で鋸《のこぎり》の目立てを熱心につづけていた。かれはときどき指先で、鋭い鋼《はがね》をはじいた。

「てめえ、その鋸で彦根藩の侍とやり合う気かいな。喧嘩するんやったら、槍鉋《やりがんな》が一番とちゃうか」

「兄い、そんなんわかってるわい。侍とやり合うたら、無茶に刀を振り回され、怪我《けが》でもしたらかなわんさかい、わしはそんな下手はうたへん。そっと彦根の京屋敷に忍び入り、床の下にもぐりこんで、大黒柱の数本でも挽《ひ》き切ってやったらどないやろと、思うてますねん」

「てめえも物騒な奴ちゃなあ。若い連中がいきり立つのもわかるけど、いざの場合は、先が知れたるわしら年寄りが出ていったるわい。ところでついこの間の長雨で、彦根藩の京屋敷では、どっかが雨漏りして、応急手当てに大工や瓦職人《かわら》を呼ぼうとしたそうやわ。けど京の御大工頭中井さまのお沙汰が行き届いているのか、町大工かてご用に応じなんだというで。そやさかい、彦根の国許から急いで瓦職人や大工を呼び寄せ、一応の修理だけはしたときくわい。まったくざまをみやがれじゃ。彦根の犬侍のやりようには、京のお人たちもみんなあきれているのやがな。あたりまえのこっちゃ」

年寄りの大工がキセルで煙草《たばこ》をふかしながら、若い大工をなだめていた。

「やいおまえら、そやからといい、あんまり図に乗ってはいかんねんでえ。彦根藩京屋敷のお侍さまでも、みんながみんな今度の工事差し止めを、ええと思うてはるわけやないのや。一旦注文を出し、工費の見積りもさせ、仕事にかからせながらの理不尽は、彦根藩の体面を汚すとして、文句をいうてはるお侍さまもいてはるそうやわ」

たったいまようすをうかがいに現われたのか、小兵衛が長廊の端に立ったまま、大声でかれらを制した。

「これは助番頭の小兵衛はん——」

「急に仕事を取り上げられ、おぬしたちもむしゃくしゃしていようなあ。その気持は当然じゃ。気晴らしを考えねばならぬ」

「菊太郎の若旦那、この際になり、うちの連中を焚付《たきつ》けてもろうたら困りますがな。若旦那は公事宿鯉屋の知恵袋どっしゃろ」

小兵衛が自分の後ろに立つ菊太郎の科白《せりふ》をとどめた。

「小兵衛、知恵袋とはうまい世辞をもうすものじゃ。だがなあ、わしのこの知恵袋も、どうやら空《から》になったみたいじゃ。あちらを立てればこちらが立たず、喧嘩《けんか》両成敗に持っていきかねている。町奉行の佐野肥後守さまも、頭をかかえておられるわい」

「京の町奉行が頭をかかえているほどやったら、奈良大工の意地も、通せてるというこっちゃがな」

方丈で寝そべっていた老若の大工たちが起き上がり、一斉に明るい声をあげた。

「やい、みんな鯉屋の田村菊太郎さまにご挨拶せんかい。若旦那さまは、吉野屋と彦根藩のいざこざについて、あらかた話をつけてくれはったんじゃ。相手は二十万石の大名の京屋敷。さすがに詫び証文を書かせるわけにはいかへんかったけど、世間の誰が考えても、奈良大工吉野屋の面目が、十分立つような配慮をいただけたんじゃわい。奈良に使いを出したさかい、明後日にも、棟梁が京にやってきはるはずや。間もなく仕事にかからなならんさかい、その気になっておかなあかんねんで」

小兵衛は晴れがましい声でいった。

「すると小兵衛はん、やっぱり彦根藩京屋敷の普請を、またはじめますのかいな」

鋸の目立てをしていた大工がたずねた。

「いや、そうやない。彦根藩の建物をこしらえる材木や屋根瓦で、ほかの場所に立派な建物を建てるんじゃ。まだどこにするのかわからんけど、おそらく上京の大きな寺の敷地の中やろ」

「他の場所に京屋敷と同じ建物を建てるとは、どういうことどす。誰がそこに住みますのやな」

「そこに住むのは、身寄りのない年寄りや孤児たち。図面を引き直して、居心地のええ建物を造ってもらわなならん」

「そら、どないなわけでそうなったのか、わしらにもきかせてくんなはれ」

吉野屋四郎右衛門が信頼している年寄りの大工が、小兵衛と菊太郎の顔を仰いだ。

彦根藩京屋敷の留守居役杉原源左衛門が、屋敷の改修普請に突如停止をかけてきたのは、領内の有力な御用大工や棟梁たちが、京屋敷の普請替えぐらいなら、ご奉公のつもりで安くさせていただくと、請願してきたからであった。

同藩では数年後、彦根城の天守閣や二の丸屋敷、並びに石垣の改修を行なうことがにわかに決定し、かれらは大工事の儲《もう》けを当てこんでいたのだ。

大きな普請を請け負うためなら、少々の損ぐらい引き受ける。

今も昔も遣《や》り口は同じだった。

留守居役の杉原源左衛門は、京の御用達商人佐生屋友蔵を通じ、領内の御用大工の何人かから、袖《そで》の下をつかまされていた。

かれはそれなら自分の功名にもなるとして、奈良大工を見くびり、居丈高《いたけだか》に契約の破棄をもうし入れてきたのである。

かれは祖先の功にしたがい、京屋敷留守居役についているだけで、世事に疎《うと》い凡庸《ぼんよう》な人物だった。

彦根藩二十万石の名のもとには、町人や職人風情《ふぜい》などなんとでもなると、軽々しく考える浮薄な男だったのだ。

公事宿の鯉屋は、こうした経過を確かな筋から正確につかんだ。

その結果を、克明に書き上げ、町奉行所の佐野肥後守に届けたのであった。

彦根藩と吉野屋の紛争に頭を悩ませていた肥後守は、鯉屋源十郎と田村菊太郎、京都留守居役の杉原源左衛門を、内々に目付屋敷に呼びつけた。

吉野屋の助番頭小兵衛にも同席を命じた。

「京都留守居役の杉原源左衛門、そなたにまずもってもうすが、身どもが目安を披見《ひけん》する限り、吉野屋の訴えには道理こそあれ、普請の停止をもうし渡される非はどこにもないぞよ。早くから用材の調達、大工や左官の手配をいたした吉野屋の苦労を、そなたはなんと心得ているのじゃ。お白洲で一つひとつを改めることにでも相なれば、この一事は所司代も捨てておくこともならず、正式に口をはさんでまいられよう。ひいては幕府老中や若年寄りの耳にも達し、事態は大袈裟《おおげさ》に相なろう。その結果、彦根藩の井伊侯が、幕府から家中不取り締りの廉《かど》をもって、ご叱責《しっせき》をお受けになるのは必定。さよう胸にしかと刻みつけるがよい。されば といい、一旦、吉野屋に普請の停止をもうし渡しながら、再び工事をはじめさせては、京屋敷留守居役の面目も立つまい。そこで公事宿の鯉屋、また東町奉行所の与力たちの意見も徴し、さらにはそこにひかえる鯉屋の知恵袋田村菊太郎の意見もきき、双方の面目が立つように、身どもが考えた。それを受け入れるとあれば、この一件、吉野屋も訴訟を取り下げるともうしているが、いかがじゃ」

佐野肥後守は、目付屋敷の広い部屋の上座につき、杉原源左衛門にいい渡した。

大藩の京都留守居役でも、町奉行には頭が上がらない。源左衛門は平伏してきいていた顔をわずかに上げ、当方の心得ちがいはお詫びのいたしようもございませぬが、肥後守さまのご意見をうかがわせてくださりませと、再び低頭した。

「殊勝な心掛け、身どもは満足じゃ」

佐野肥後守は、手にした扇子を持ち直してうなずいた。

「彦根藩のご用人どの、お奉行さまにそれをもうしていただけば、お裁きの一つとも受け取られかねませぬゆえ、このわしから言上いたしまする。されば京屋敷の普請替えのため吉野屋が用意している材木を、彦根藩の名で、そっくりよそに寄付してもらえますまいか。その材木で吉野屋の大工衆が、上京の寺の敷地内にでも、立派な建物をこしらえますのじゃ。工事費は吉野屋もまけてくれようが、一切彦根藩に持っていただく。その代り京屋敷の普請替えは、領内の御用大工とともに、勝手にいたされればいかがでござろう。これなら双方の面目も、一応、立ちもうそう。この件はいたずらに争えば、一藩の大事を招きかねませぬ。そのところは、京のご用人としてうまく運んでいただきたい。まあ名誉ある懲罰とでも受け止められるのじゃな」

佐野肥後守が口を切るより先に、菊太郎がずけずけと源左衛門に押し付けた。

一座の者は啞然《あぜん》とした顔をしていた。

最初は戸惑っていた佐野肥後守も、かれの理屈にかなった論法に独りうなずき、自《おの》ずと耳を傾けた。

「はばかりながら、田村どのにおうかがいいたしまするが、当藩の用材と費用で、いかなる用途の建物を建てられまする。それを是非ともおきかせ願いとうござる」

彦根藩の京都留守居役と田村菊太郎とでは、身分が大きくちがっていた。

だが人間の器量の点では、身分とは正反対に、月と鼈《すっぽん》ほどの開きが感じられた。

上から覆いかぶさるような迫力の前に、源左衛門は小さくなっていた。

「屎尿屋に雇われ、下肥を汲んでいる与吉ともうす男がおりましてな。そ奴、身寄りのない年寄りや孤児たちを独りで養うため、つまらぬ盗みを働き、いまこれなる肥後守さまのお裁きを、待っておりますのじゃ。自分は屎尿に汚れ、孤児たちを養うのは、並みでできることではございませぬ。与吉が盗み取ったのは盆栽ばかり。盆栽ともうしてもご存知の通り、中には容易でない高直《こうじき》の品もございました。されど盗み取られたお人たちは、ほとんどの方々が、与吉の善行に頭を垂れ、肥後守さまに減刑の嘆願書をしたためておられる。お人によっては、盗まれた覚えはない、与吉にくれてやったともうされ、さらには二十両の金まで添え、与吉を助けてやってほしいと頼まれたくらいでござる。身寄りのない老人や孤児を収容する施設があれば、どれだけ多くの子どもたちが救われ、盗みを働いた与吉も安堵《あんど》いたしますやら。つまり与吉は、政治を行なう者がやるべき行ないを、独りでいたしておりましたのじゃ。これに報《むく》いねば、政治に関わる者として彦根藩や町奉行、鯉屋のわたくしどもとしても、与吉に顔向けができますまい。もっとも公事宿とはもうせ、鯉屋も儲けがなければ、奉公人に給金も払えぬ。口は公事宿、心は詐欺師。公事宿にはその心掛けが大切なのじゃが、今度ばかりはそうもまいらぬ。この件では、与吉の身と孤児たちの暮しを案じ、われらのずっと後ろにひかえておられる東町奉行所吟味方与力組頭の伊波又右衛門どのが、一番お心を痛めておられたのでござる」

菊太郎が滔々《とうとう》と弁じ立て、一座は水を打ったように静まった。

かれは佐野肥後守に対し、巧妙にも与吉の減刑も併せて具申していたのである。

「下肥を汲みながら盆栽を盗み取るとは、なかなか才覚のある盗人じゃな。江戸の上様《うえさま》も盆栽には目がないお人であられると、おききもうしている」

「盆栽は自然の妙、風雅の一つでございますれば――」

佐野肥後守が上様といったのは、十一代将軍徳川家斉《いえなり》を指した。

この時期、各都市では利殖を兼ね、空前の盆栽ブームが起っていた。

「そなたに盗まれた覚えはないともうしたうえ、二十両の金まで添えた人物は、いかなる男じゃ。わしにもうせ」

「いや、おそれながらここでの名乗りは、ご遠慮願わしゅうございまする」

「その人物が与吉なる男に盗まれた盆栽、さぞかし名品として、好事家の垂涎《すいぜん》の品であったろうなあ」

「いかにも、末の松山と名付けられし名品にござりました」

「末の松山、末の松山とは末広がりに似て、なにやらめでたげな名の盆栽じゃな。彦根藩京都留守居役の杉原源左衛門、このたびの一件、そなたには償わねばならぬ非があり、あとの処置は末の松山、末の松山でまいるのじゃぞ。このわしも、与吉の一件、末の松山といたす。建物ができ上がったあかつきには、世の中のみながこぞって子どもの養育に心をくだかねばなるまい」

助番頭小兵衛の話をきき、老大工の一人が、鼻をくすんと鳴らした。

「末の松山か。なるほどお奉行さまがいわはった通り、縁起がよさそうやなあ」

若い大工が声高にいい、みんなの顔を眺め渡した。

狐の扇

一

「ちえっ、今年の夏もまた暑くなりそうや。たまったもんやないなあ」

朱色の大鳥居。本物そっくりの石造りの狐《きつね》が、両脇の石積みの上にでんとすえられている。伏見稲荷《いなり》の門前、葦簾《よしず》で囲んだ茶店の床几《しょうぎ》に腰をおろし、徳右衛門《とくえもん》は冷えた茶を飲んでいた。

きき覚えのある声を耳にして、ちらっと横の床几に目を這《は》わせた。

いつの間にきたのか、ならず者らしい風体《ふうてい》の男が、晴れ上がった六月一日の空を見上げ、そこで愚痴《ぐち》をこぼしていた。

徳右衛門は不精ひげを生やした三十歳前後のその男の声を、きき覚えていたのだ。もっとも数度、暖簾《のれん》の間から見かけたことがあるだけで、これほど間近でまじまじと顔を見るのは初めてであった。

徳右衛門は三条両替町《りょうがえまち》北西の角で、貸本問屋を営んでいた。

屋号は宇多野屋《うたのや》。三代目の当主が、嵯峨野《さがの》に近い宇多野村の出身で、この屋号をつけたのである。

江戸時代、一般大衆は娯楽本を、貸本屋から借りて読むのが普通だった。江戸では文化五年（一八〇八）、六百五十六人の貸本屋が数えられ、寺門静軒《てらかどせいけん》の『江戸繁昌記』によれば、天保三年（一八三二）には、八百軒が営業していた。

京都でも時代を追うごとに貸本屋が増え、天明末期、京都の識字率は人口の約八十パーセントだったという。

こうした貸本屋は、店を構えた商いは少なく、大体が行商本屋。背中に本をおさめた笈箱《おいばこ》を背負い、得意先を一軒一軒回る。見料（見賃）は特別な顧客《こきゃく》は節季払い。普通の客は月に一、二回、新しい本を届けたとき支払いを受けた。

見料は軍記物が六文、絵本類が十二文、読み本は百五十文。時代によって変動があったが、相場は貸本屋仲間（組合）の合議で決められていた。

貸本問屋の宇多野屋は、こうした行商本屋にさまざまな本を卸す元問屋。いわば古本売買所だともいえた。

宇多野屋の本には、各国の行商本屋の蔵書印が押されており、三州、陸奥《むつ》三春《みはる》、松坂――など遠近の行商本屋から、仲買人の手で運ばれてくる本も珍しくなかった。

行商本屋は自分が持ち合わせている各種の本を、ひと通り顧客に読まれてしまうと商いにならない。そのため貸本問屋を訪れ、適当な古本を売り、新しい本と交換していくのである。

もっとも宇多野屋は仲間株も持ち、行商本屋も併せて営んでいた。

――今年の夏もまた暑くなりそうか。

徳右衛門は胸の中でつぶやき、ちえっと小さく舌打ちした。

不精ひげを生やした男は、おそらく別に正業を持っているのだろうが、徳右衛門には疫病《やくびょう》神《がみ》みたいな存在だったのだ。

男はお盆前と年末の年二回、決って両替町の店にやってきた。

お盆には西瓜《すいか》、年末には粗末な門松《かどまつ》を持って現われる。

「ごめんやっしゃ。旦那《だんな》はんか番頭はんはおいでやすやろか。これ買うていただきたいんどすけどなあ」

かれは夏なら大きな西瓜を両腕に一つずつかかえてやってきた。

「旦那はんも番頭はんもお留守どす。手代のわたくしではどうにもなりまへんけど――」

最初、かれが訪れた五年前の夏、手代の八十助《やそすけ》は押し売りと見きわめ、徳右衛門も番頭の市兵衛も奥にいるにもかかわらず、独断で断わった。

「旦那も番頭も留守かいな。へん、こっちは店にいるのを確かめたうえで、こうして参上したんじゃわい。わしは三次《さんじ》というけちな野郎やけど、ほんならこんな奴が、西瓜を買うてほしいとやってきたというといてんか。この二つの西瓜、もう代金みたいなもんいただかんでもええさかい、みんなで食べてんか——」

三次は急に凶暴な顔になり、二つの西瓜を店の帳場の隅に、激しい勢いで投げつけた。

西瓜はつぎつぎにばしゃっと弾《はじ》けて割れ、あたりを水気だらけにした。

「あ、あんた、な、なにをしはりますねん」

手代の八十助はさすがに気色《けしき》ばんだ。

「なにをするというて、てめえこそなんじゃい。わしは立派な西瓜を、店のみんなに食うてもらおうとしたんやけど、誤って割ってしもうただけのことやないか。てめえ、それをわしに咎《とが》めるんじゃな。ああそうか、そしたら番所にでもどこにでも、届けてもらおうやないか」

かれはぱっと単《ひとえ》の着物の裾《すそ》をまくり、店の上《あが》り框《かまち》に腰を下ろした。

強請《ゆすり》とわかっていたが、下手に逆らえない。商売物の本が濡れなかったのが、まだしも幸いだった。

三次もそこのところは計算ずくで、西瓜を投げつけていた。

その年から三次は決ってお盆と年末やってきた。

宇多野屋では以来、一朱銀を紙に包み、丁重に引き取ってもらうことに決めたのである。

「今年もおありがとうさんでございます。旦那はんにあんじょういうといておくれやす」

三次はこうして目星をつけた市中の各種の店を回り、相当な銭をかき集めているに決っていた。

だが何屋であれ、あとで面倒を起されるのを恐れ、誰も番所に届け出たり、町廻り同心に知らせたりしない。同心のかれらも、見てみぬふりをしている。詮議《せんぎ》に三次たちが付き合っているその筋からの情報も、必要だからであった。

各店ではなにか悪い評判を立てられたりすれば、噂《うわさ》を打ち消すのが大変になる。そのため三次の訪問を毛嫌いしながらも、疫病神に退散を願うつもりで、年に二回、西瓜と門松を引き取り、金包みを渡しているのであった。

徳右衛門はあれこれ思い出し、冷え茶を一口飲むと、苦々しい顔付きでかれをまた一瞥《いちべつ》した。

徳右衛門は毎月の一日、商売の神様とあがめられる伏見稲荷へ、三条両替町から月詣《つきもう》でにやってきた。

五十歳ごろまでは町筋を南に下り、五条大橋を東に渡り、そこから伏見街道を伏見稲荷まで徒歩できていた。だが六十をすぎたいまでは、往復とも町駕籠《かご》を用いていた。

稲荷詣でのもどりには、木屋町筋の料理茶屋で、ゆっくりしていくこともあった。

店は独り息子の佐一郎が、商いのこつをすっかり飲みこみ、うまくやっていてくれた。

これからこのまま店にもどっては、なんとなく心残りがする。

途中、やはり木屋町の馴染《なじ》みの料理茶屋にでも、寄ろうと思っていた。

そのとき、三次が帯の間から骨の古びた扇子《せんす》をひょいと抜き出した。

胸許《むなもと》を大きくくつろげ、ぱたぱたとあおいだ。

かれの胸にはびっしり黒い毛が生えている。

一瞬、それに気をとられていた徳右衛門の目が、動きのゆるんだ三次の扇子にとまった。

扇子に描かれた鶴の絵と文字に、注目したのである。

――あっ、あれは光悦《こうえつ》と宗達《そうたつ》が二人して描いた金銀泥絵《きんぎんでいえ》和歌の扇やないか。ちょっと古びてるけど、それに相違ないわい。わしの目に狂いなんかあらへん。なんでそんなもんを、こいつが持ってるんやろ。

心の中でつぶやいた徳右衛門が考えついたのは、三次がなにも知らないまま、それを持っているに違いないことだった。

光悦とは本阿弥《ほんあみ》光悦。宗達は俵屋《たわらや》宗達。本阿弥家は京の町衆の名家。刀剣三事の鑑定、研《と》磨《ぎ》、浄拭《ぬぐい》を家業として、代々が足利《あしかが》将軍家に仕え、その御用をつとめてきた。

刀剣は工芸の粋《すい》だが、光悦はそれを極めたうえ、書でも光悦流と称される一流をひらいた。

かれの書は青蓮院《しょうれんいん》から出て平安の和様《わよう》、王羲之《おうぎし》の唐様《からよう》をくわえて豊麗で、角倉素庵《すみのくらそあん》と協力、世に嵯峨本、角倉本と呼ばれる木版刷りの豪華本まで出した。

俵屋宗達は京で有名な絵屋「俵屋」の当主。商いの内容は色紙、短冊《たんざく》の金銀泥絵、扇絵、染織の描絵や下絵、押絵《おしえ》貼屏風《ばりびょうぶ》の絵などの絵事《かいじ》すべてを、工房を営んで制作、かれ自身当代無比の絵を描いた。

宗達と光悦は親交を重ね、宗達が下絵を手がけ、光悦が和歌を書いた金銀泥絵色紙も少なくなく、扇絵のそれも、特別な人の求めに応じて二人は制作したのである。

「女子《おなご》はん、わしにもういっぱい冷酒を持ってきてんか——」

三次はまた貴重な扇子で胸許をあおぎ、囲い茶屋の小女《こおんな》に注文した。

「へえ、冷酒どすなあ」

「そんなもん確かめるまでもないやろな。冷たいやつをぐいっと飲んだからには、どうしても、いっぱいだけで止められへんわい。今日はわしも運がようなるようにと、月参りをさせてもろうたんじゃ。稲荷さまへくる客が、ここでわずかな銭でも落していったら、この茶店もそれにあやかれ、結構というもんやろ。それにしても、いつもの婆《ばあ》さんの姿が見えへんのは、どないしてじゃ」

茶店は小さく、奥にまですぐ声が届いた。

「お婆ちゃんは風邪を引かはり、十日ほど前から、店を休んではりますねん」

長暖簾の向うから、小女の声が返されてきた。

「ほおう、そらあかんなあ。年寄りに夏風邪は禁物やで。そやさかいおまえが臨時に雇われ、手伝いかいな。そやけどおまえ、どっかで見たことのある女子やなあ」
十六、七歳になる彼女に、三次は首を傾けた。
自分のそばで茶をすすっている徳右衛門などには、注意もむけていない素振りだった。

「見たことがあるいうて三次はん、うちお里どすがな」

「な、なんやて、おまえがお里、あの小ちゃかったお里かいな」

「へえ、そのお里どす」

「ひゃあ、わしびっくりしたなあ。洟《はな》汁を垂らして、いつもぴいぴい泣いてばっかりいた裏長屋のお里が、こんなに大きゅうなってしもうてたんかいな。わしおまえの方からいわれなんだら、気づかなんだわ。あの頃が思い出されるわい」

三次は急に優しげな目になり、お里を眺めた。

話の工合では、二人はかつて同じ長屋に住んでいたようすであった。

「三次はん、うちのお婆ちゃんがいうてはりましたえ。月に一、二度、三次はんが店に顔をのぞかせてくれはるのはうれしいけど、どうして生業《なりわい》をたてているのかさっぱりわからへん。ろくでもない稼ぎをしているのやないかと心配や。堅気に暮さなあかんのになあと、案じてはりましたえ」

「お杉婆《ばば》もよういうわいな。さすがにお婆の孫、おまえもずけっとわしに遠慮のういうてくれるわ。けど考えてみたら昔馴染みやさかい、わしみたいな者《もん》の心配をしてくれるんや。でもなあ、お婆が考えているほど、わしあんまり悪さしてへんねんでえ。そらちょっとは悪さというより、仕方なしにその筋の道で食うてるけどなあ」

「三次はん、そのちょっとはというのが、いかんのとちがいますか――」

お里は三次に冷酒を持ってくると、お盆を赤い前掛けに引き寄せ、説教染みた口調でいった。

「おまえ、そないたたみこむようにいわんでもええがな。下駄屋へ奉公に行ったのやさかい、大方の稼ぎはそっちの方でしてるわいな」

かれは胸許をあおいでいた扇子の動きを止め、ここで隣りの床几に腰掛けている徳右衛門に、やっと気付いた。

徳右衛門の胸の中で、めまぐるしくそろばんが弾かれた。

「これはこれは三次はん、わたしは三条両替町の貸本屋宇多野屋徳右衛門でございます。いつもお世話になりありがとうさんどす。こんな所でお目にかかれるとは、不思議なご縁でございますなあ」

かれは胸に企《たくら》みを持つだけに、できるだけ下手に出た。

「貸本屋の宇多野屋――」

三次は最初目をぱちくりさせ、腰を浮かしかけ、つぎにはっとした顔になった。

「ひゃあ、あの宇多野屋の旦那さまでございますか。いつもお世話になってるのは、こっちのほうで、ほんまにすまんことどす」

「三次はん、なにをいうてはりますねん。わたしはお稲荷さまへ月詣でに来たんどすが、聞かせてもろうてましたら、あんさんもそうやそうどすなあ。わたしの口からいうのもなんどすけど、そらええお心掛けどす。今日は折角お目にかかれたんどすさかい、ここの勘定はわたしがもたせていただきましょ」

「宇多野屋の旦那さま、そ、そらいけまへん」

思いがけないところで、強請相手の店の主《あるじ》に出会い、三次は哀れなほど狼狽《ろうばい》していた。

一人は絹物を着た大店《おおだな》の主。片方は得体の知れないならず者めいた男。大店の主が丁重にものをいうのを眺め、ずけずけ口を利《き》いていたお里が、まじまじと三次を見つめた。

「三次はん、ここの勘定ぐらい、わたしにさせとくれやす。今更、遠慮しはる仲やおへんやろな。それにしても、ほんまに今日は暑うおすなあ。店から出がけについ扇子を忘れてしまい、ほらご覧の通り汗をかいて、ふうふういうてますわ」

「だ、旦那さま、こら気が付かんとすんません。これ、わしの汚い扇子どすけど、よかったらどうぞ使うとくれやす」

三次は徳右衛門の企みにうまく引っ掛り、広げたままの扇子を無造作に差し出した。

光悦と宗達合作《がっさく》の扇子。その貴重さを三次が理解していないのが、徳右衛門には確実に見てとれた。

「さようどすか。そんならちょっと貸していただきまひょ」

徳右衛門はできるだけ、そ知らぬ風にいい、かれから扇子を受け取り、さも工合よさそうに自分の顔をあおいだ。

「さ、三次はん、こ、こんな立派な大店の旦那さまをご存じやったん――」

茶店の前まで駕籠を乗りつけてきた客だけに、お里は驚きの声でたずねた。

「ご、ご存じやなんて、わしがお世話になってばっかしや」

しどろもどろにかれは答えた。

「いいえとんでもない。いつも店の者が失礼してまして、堪忍しとくれやす。女子衆《おなごし》はん、いうときますけど、お世話になっているのはうちの方どすわ」

さすがに三次だけではなく徳右衛門も、どういう関係かは口にしなかった。

「旦那さま、あんまり世話世話といわんといとくれやす」

「そんなことどうでもよろしゅうおすがな。ところで話はちがいますけど、この扇子、なんやら使い心地がよろしゅうおすなあ。せがむみたいですんまへんけど、これついでにわたしに、譲ってくれはらしまへんか」

かれはずばりと切り出した。

「そんなん、譲るの譲らんのというほどの扇子ではおまへん。そんな小汚い扇子、どうぞお使いやして、お店におもどりになったら、そのまま捨てておくれやす。わしにはなんの値打ちもない扇子どすさかい」

当の扇子は三次が人に頼まれ、借金取りに行った先の小商人《こあきんど》の家から、洗いざらい品物を持ち出したとき、紛《まぎ》れこんでいたものだった。

「値打ちがない扇子かもしれまへんけど、三次はんそらいけまへん。こっちは涼しくなれて大助かりどすさかい。只《ただ》ではなんどす。ほな、わたしの気持ちだけ受け取っておくれやす」

徳右衛門は手早く扇子を畳み、帯の間にはさみこむと、懐《ふところ》から印伝革《いんでんがわ》の財布を取り出した。

小粒銀を一つつまみ、三次の手に握らせた。

「宇多野屋の旦那さま、こんなんしていただけしまへん」

「まあそういわんと――」

大金を出せば怪しまれる。

こんなときには小銭にかぎった。

「それではお言葉に甘えておきますけど、旦那さまはどっかにお駕籠を待たせてあるんどすか」

「いいえ、辻《つじ》駕籠を止めて乗せてもらおうかと思うてます」

「そうどしたらいま丁度、そこの先を空《から》駕籠が通りかかってますさかい、それでお店におもどりやすか」

三次は床几から立ち上がり、伏見稲荷の鳥居の前を通りすぎようとする駕籠を、大声で呼び止めた。

「へえい、おおきにありがとうさんどす。京へおもどりなんどすな。しっかり行かせていただきます」

茶店の前までできた駕籠かきの二人は、床几に茶代を置いた徳右衛門と、自分たちを呼びつけた風体の悪い男に、頭を下げていった。

「わしをいつもかわいがってくださるお店の旦那さまじゃ。丁重にお送りしてくれや」

かれの声にうながされ、徳右衛門は草履《ぞうり》を脱いで駕籠に乗った。

三次がその草履を両手でつかみ、革裏を合わせて軽く叩き、駕籠かきに手渡した。

後棒の男がそれを受け取り、腰の帯の後ろにはさみ、ひょいと駕籠を担ぎ上げた。

「ではご機嫌ようおもどりやしてくださいませ」

「お先に去《い》なさせていただきます」

駕籠に乗った徳右衛門の目に、稲荷の狐がきらりと怪しく映っていた。

二

数日、徳右衛門は浮きうきしてすごした。

伏見稲荷から三条両替町の店にもどる途中、三次からうまく騙《だま》し取ってきた扇子を開き、光悦と宗達合作の扇面に違いないことを、幾度も確かめた。

木屋町筋の料理茶屋に寄る気持は、とっくに失せていた。

金銀泥絵扇面は、白緑の地に薄く金泥を刷《は》き、金泥と銀泥で群鶴が描かれていた。

その上に巧みな筆致で書かれた光悦の文字が躍動している。

——日暮《く》るれは　逢人《あう》もなし　まさきちる　峯のあらしの音はかりして
これはいったい誰の歌なんやろうなあ。店にもどったら早速調べてみなならん。

光悦の見事な筆跡と宗達の絵を、あかずに眺めつづけた。

だが惜しいことに三次が粗略に取り扱っていたとみえ、扇面の上部にほつれができ、畳みの割れから、幾筋かわずかに破れかけていた。

「おもどりやす――」

「ご機嫌ようおもどりやして」

店に帰ってくると、手代の八十助や番頭の市兵衛たちが出迎えてくれた。

京では商家の主たちは誰でもそうだが、決して店の前まで駕籠を乗りつけない。店の半町ほど手前で駕籠から下りる。

客の目をはばかるからだった。

「こんなに仰山《ぎょうさん》ご祝儀をいただきましてすんまへん。気をつけてもどっておくれやす」

二人の駕籠かきは、徳右衛門から駕籠賃のほか思いがけない祝儀をもらい、幾度も頭を下げつづけた。

光悦と宗達合作の扇子を手に入れた喜びが、かれにそれをさせたのである。

「市兵衛、さっそくですみまへんけど、お店から新古《しんこ》今《きん》和歌集を全冊持ってきてくれまへんか。ちょっと調べてみたい歌がおますねんやわ」

奥の居間にむかいながら、かれは番頭の市兵衛にいいつけた、扇面の歌は、歌風と記憶から新古今集と推察したのだ。

「お父はん、そないになにを急《せ》いてはるんどす。座敷でお茶でもいっぱいいかがどすか」

まだ嫁取りをすませていないが、市兵衛とともに、店の切り盛りをやらせている独り息子の佐一郎の声が、徳右衛門の背にかけられた。

だが、徳右衛門はあとにしまひょといい、居間に急いだ。

老女中のお竹がかれの着替えを手伝った。

「新古今和歌集、全部でこれだけどすわ」

帯を締め終えたとき、市兵衛が薄本だがしっかり装丁された数十冊を、両手にかかえて姿をみせた。

「ちょうどどこにも貸し出してんと助かりました」

「なにをお調べかは存じまへんけど、行商本屋、古本売買所の大旦那さまが、そないなお考えでは困ります。番頭としていわせていただきますけど、行商本屋はお客さまに本を借りていただいてこそ、商いになるんどっせ。貸し出してんと助かりましたとは、きき捨てにできしまへん」

「はいはい市兵衛、わたしが悪うございました。この新古今和歌集の二十冊本、誰かに高う買うてもらえへんかと思案してるといいましたら、許してもらえますのやろ」

「旦那さまにはかないまへんわ。どうぞ是非、誰かに高く買うていただき、儲《もう》けを出しておくんなはれ」

市兵衛が冗談まじりにいい、居間から退《の》いた。

徳右衛門はすぐ座敷机の上に置かれた新古今和歌集の一冊を手に取り、扇面の和歌を調べにかかった。

どこの貸本屋でもそうだが、本の内扉には、一枚の摺物《すりもの》が貼られている。

——右之品破損出来仕候《しゅったいつかまつりは》者御気の毒ながら見料のほかに損料申受《もうしうけ》候間、随分破損無之様《これなきよう》。

更に又か（貸）し御無用に願奉候事。

摺物にはこう記され、蔵書印が押されていた。

貸本屋が困るのは、さらに落書、ついで鼠食い。鼠は本の糊付けを餌としてかじるのである。

お竹が運んできた茶托《ちゃたく》を手許から遠ざけ、徳右衛門は丁寧に本を一枚一枚めくった。

——日暮るれは　逢人もなし
この歌は誰が詠《よ》まはったもんやろ。確かにこれは、新古今和歌集に収められている歌やと思うたけどなあ。それともわしの思いちがいやったんやろうか。もしちごうてたら、ほかの歌集にも当らなならん。えらい手間どすがな。そやけどこんな苦労どしたら、どれだけでも結構どすわ。

かれはぶつくさ口の中でつぶやき、つぎつぎ自家の本を改めていたが、新古今和歌集巻六の冬までできたとき、両目をぐっと開いて、一首の歌に目をこらした。

「日くるれば　あふ人もなしまさき散る　嶺の嵐の音ばかりして、ありましたありました。ここにありましたがな。源俊頼朝臣《としよりあそん》、このお人のお歌どしたんかいな。まあええお歌どすわいな。源俊頼朝臣さま、ありがたいことどすわ。ようええお歌を詠んでくれはりました。お礼をいわせていただいておきます」

徳右衛門はうれしそうな顔ではっきりつぶやいた。

源俊頼は待賢門院《たいけんもんいん》新少将の父。従四位上。大治《だいじ》四年（一一二九）十一月、七十歳で没した。『金葉集』撰者、『俊頼口伝』『散木奇歌集《さんぼくきかしゅう》』がある。

この歌の本歌は、『散木奇歌集』に収められ、

日も暮れぬ　人も帰りぬ山里は　峰の嵐の音ばかりして

――となっている。

――俊頼朝臣さまのええお歌やさかい、光悦さまもわざわざ宗達さまに下絵を描いてもらわはり、このお歌をお書きやしたんやろ。それにしても難儀なことでございますなあ。

かれはここで大きな溜息《ためいき》をついた。

三次から譲り受けてきた扇面を改めて広げ、じっくり見入った。

ほつれや畳みの割れ・破れ。扇面の補修を考えたからだった。

　もっともこれだけの名品を手入れし、扇子として再び用いる気持はない。表具屋に頼み、扇骨《せんこつ》を上手に抜き取り、掛軸にしてもらってもよかろう。

　だがと、つぎにまた徳右衛門は考えた。

　これほどの名品を掛軸にすれば、表具も相当な名物裂《ぎれ》を選ばねばなるまい。一文字も軸先も、さらに二重箱もと考えると、いささか面倒くさくなってきたのだ。

　光悦と宗達が合作した扇子を、無造作に使っている。

　買えば十両、二十両する品を、さりげなく平気で用いている粋《いき》も、いかがなものだろうと思いついたのであった。

　これから日を追うにつれ暑くなる。

　希《き》覯《こう》品といえる扇子を人前、とくに同業者の前で平然と用いていれば、さすがに宇多野屋の徳右衛門だと、みんなから特別の目で見られよう。

　それが同業者仲間で発言力を強め、さらには信用を得るのに役立つかもしれない。譲ってほしいという人物が現われたら、そこそこの値付けをさせて、そのとき手放してもよかった。

　一旦、こう思い付くと、徳右衛門の気持は急速に後者にと傾いた。

　元手が小粒銀一つ。扇面の修理に小銭をかけるとしても、十両、二十両がほぼ丸儲けになる。

商人としてそれはたまらない魅力だった。

市兵衛に持ってこさせた新古今和歌集をきっちりそろえながら、徳右衛門は内心でほくそ笑んでいた。

手代八十助の従兄《いとこ》は、表具屋の下請け仕事をやっている。

名前は吉蔵《きちぞう》、腕のいい職人だときいていた。

ときどき店の者では手に余る貸本の綴《と》じや修理を、かれに頼んでいるが、実に安い手間賃で早くやってくれ、重宝な男だった。

かれなら気安く仕事を引き受けてくれ、しかも仕上がりは上々にちがいないとの確信があった。

この京には、古筆見《こひつみ》（鑑定家）を上回るほどの目利《めき》きの表具屋もざらにいる。

そんなかれらに仕事を依頼すれば、たかが手間賃でも、品物に応じて高くふっかけられるに決っていた。

吉蔵なら腕がいいだけで、それほどの目利きではない。扇面の良さぐらいわかっても、長年仕事をさせてきており、法外な手間賃を要求しないはずだった。

徳右衛門は扇子を二、三度ぱちぱち開閉させ、急に顔を店のほうに向けた。

「おうい八十助、ちょっとおいでなはれ――」

かれの呼び声を聞きつけ、小僧の一人があわただしい足音をひびかせ、かれの居間の歩廊《ほろう》に膝《ひざ》をついた。

「大旦那さま、なんでございますやろ」

「ああ文吉かいな。八十助はどうしてます。手が空《す》いてたら、ここに来るように伝えてくんなはれ」

「へえ、八十助はんどしたら、本棚の整理をしてはりますけど——」

「なにをしててもかまいまへん。お店に居てるんどしたら、すぐわたしの居間に来てもらいなはれ」

「へえ、さようにお伝えいたします」

小僧の文吉は、徳右衛門に両手をついて頭を下げ、店の表に身体《からだ》をひるがえしていった。

「大旦那さま、わたくしになにかご用でございましょうか——」

八十助の足音が静かにとどき、かれが前掛けを締めたまま居間の外に坐《すわ》ったのは、ほどなくだった。

「八十助、来てくれましたか。まあそんなところにかしこまってんと、部屋の中にお入りなはれ」

「はい、それではお言葉に従いまして」

かれは落ち着いた声でいい、腰を浮かせ前屈《まえかが》みの姿勢で、座敷机の横に坐った。

大旦那の徳右衛門が、番頭の市兵衛に新古今和歌集二十巻を居間に運ばせ、独り何事か調べ物をしているのは知っていた。

かれに自分が呼ばれたのは、おそらくこれに関わる用事にちがいなかろう。

すでに徳右衛門の調べ物はすんだとみえ、二十巻の冊子は、座敷机の上にきちんとそろえられていた。

これを店の棚に戻してくれといいつけられるのだろうか。いやそうでもなさそうだった。

徳右衛門の表情が、なんとなく緊張している。いつものかれのようではなかった。

「大旦那さま、なにかこのわたくしに――」

かれは胸の鼓動が高まるのを感じながらたずねた。

大旦那の徳右衛門にも番頭の市兵衛にも、覚《さと》られていない隠しごとが露見し、厳しい小言を浴びせられるのではないかと思ったのである。

徳右衛門の無言が、かれを不安にさせた。

これが露見すれば、十四のときから十四年も奉公してきた宇多野屋から、身一つで追い出されかねない。相手はどれだけ自分の不行跡を知っているのか。八十助は徳右衛門の表情を、下からすくうように眺め上げた。

胸の鼓動が自分でもわかるほど、どきっどきっとひびいた。

「八十助――」

「へい、なんでございまっしゃろ」

はいの答えが気負けのせいか、へいになっていた。

肩が自《おの》ずと下がり、顔が伏せられた。

「八十助、おまえを呼んだのは、なにも小言をいう気からとちがいますねんで。ちょっと頼みたいことがあってどすわ」

「わたくしに頼みたいこと――」

「ああ、さようどす。この扇子を吉蔵はんにしっかり直してほしいのどすわ。おまえに預けておきますさかい、吉蔵はんに渡しておいておくれやす。まちがいのないようにどすえ」

「ご用のほどはうけたまわりました。その扇子、ちょっとのぞかせていただきましたけど、書かれている文字は光悦、下絵は俵屋宗達のものとちがいますか」

八十助は自分の不行跡を咎められるのではないとわかり、ほっとしたが、反対にこれで徳右衛門のほうがぎょっとなった。

「い、いや八十助、そ、そんな立派な品物ではありまへん。確かにこの扇子の書は光悦、絵は宗達のものに見えますけど、よく確かめてみると、やっぱり偽物どした。そやけどあんまりようできた偽物やさかい、吉蔵はんにちょっと直しを頼みたいと思いますのやがな。これをおまえに預けますさかい、吉蔵はんのところに届けておいてくんなはれ。急いではいまへんけど、でき上がりはそこそこにしてくれるようにいうておいておくれ。偽物は偽物で、ほんまに惜しいこっちゃ。こんなもん直しに銭をかけるほどやないのやけどなあ」

徳右衛門は八十助の興味を牽制《けんせい》するため、もっともらしい顔でこぼした。

「それでは大旦那さま、わたくしは明後日、主だつお得意さま回りをいたす日でございますさかい、そのときついでに、吉蔵はんの許に扇子を届けさせていただきます。それでようございまっしゃろか」

貸本問屋宇多野屋が、一方で営んでいる行商本屋には、専《もっぱ》ら外回りだけをしている奉公人が七人いる。

八十助も店に奉公した初めには、毎日、本を詰めた笈箱《おいばこ》を背負い、得意回りをしていた。だが行商から古本売買に上がってきてから、あまり外回りには出かけなくなった。

それでも月に二回、古くからの主だつ得意先に、ご機嫌うかがいかたがた顔をのぞかせる。そんな中に「公事宿《くじやど》・鯉屋《こいや》」もふくまれていた。

「はいはい、その日でかまいまへん」

徳右衛門は自分の関心はもうそこにはないといわんばかりに、素っ気なく立ち上がった。

三

「番頭はん、それではちょっと出かけてまいります」

八十助は小僧のととのえてくれた小さな柳行李《ごうり》を、たこ唐草の大風呂敷に包み、背中に負って上《あが》り框《かまち》から立ち上がった。

「今日は何軒ほど回ってくるのや」

「はい、二条城南の公事宿鯉屋はんを主にして、界隈《かいわい》の五軒ほどどす。その間に大旦那さまのご用で葭屋町《よしやまち》の下立売《しもたちうり》に出かけ、吉蔵はんとこへ、頼まれ物を届けにまいらせていただきます」

「ああそうか。扇子の話やったら、新古今和歌集を片づけるとき、大旦那さまにちょっとときました。けどいくら上出来でも、偽物をわざわざ直しにかけんかてええと思いますけどなあ。宇多野屋の大旦那さまともあろうお人が、偽物とわかっている扇子を、人前で使うてはったら、お人に馬鹿にされますさかい」

「ほんま、番頭はんのいわはる通りどすわ。吉蔵はんに直しを頼まはっても、そのうちに忘れてしまわはるかもしれまへん」

「そうかもしれまへんなあ。まあその話はともかく、笈箱ではありまへんけど、おまえのその姿を見てると、昔をお互い思い出しますがな。一軒一軒お得意さまを回り、お貸しした本を回収し、新しい本を置いて回っていた日々がなつかしおすわ」

行商本を背負い、一日中顧客回りをして店にもどってくると、足が棒のように固くなっていた。

そのあと回収してきた読み本や随筆類、絵本、軍記物などを、本棚に片付ける。

そして翌日、店から持って出る新しい本を、笈箱に詰めこむ。そのかたわら、帳付けを行なうのである。

宇多野屋には行商、古本売買の二つに、それぞれ番頭二人、手代二人がいたが、いずれも外回りを長く経験して、いまの地位につかされていた。

それでも外回りの奉公人になにか過《あやま》ちはないか、また顧客の好みの変化を知るためにも、それぞれの番頭や手代は、各自が月に二回、小さな荷を背負い、顧客の許に直接出かけた。

さまざま様子をうかがってくるのであった。

「ほんなら気をつけて行ってきなはれ。公事宿鯉屋はんのところの田村さまには、特によろしくお伝えしておいてくんなはれ。あのお人には、仰山本を借りていただいてます」

「そやけど借り手がなさそうな古本を見ると、いつもただで読ませいと、いまでも勝手をいうてはるそうどっせ」

「その代り、どの本も丁寧に読んでくれてはりますがな」

市兵衛は鯉屋の居候《いそうろう》・菊太郎に好意を抱いていた。

八十助は市兵衛に軽く頭を下げ、店の暖簾《のれん》をくぐり、両替町の町辻へ出ていった。

三条を西に向い、二条城北の得意先を数軒回り、ついでに葭屋町下立売の吉蔵の許を、訪れるつもりだった。

一刻（二時間）ほどあと、八十助は三軒顧客回りをすませ、吉蔵が住む葭屋町の町木戸をくぐった。

一棟五軒、向い合わせて十軒、京の町ならどこの路地でも見かけられる長屋だった。

長屋脇の空き地から、子どもたちの遊び声が空に上がっていた。

吉蔵の家の格子窓が開いている。

かれは午前中、ときには外回りをするが、午後はほとんど家にいて、表具仕事に励んでいた。

八十助とかれは父親たちが兄弟。鴨川の東、岡崎村の生まれだった。

表具職人の吉蔵が、宇多野屋の仕事を頼まれてはじめたのは、八十助との関わりからだった。

吉蔵は上京の有名な店に十三年奉公し、表具の腕を上げた。だが独立して店を持つこともなく、いまはあちこちの表具屋から持ちこまれる下請け仕事だけをこなし、暮しを立てている。無口で無愛想、どちらかといえば、名人気質《かたぎ》の職人だった。

「ごめんやす、吉蔵はん、わしや、宇多野屋の八十助や。いてはりますか——」

かれは開け放したままの表戸から声をかけた。

「おう八十助かいな。久し振りじゃなあ。まあ中に入れや」

八十助の父は義助といい、吉蔵の父の弟だけに、八十助の口ききもかれには気楽になる。

「吉蔵はん、なにしてはりますねん。まさか誰かを殺して、床下《ゆかした》に埋めはったんやないやろなあ」

家の中に這わせた目が、薄暗がりに馴れると、吉蔵が畳を上げ、床をめくろうとしているのが見えたからだった。

「おまえ、冗談でも阿呆《あほ》なことといいないな。二年前に煮て甕《かめ》に入れ、床下でねかせていた糊を、取り出そうとしていたんじゃわい。ちょっと待ってや」

吉蔵はそのままいまめくったばかりの床下から、両手で小振りの甕を取り上げた。

甕には木蓋《きぶた》がかぶせられ、まわりが蠟付《ろうづ》けされていた。

画幅や屛風《びょうぶ》などの表具に用いる糊は生麩糊《しょうふ》。生麩は小麦粉一升と塩両手いっぱいを、水で半刻（一時間）ほどこねたあと、布につつみ水を注ぎ、澱粉だけを揉《も》み出す。つぎにそれを絹で漉《こ》し、とろ火で透き通るまで煮てから、また裏漉しして、さらにこね糊甕に移す。

そのあと暗い場所に置き、寝かせておく。

それが吉蔵の会得した表具糊をつくるこつだった。

「家に誰もいてはれへんけど、お福はんはお留守どすか」

八十助は途中で買ってきた餅菓子の包みを、かれに手渡してたずねた。

お福とは吉蔵の女房。五つになる女の子がいた。

「お福は先ほど、晩飯の惣菜《そうざい》を買いに出かけたわい。いまにもどってくるやろ。八十助、今日は外回りかいな」

「久し振りにそうなんやけど、ついでに大旦那さまからの頼まれ物を、持ってきたんどすわ」

「大旦那さまからの頼まれ物。さてはよっぽど大事な古本なんやな」

「いんや、ところがそれがそうではないのやわ。物は扇子、大旦那さまがいわはるには、書は光悦、下絵は宗達やけど、出来のええ偽物。直しに銭をかけるほどのものやないけど、ちょっとだけ吉ちゃんに直しをしてもらいたいのやて。そやさかい預かって持ってきたんや。あまり急いてもいはれへんそうやで――」

八十助は吉蔵を呼ぶのに、子どもの時と同じになっていた。

かれはいいながら、懐の中から、布に包んだ扇子を取り出した。

「直しに銭をかけるほどの扇子でもないのやったら、そのまま鰯《いわし》でも焼くとき、団扇《うちわ》代りに使わはったらええのやがな。どれっ、ちょっとわしに見せてみいな——」

かれは八十助の広げた布包みから、扇子を受け取り、まず古びた骨の工合を確かめた。

ついで両手でそろりと扇子を広げた。

そして偽物だといわれた光悦の書と宗達の下絵に、じっと目をこらした。

八十助はそんなかれの姿に目もとめず、いつもながら貧乏くさい吉蔵の家の中を、ぼんやり眺めていた。

「八十助、宇多野屋の大旦那さまは、この扇子について、銭をかけるほどでもないというてはったんやな」

「ああどうでもええような口振りやった。急いてはおらへんいわはったのも、そのためやろ」

「それならどうでもええいうこっちゃな」

「どうでもええとはいわはれへんなんだけど、そんな物やさかい、そのうち忘れてしまわはるかもしれへん」

「八十助、これはちょっと相談やけど、この扇子、おまえわしに譲ってくれへんか。一朱金二枚でどないや」

「一朱金二枚で譲れやと。大旦那さまからの預かり物やさかい、そんな不埒《ふらち》はできへんわいな」

「おまえそういうけど、宇多野屋の大旦那さまは、この扇子を偽物で、どうでもええようにいうてはったんやろ。急いての注文でないのやさかい、これをわしに譲ってくれたら、仲良うしている腕のいい絵屋に、これとそっくりの扇子をこしらえさせ、はい出来ましたとお届けしたるわいな。従弟《いとこ》のおまえやさかいいうたるけどなあ。八十助、宇多野屋の大旦那さまは、偽物やといわはったかもしれへんけど、これはわしが見たところ本物じゃ。偽物を直しにかけ、お家のどっかに放ったらかしにされてしまうより、本物やと目をつけたわしに、まずは一朱金二枚で譲っておき、直しにかけたうえ、誰かに買うてもらうのじゃ。そうして得た銭を、二人で山分けせえへんか。おまえかてあの女に金が要《い》るやろう」

吉蔵はたいして悪気もなさそうな顔でいった。

依頼主は扇子の光悦と宗達の文字と下絵を、偽物だと思いこんでいる。職人気質の吉蔵にすれば、それはもっけの幸いで、本物として世に出してやるべきだと、悪気もなく考えていた。

とちゃうか」

「吉ちゃん、これが本物やったら、それを宇多野屋の大旦那さまに、いうてあげなあかんの

「八十助、わしやおまえが本物やというたかて、宇多野屋の大旦那さまが本気にするかいな。いままで何年もお店の仕事をさせてもろうてきたけど、大旦那も若旦那も、わしなんか貧乏な一介の表具職人としてしか見てはれへんわい。だがなあ八十助、人は見かけによらんものなんやぞ。わしは偏屈者やさかい貧乏してるけど、もう二十年も掛軸や屛風の直しをしてぃるんじゃ。古筆見に負けんぐらい、真贋《しんがん》を見分けられるわい。わしを本物か偽物か見極めもつかん表具職人として、この扇子を直しに出さはったんやったら、その嘲《あざけ》りをそのまま受けたる。そしてほんまの偽物を作り、この本物とすり替えてやるのじゃ。これは一生に一度の大儲けになるかもしれへんねんで。わしがこれを直し、どっかに二、三十両で買うてもらえたら、おまえの惚れた女子の借金も払え、所帯を持てるやんか。度胸を出してやろうやないか。あとは知らんふりをしていればええのじゃ。絶対にばれへんわい」

二十八になる八十助が、所帯を持ちたいと思いつづけている女子は、同じ村から中京の料理茶屋に奉公にきているお園だった。

彼女の家は貧農、年の離れた幼い弟と妹が四人もおり、前借りしての年季奉公は、すでに八年にもおよんでいた。

この秋には、三度目の五年の奉公がはじめられそうだった。すぐ下の弟と妹の二人が、外へ働きに出るまでには、まだ二、三年かかる。当然、また前借りしての年季奉公になるはずだった。

八十助は月々、宇多野屋から給される銭を、自分のために溜める間もなく、お園の働く店に行き、そっと手渡していた。

そんな行ないが、宇多野屋の徳右衛門や番頭の市兵衛に露見するのではないかと、八十助は恐れていたのである。

「吉ちゃん――」

「八十助、怯《おび》え声を出すことなんかあれへんがな。げんに宇多野屋の大旦那は、この光悦と宗達の扇子を、偽物やというてはるんやろな。それならわしらには幸運と思わへんか。何事も深刻に考えんと、軽い気持でやろうやないか。どこで手に入れてきはったのか知らんけど、番頭はんにも偽物やとこぼしてはったんやろ。そしたらこっちは図太く行くこっちゃ。なにっ、露見なんかせえへん。蛇《じゃ》の道はへび。こっちには偽物を上手にこしらえる腕利きがいてるさかい、なんの心配もあらへんわい」

吉蔵は舌なめずりせんばかりに、八十助に迫った。

「どうした八十助、今日はいやに元気のない顔をしておるのじゃなあ」

そのあと八十助が鯉屋の暖簾をくぐりかけたとき、反対側からきた田村菊太郎が、かれに声をかけ、ぽんと肩を叩いた。

菊太郎は小さな風呂敷包みを背負った八十助が、向うからうなだれて歩いてくるのを見ながら、鯉屋にもどってきたのである。

「こ、これは田村の若旦那さま――」

「田村の若旦那さまではない。なにがあったのじゃ」

「いいえ、な、なにもあったわけではございまへん」

「それならよいが。わしに隠しごとはならぬぞ。まあ中に入ってくれ。日切れのきている御《お》伽草子《とぎぞうし》を返さねばならぬ」

菊太郎は不審を感じたまま、かれを店の中に誘いこんだ。

四

旧暦七月は、いまの八月に相当する。

「吉蔵の許へ直しに出した扇子もそろそろ一カ月たちますさかい、できたかどうか、たずねておいてくんなはれ。本物ではありまへんけど、あれだけできのええ扇子、暑い間に一度、使うてみとうおすさかい――」

　主の徳右衛門にいわれたとき、八十助は首筋に刃物を押し当てられたようにひやっとした。ここ一カ月近く、かれは吉蔵の言葉を胸の中で反芻《はんすう》し、いつもどこかびくびくして暮していたからであった。

　吉蔵の言葉を信じていいかどうか。悪だくみが露見したらどうなるか。一方、お園の年季奉公の件についても気にかけていた。

「へえ、かしこまりました。今日にでも手が空いたとき、請求に出かけてまいります」

　こうして八十助は吉蔵の長屋を訪れたが、驚いたことにかれは、丁寧に直しができた同じ扇子を二本、目の前に広げて見せた。

「八十助、直しができました、どうぞお持ちやしとくれやすというたら、おまえどっちを持って帰る。二つのうち、片方はおまえから預かった本物、もう一つはそれを真似《まね》てこしらえた偽物や。扇骨もしっかり古色《こしょく》をつけ、ちょっと見にはわからへんやろ」

　吉蔵は八十助をからかうように、二つの扇子とかれの顔を交互に眺めた。

「吉ちゃん、こっちが本物やろ」

　かれは代るがわる二つの扇子を取り上げ、扇面と扇骨を確かめたうえ、左側の扇子を改めて持ち上げた。

扇子の要《かなめ》の部分の小さなささくれの跡に、見覚えがあったからである。

「ふふん、そら結構なこっちゃ。おまえ扇子の要の傷を見覚えていたかも知れへんけど、扇子の骨なんか、直しのとき抜いてしまえばそれまでのこっちゃで。代りに偽物を、その骨に差し込んで仕立てられていたら、どないするねん。いまおまえが本物やと思うて持ち上げたほうが、実は偽物なんやわ。全くようでけてるやろ。こっちの本物は、わしの筋で買い手がついたる。二十五両、五両は腕のいい町絵屋の取り分。また三両は買い手を探してくれた奴に渡して、あとの十七両は、わしとおまえで折半《せつぱん》や。それでええなあ。金は受け取ったらすぐもろうてもらうつもりや」

小さなささくれを千切った跡は、宇多野屋の徳右衛門も記憶していたとみえ、かれは八十助から手渡された直しの出来栄《できば》えに満足した。

番頭の市兵衛に、吉蔵はんにお礼をいい、十分に手間賃を払うておいてくんなはれと命じた。

その日から三日後、八十助は吉蔵から九両の金を受け取った。

「わしが九両で吉ちゃんが八両では変やがな。折半やというてたんとちゃうか」

それに対して吉蔵は、おまえはお園はんと所帯を持ちたいのやろ、その金をしっかりしもうとくんじゃやと押しつけた。

――露見などせずに、何事も起らねばよいが。

八十助の心配をよそに、それ以後、徳右衛門はどうしたことか、自分が偽物と断言した扇子、本物代りに精巧に作られた偽物を、店から他出するたび、得意そうに持って出かけた。

市兵衛の言葉によれば、行く先ざきで、その扇子を自慢げに披露しているそうだった。

扇子は涼を入れるだけでなく、日常の所作《しょさ》の折り目になにかと用いられる。

こうして季節がすぎ、秋になった。

ある日、紅花問屋の主から茶会に招かれた徳右衛門が、店にもどってくるなり、八十助を自分の居間に呼びつけた。

「八十助、おまえわたしに、なにか顔向けできんことをしてしまへんか。今日、紅花問屋の佐野屋はんから茶会に招かれ、その待合床をみて、びっくりしましたんやがな。それはわたしが吉蔵の許へ直しにやった光悦と宗達の扇子が、軸物に直され掛けられていたからどすわ。じっと見てきましたけど、品物はわたしが扇子として持っている物と全く同じで、あっちが本物、わたしのは偽物やと、ぴんとわかりました」

かれは怒りを押し殺した声で、八十助を問い詰めた。

「お、大旦那さま――」

「なんどす、なんでもいいなはれ。いいわけがあったらきいてあげまひょ」

つとめて徳右衛門は平静を装っていった。

「大旦那さまは吉蔵はんに出さはったあの扇子は、ようできてるけど偽物やと、いわはったんとちがいますか」

八十助はここで居直る気になった。

「そ、そういうにはいいました。けどそれは口からの出まかせ。ほんまはしっかりした本物やと思うてましたえ。あれだけの本物、いくら光悦や宗達かて、そうそう書いたり描けたりするものではありまへん。紅花問屋の佐野屋はんは、あの扇子を二十五両でお買いやして、掛軸に直さはったそうどす。手に入れたのは最近と自慢してはりましたけど、おまえはどこか変やと思いまへんか。なにかいいわけがあるならきいてあげまひょ。また吉蔵に問いたいことがあれば、ただしてもらわなあきまへん。わたしは縄付きを店から出したくないのどすわ。今日はこれまでにして、仕事にもどりなはれ。そしてゆっくり胸に手を当て、これからどうするかを考えなはれ」

幾分、扇子の入手に後ろめたさを感じているだけに、徳右衛門は、一度に深くはかれを咎めなかった。

その夜、八十助は公事宿の鯉屋を訪れた。

田村菊太郎と主の源十郎に一切を告白し、じっと持っていた九両を差し出し、相談をかけたのである。

「宇多野屋の徳右衛門は、店から縄付きを出したくないと、確かにもうしたのじゃな」

「はい、はっきりさようにいうてくれはりました」

「ありがたいこっちゃないか。お慈悲の気持もあるやろうけど、八十助はんが宇多野屋に十四年もご奉公して、いまではお店になくてはならぬお人になってはりますのやわ。宇多野屋はんも悩んではるにちがいおまへん。菊太郎の若旦那、それにしても宇多野屋の大旦那は、その名品といわれる扇子を、どこで手に入れてきはりましたのやろ」

「わしもいまそれを考えていたところじゃ。問題の発端は六月一日、伏見稲荷へ月参りに出かけた徳右衛門が、急いでもどってくるなり、番頭の市兵衛に新古今和歌集を居間に持ってこさせたことからはじまっておる。わしの勘では、徳右衛門が扇子を手に入れたのは当日、おそらく安い値段でわが物としてきたのであろう。これは探りを入れてみる必要があるな」

菊太郎は右手の指であごをひねった。

「明日にでも、伏見稲荷まで足を運んでおくれやすか。毎月、欠かさず月参りに出かけてはる大店のお人どすさかい、手掛かりはすぐにつかめまっしゃろ」

長年、公事宿を営んできただけに、源十郎の直感は適中した。

菊太郎の推察もであった。

かれは伏見稲荷の参道ではなく、朱色に塗られた大鳥居、表参道前の茶店に目を止めた。

店番のお里に、宇多野屋徳右衛門の容姿風貌《ふうぼう》をいい、ききはじめた。

「そのお人どしたら毎月の一日、お稲荷さんへお参りにきて、うちの店でお茶を飲んでいってくれはります。けど七、八、九のこの三カ月ほど、お姿を見せてはれしません。どないにしはったやろと心配してたんどすわ。病気で臥《ふせ》ってはりますのやろか」

「いやそうではない。いたってお元気じゃ」

宇多野屋徳右衛門の月参りは、その後も毎月つづけられていた。

だが、かれは茶店のお里と親しそうに口をきいていた三次を少しでも避けるため、表参道ではなく、脇参道を利用していたのであった。

菊太郎は葭簾囲いの茶店の床几に腰掛けている。ここの名物の串焼きにした雀を、一口ぱくついた。

稲荷は稲成、すなわち稲の害鳥の雀を、串焼きにして名物としたのだ。

「その徳右衛門どのに、当日なにか変ったことはなかったか、それをきかせてもらいたいのじゃが――」

「変ったことといわはっても、お知り合いのうえ、お元気でいてはるんどしたら、ご当人にたずねはったらどないどす」

お里は訝《いぶか》しげな顔になり問い返した。

「ところが、当人からではまずい事情もあってなあ」

「やっぱりどすか――」

「やっぱりとはなんじゃ」

うっかり口を滑らせ、お里はあっと小さく自分の口を手で押えた。

「人を救うと思い、是非ともそれをきかせてくれたらありがたいのじゃが――」

「実はでございますけど、その大店の旦那さまが、三次はんと顔見知りとみえ、ここで親しそうに口をきかはり、小汚い扇子を小粒銀一つで譲り受けはったんどすわ。扇子一本が小粒銀一つ。変どすわなあ。そやけどあの三次はん、そんなお金はとっくに博打《ばくち》で使うてしもうてはりまっしゃろ。お返しすることなんかできへんに決ってます」

お里の早合点であった。

彼女から扇子の構図をたずねると、まさしく書は光悦、下絵は宗達の群鶴図だった。

お里は幼いとき、伏見街道に沿う藤森神社に近い裏長屋で育ち、そこに三次も住んでいた。

三次はいま西本願寺西の一貫町に住み、やくざな暮しをしているが、生業は下駄の歯入れ職人だという。

「うちのお婆ちゃんがいつもいうてはりますけど、三次はんはほんまは気がようて、ずっとやくざな稼ぎをしていく度胸なんかあらへん。小銭を溜めて借り店の一つでも持ったら、立派にやっていけるのにと、嘆いてはります。お婆ちゃんと三次はんのお母はんが、仲良しどしたんやわ」

お里はしみじみとした声でつぶやいた。

「博打はなかなか止められぬともうす。されど根は正直な男なんじゃな」

「お侍さま、お侍さまはなんやら三次はんを叱らはるみたいどすけど、探し出してもあんまりきつういわんといておくれやす。小汚い扇子どすけど、大店の旦那さまは、自分のほうからまるでせがむみたいに、三次はんから買わはったんどすさかい」

「まるでせがむようにじゃとな。これは騙すようにと、解してもよいのかな」

「騙す、騙すといわれると、そんなねちっとした気配に思えんでもありまへんどした。ところでお侍さまはどなたさまで、どっちのお味方どす」

「わしは先ほどもうしたように、さる公家に仕える貧乏侍じゃが、双方の味方じゃ。心配いたすではない」

公事宿鯉屋の名を出せば、小女が怯え、ことが面倒になる。

菊太郎は姓名だけを明かし、身許は曖昧《あいまい》にしていた。

三次が稀代《きだい》の逸品を価値もわからずに持っていた。それにひょいと気付いた宇多野屋徳右衛門が、かれをうまく欺き、小粒銀一つで巧みに入手したのだろう。

二人がどうして顔見知りなのか。その理由は当人たちや周辺から、さらにきかねばならない。

だがともかくここではっきりしたのは、人の無知につけこんだ徳右衛門の欲深い行ないだった。

二人のやり取りを、鳥居の前に鎮座する石の狐は、じっと見ていたにちがいなかった。

今度の小さな揉めごと、実は大きく発展していく種を持つ事件を、うまく片付けていくにはどうしたらよいか。その方法をずっと考えていた菊太郎は、このとき胸の中ではたと手を打った。

——お狐さまにやはりご登場していただくといたそう。

かれはこう妙案を思いついたのである。

宇多野屋徳右衛門は、大きな損をしたわけではない。大きな損をしたのは、むしろやくざな三次である。吉蔵と八十助の所持している合わせて十七両から、半端の七両を三次に渡させ、あとを用い、徳右衛門に償いを果させる。

かれは店からお縄付きを出したくないといっていた。本来なら店から出るお縄付きは、徳右衛門となる可能性も秘めている。

五日後、菊太郎は異腹弟の銕蔵《てつぞう》をともない、いきなり宇多野屋を訪れた。

「こ、これは鯉屋の菊太郎さま――」

東町奉行所同心組屋敷は、宇多野屋の得意先であり、同心組頭の田村銕蔵も、顧客の一人だった。

主の徳右衛門と手代八十助の間が、なにか険悪《けんあく》になっているおりだけに、番頭の市兵衛は狼狽して二人を迎えた。

「徳右衛門どのにお会いしたいのじゃが」

菊太郎がいい、兄弟はすぐ客間に通された。

「三次の奴に七両の金子《きんす》を渡し、もしこれで小店を持たずして博打で散《さん》じたら、今度こそ些《さ》細《さい》な脅しでも見逃さずに引っ括《くく》ってくれる。そして余罪を吐き出させ、併せて島送りをもうしつけてやると、脅しつけておいてつかわした」

「銕蔵、ありがたい世話をかけた」

二人が小声を交し終ったとき、おそるおそる徳右衛門が現われた。

かれは店から本当に縄付きを出すことをおそれていたのである。

八十助の働き振りは、店に大きな利益をもたらしてきた。

「いつも店をご贔屓《ひいき》にしていただき、ありがとうございます」

「いやいや、わしのほうこそいつも見料をまけてもらい、ありがたく思うている。このほどやっと太平記を読み終えさせていただいた。たくさんに武士の花ちる太平記。こんな戯《ざ》れ歌がござるが、わしもその一人でなあ。されば公事宿鯉屋の居候をしておる」

「兄上どの、なにをもうされますやら」

「もっともわしは、勝手に散ったつもりでいるが、所司代や町奉行どもが、なかなか好きにさせてくれぬ。鯉屋の主源十郎もそうじゃ。本日、こうしてまいったのは、実に出来のよい扇子を一本入手いたしたゆえ、いつもいつも見料をまけてもらっておるお礼かたがた、持参いたしたのじゃ。何卒《なにとぞ》、黙ってお納め願いたい」

菊太郎は懐に入れてきた細長い布包みを開き、一本の扇子を徳右衛門に手渡した。

「田村さまから頂戴物をいたす筋合いなどございませぬが、まずは拝見つかまつりまする」

徳右衛門は扇子を受け取り、両手でそれを開き、ぎょっとした。

思わず後ろへ身体をのけぞらせた。

三次から扇子を騙し取り、駕籠に乗ったとき、怪しい目で自分を見ていた稲荷の狐が、そこに迫真の筆で、そっくり描かれていたからであった。

「毎月の一日、徳右衛門どのは伏見稲荷へ詣でられるとききもうした。この狐の扇を大切にいたされれば、今後も商売繁昌疑いなしでござろう。正直勤勉、家内安全、それがなによりでござる」

徳右衛門には、菊太郎がなにをいいたいのかすでにはっきりわかっていた。

肩を小刻みにふるわせ、黙って目前の二人に深々と平伏した。

その年の末、三次はなぜか宇多野屋に門松を持ち込んでこなかった。

正月、徳右衛門は狐の扇を客間の床飾りに用いた。

「八十助、市兵衛からききましたけど、おまえ好きな女子はんがいてるのやてなあ。年季奉公がちょうど切れたそうやし、所帯を持たなあかんのとちがいますか。わたしが仲人として一切の世話をさせていただき、長屋の一軒も借りさせてもらいまひょ。ともかく、床の松飾りを頼みましたよ」

店の帳場に坐る市兵衛の耳に、はいかしこまりましたと答える八十助の明るい声がとどいてきた。

解説

藤田昌司

本書は京の公事宿鯉屋の居候、田村菊太郎の活躍を描く時代ミステリー・シリーズの第四弾だ。菊太郎の八面六臂の大活躍も、それを繰り出す作者澤田ふじ子氏の筆の冴えも、回を追ってますます佳境に入ってきた。読み出したらやめられない。

前三作の解説でも紹介したが、このシリーズの舞台、公事宿とは、今でいう民事訴訟を扱う弁護士事務所と、訴訟人のための旅籠を兼ねたところ。そこに居候をきめ込んでいる菊太郎は、世襲の東町奉行所同心組頭の長男だが、妾腹の子として生まれたことを知るに及んで、その役職を弟の銕蔵に継がせた。もともと麒麟児の誉れ高い秀才、武芸にもすぐれ、しかも若いころ遊蕩にふけって世間の裏面にも通じているだけに、たんなる居候ではなく、鯉屋の主、源十郎にとってまたとない相談役《ブレーン》であり、そして心づよい用心棒でもある。

本書にはそんな菊太郎を主人公にした七篇が収められている。つまり京を舞台にした七つの事件が描かれるわけだが、公事宿を京に設定（もちろん江戸にも公事宿はあった）したため、京に住み京の歴史と伝統にくわしい作者の、自家薬籠中の題材が繰り出される運びとなっている。

時代背景はおおむね文化十年代。天明・天保の大飢饉のちょうど中間ごろの時代で、各地に窮民による打ち毀しが多発、一方ロシアやイギリスなどが開港を迫って幕府に強《こわ》談判に及ぶという内憂外患のころ。滝沢馬琴の『南総里見八犬伝』や杉田玄白の『蘭学事始』が上梓されたのも、このころだ。

さて、この作品の魅力に触れる前に、まず七篇のあらすじを、ごく簡単に紹介しよう。表題の「奈落の水」は、鯉屋の向かい側の公事宿橘屋が手こずっている争いの顚末。お蔦という貧しい酌婦が育てている千代という娘をめぐる争いだ。二人は実の親子のように仲睦まじいが、じつは千代はお蔦の朋輩お稲が、炭問屋伊勢屋八郎右衛門に生まされた子。捨てられたお稲はまもなく病没したため、お蔦が引き取って育ててきたのだが、ここへ来て伊勢屋八郎右衛門は、妻に子どもができないため、お千代を奪おうとして争いになっているのだ。お蔦に怪しい男が付きまとい、何やら物騒な気配。お蔦を殺して千代を奪おうという悪だくみか。いや――菊太郎にひらめくものがあった。驚くばかりの鮮やかな菊太郎の名推理だ。

「厄介な虫」。菊太郎が恋仲のお信の長屋を訪ねると、人品いやしからざる老人の先客があった。関東御呉服所の後藤家という立派な店に奉公し、人柄が認められて総番頭にまで出世し、今は隠居番頭（相談役）という人もうらやむ境遇の老人だったが、ただ一つ、不幸のタネは子宝に恵まれなかったことだ。しかも、かつては悋気《りんき》深かった妻が、外で子供を生ませていなかったのか、いたら是非引き取りたいとしきりに言いつのっているという。じつをいうと老人は若かりしころ、後藤家の奥女中をしていたお徳という女と浮気をしたことがあり、ひょっとしたらそのお徳に子どもができていたかもしれないというのだ。菊太郎は弟の銕蔵、鯉屋の主人源十郎、それに懇意な禁裏付武士の赤松綱らと手分けして、お徳の消息を探す。お徳は意外にも近くに住んで、料理屋を営んでいた。板前修業に出していた息子を引き取り、母子で商売をやっているというのだったが……。やがてその家に血なまぐさい惨事が起きる。女は内面に厄介な〝虫〟を飼っていたのだ。

「いずこの銭」。京の裏長屋に小判の投げ込みが相次ぐ。表沙汰になっただけでも十数件。貧乏人から薬料もとらずいつも貧しい暮らしをしている町医者など、八十両もの大金を投げ込まれたという。

　時を同じくして、炭問屋と白生地問屋の大店が蔵破りの被害に遭い、大金を盗まれるという事件が起きる。二つの事件は関係があるのか――？　さにあらず。投げ込み小判騒ぎに乗じて悪だくみを演じたのだった。では投げ込みの張本人は――？　意外や意外。だが心あたたまる結末である。

「黄金の朝顔」。鯉屋の隣の公事宿蔦屋の三十過ぎの奉公人お里が買い求めてきた朝顔の苗をめぐる騒ぎだ。それは〝黄金の花〟を咲かせるという触れ込みの世にも珍しい朝顔の苗で、もちろん値段も高いが、苗が成長すれば蕾や種子の数に応じて買い戻してもらえるというう まい話で、お里が丹精こめて育てているのも、うなずける。

だが、どうもおかしい。苗一本が二朱で、米一、二斗の値段。しかも相手はこれを売りつけているわけではなく、欲にかられた町民たちが是非にと頼み込んで求めているというのだ。売り手は苗場に番小屋を建て、見張り人を置くという厳重な警戒ぶりだったが、ある日、その見張り人が何者かに殺害される……。

「飛落人一件」。清水の舞台からの飛び降り自殺の話だ。飛落人は以前、鯉屋におずおずと入ってきたものの、公事相談の手付け金もないため引き返していった老人で、松葉屋というかつての餅屋の大日那・太兵衛と判明する。太兵衛は店を息子に譲って隠居したが、その後息子に急死されると、腹黒い嫁にいびられ、追い出された末の自殺だった。暖簾分けをされた元の奉公人にその顛末を聞いた菊太郎は、これを放っておいては世の中の道理が立たぬと決断して、目安状（訴状）をしたためる……。

「末の松山」。奈良大工の吉野屋といえば腕のいい職人ばかりをそろえた棟梁だったが、普請をまかされていた彦根藩井伊掃部頭《かもんのかみ》の京屋敷の工事を、途中で一方的に中止を通告される。自尊心の高い棟梁や職人たちだけにこれでは面目丸潰れだ。そこで京都の町奉行所に彦根藩の横暴を訴え、その公事を鯉屋が担当することになる。幕府の雄藩を職人が訴えるという異例中の異例の訴訟だ。

そのころ、京で盆栽の盗難事件が相次いでいた。盆栽は当時、いい値段で売れた。菊太郎と恋仲のお信が勤める料亭重阿弥でも、「末の松山」と名付けて主人が愛玩していた高価な盆栽が被害に遭う。犯人は間もなく挙がり、下肥の汲み取り人の与吉とわかる。与吉は捨て子や身寄りのない年寄りなどをたくさん引き取って世話していたが、その食費にも困るようになって盗みを働いたのだという。菊太郎はこの事件を、彦根藩の普請中止をめぐる訴訟に結び付けることを思いつく。まさに名案だった……。

「狐の扇」。無知蒙昧《もうまい》な男から稀代の逸品を安価でだまし取って悦に入る商人を、菊太郎が鮮やかな機知で成敗する話だ。貸本屋の主徳右衛門はある日、伏見稲荷の茶店で、ゆすりたかりをなりわいとする厄病神のような男、三次が手にしていた扇に目をとめる。その扇面はまぎれもなく光悦と宗達の金銀泥絵和歌だった。三次はもちろんその価値など知らない。徳右衛門は言葉巧みに、小粒（一分金）一つでそれを手に入れる。買えば十両、二十両もする高価な品だ。徳右衛門はさっそく番頭に命じ、表具師に扇を修理させる。その際、変な詮索をされてはかなわないと、これはニセ物だと言い含めるのだが、もちろん表具師の目はだませない。これがニセ物ならと、表具師は悪だくみを考え、番頭を巻き込む。思案に悩んだ末、番頭は菊太郎に一切を告白する。そこで菊太郎はすばらしい解決策を思いつくのだ。

以上七篇、どの作品も起伏に富んでいて面白い。いや面白いだけではなく、心にしみる。それは作者が、現代人に喪失している〝義理と人情〟の世界を描いているからだ。単行本に収録されていた「あとがき」で作者は、

〈現在、各地で頻発している事件を検証してみれば、どれも現代の社会が多様にかかえている病巣がのぞける、と私は思っている〉

といい、そして、

〈賢明な読者なら、作品の大半が、現代の社会に起った事件をテーマにしていることに、気づかれるにちがいなかろう〉

とも述べている。つまり澤田ふじ子氏はこの作品で、江戸時代を背景にしながら、いつの世も変わることのない人間の欲が織りなす事件を描き、現代人へ熱いメッセージを送っているのである。

さらに言えば、全篇に流れる登場人物たちの、伝統文化、芸術に対する心の傾倒は、現代人が忘れ去ってしまった美学である。作者は静かな口調で、その復活を呼びかけているのだ。

――文芸評論家

この作品は一九九七年廣済堂より刊行されたものです。

幻冬舎文庫

公事宿事件書留帳《くじやどじけんかきとめちょう》四

奈落《ならく》の水《みず》

澤田《さわだ》ふじ子《こ》

平成13年4月25日　初版発行
平成28年1月20日　20版発行

発行人――石原正康
編集人――菊地朱雅子
発行所――株式会社幻冬舎
〒151-0051東京都渋谷区千駄ヶ谷4-9-7
電話　03(5411)6222(営業)
　　　03(5411)6211(編集)
　　　振替00120-8-767643
印刷・製本―図書印刷株式会社
装丁者――高橋雅之

幻冬舎時代小説文庫

ISBN4-344-40093-3　C0193　さ-5-5

幻冬舎ホームページアドレス　http://www.gentosha.co.jp/
この本に関するご意見・ご感想をメールでお寄せいただく場合は、
comment@gentosha.co.jpまで。